KB081129

Still Writing

계속 쓰기: 나의 단어로

대니 샤피로 지음 한유주 옮김

마티

그레이스 페일리를 추모하며

"길을 잃어야 탈출구를 만들 수 있다."

데이비드 살레

들어가며

야구 경기에서 인생에 대해 알아야 할 전부를 배울 수 있다는 말을 들은 적이 있다. 딱히 스포츠팬이 아닌 나는 이 말이 사실인지는 모르지만, 진심을 다해 꾸준히 글을 쓰려고 노력하면 인생에 대해 알아야 할 전부를 배울 수 있다는 비슷한 철학을 갖고 있다.

적어도 내 경우에는 그랬다.

나는 평생 글을 써왔다. 청소년 시절에는 소프트커버 일기장이나 스프링제본 공책, 자물쇠와 열쇠가 딸린 일기장에 썼다. 연애편지와 거짓말, 이야기와 편지를 썼다. 글을 쓰지 않을 때는 읽었다. 쓰지도 읽지도 않을 때는 창밖을 바라보며 상념에 빠졌다. 저기 어딘가 삶이 있었다. 나는 그렇게 믿었고, 글쓰기가 나를 그곳으로 데려가주었다. 공책들 속에서 나는 외롭고 불행한 어린 시절을 탈출할 수 있었다. 나는 나 자신을 이해하려고 애를 썼다. 작가가 될 생각은 없었다. 작가가 될 수 있다는 걸 알지 못했다. 그런데 글쓰기가 나를 구원했다. 글쓰기는 내게 무한으로 열린 창을 보여주었고, 혼란 속에서 질서를 찾게 했다.

물론 어린 여자애가 일기장에 끄적거린 글(누가 읽게

될까 봐 항상 침대 밑에 처박아뒀던)과 어떤 울림을 주고, 오래 남고, 인간 조건에 희미한 빛을 던지는 이야기를 만들어내는 일관되고 성숙한 작업에는 큰 차이가 있다. 랠프 월도 에머슨(Ralph Waldo Emerson)은 일기에 이렇게 썼다. "좋은 작가는 자신에 대해 쓰는 것처럼 보이지만 그의 눈은 언제나 자신과 만물을 관통하는 우주의 실을 향하고 있다."

글을 쓰려고 앉는다는 게 쉬운 일이 아니다. 몇 년 전 지역의 한 고등학교에서 작가가 되고 싶은 학생이 나를 찾아와서 관찰해도 좋은지 물어왔다. 나를 지켜본다고? 거절할 수밖에. 앉았다 일어났다 다시 앉았다가 커피를 좀 더 마셔야겠다는 생각에 아래층으로 내려가 커피를 끓이고 다시 올라와서 또 앉았다 일어섰다 머리를 빗고 다시 앉아서 화면을 들여다보고 이메일을 확인하고 일어나서 개를 쓰다듬고 다시 앉는 나를 지켜보는 가엾은 학생이 무슨 생각을 할지 짐작조차 되지 않았다…….

그림이 그려지는지.

글을 쓰는 삶이란 용기와 인내, 끈기, 공감, 열린 마음, 그리고 거절당했을 때 대처할 수 있는 능력을 필요로 한다. 기꺼이 혼자 있겠다는 의지도 필요하다. 자신에게 상냥해야 하고, 가리개 없이 세상을 바라보아야 하고, 사람들이 보는 것을 관찰하고 버텨야 하고, 절제하는 동시에 위험을 감수해야 한다. 그리고 기꺼이 실패해야 한다.

한 번만이 아니라 자꾸만, 평생을. 언젠가 사뮈엘 베케트(Samuel Beckett)는 이렇게 썼다. "시도했고, 실패했다. 상관없다. 다시 하기. 다시 실패하기. 더 잘 실패하기." 그러려면 위대한 편집자 테드 솔로토로프(Ted Solotoroff)가 내구성(endurability)이라 불렀던 것이 필요하다. 강의실에 앉은 작가 지망생들을 볼 때마다 제일 먼저 떠오르는 자질이다. 그들 중에는 다른 이들에 비해 재능이 많은 사람들도 있을 것이고, 또 최선을 다해 작업한다는 마음가짐보다는 성공이나 명예를 향한 야심에 이끌리는 사람들도 있을 것이다. 하지만 재능을 타고났거나 눈앞의 문학적 명성에 집중(이런 사람들은 내 생각에 단거리 주자다)하기보다 수십 년을 버티며 꾸준히 글을 쓸 사람들도 있다.

당신이 작가이건 아니건, 나는 이 책이 글을 쓰며 살아가는 삶에 필요한 자질들을 발견하고 다시 발견하는 데 도움이 되기를 바란다. 우리는 모두 스스로를 확신하지 못한다. 이 세상에 발 딛고 살아가는 우리는 자기 자신이 뭔가 잘못 생각하는 건 아닌지 저마다 은밀히 궁금해한다. 우리는 더듬거리고, 사랑하고, 패배한다. 때로는 예측하지 못한 힘을 발견하고, 때로는 두려움에 무릎을 꿇는다. 우리는 초조하고 앞으로의 일을 알고 싶다. 하지만 글을 쓰는 삶은 답을 주지 않을 것이다. 글쓰기는 우리를 지금 여기로 몰아간다. 오직 우리가 종이 위로 펜을 가져가는 지금 이 순간만이 있을 뿐이다.

젊었을 때 내가 작가라는 걸 스스로 발견하지 못했다면, 그 과정에서 본보기가 되어준 너그러운 이와 스승, 조언자 들이 없었다면, 나의 황량한 언어의 불모지에서 직접 길을 개척하지 않았다면 지금 이런 이야기를 하지 못했을 것이다. 나는 내가 누구인지 전혀 모르는 채, 혹은 무엇이 나를 형성했는지 모르는 채 제자리만 맴돌고 있었다. 서서히, 그리고 고요히 스스로를 살해하고 있었던 것이다. 하지만 글쓰기가 내 삶을 구했고, 글을 쓰며 살다 보니 글쓰기를 가르치게 되었다. 날마다 글을 쓰는 시간을 갖는데도 자기 자신의 마음을 알지 못할 수는 없다.

종이는 당신의 거울이다. 당신의 내면에서 일어나는 일들이 이 거울에 비친다. 당신은 반발심과 부족한 균형 감각, 그리고 자기혐오와 마주하게 되지만, 고유한 시야와 배짱, 꺾이지 않는 용기도 직면하게 된다. 이제까지 무엇을 성취해왔건 우리는 날마다 산 밑자락에서 하루를 시작한다. 다들 이렇게 살지 않을까? 까다로운 수술을 앞둔 외과의사도 산 밑자락에 있다. 최후변론에 나서야 하는 변호사도, 자기가 등장할 차례를 기다리는 배우도, 학기 첫날 출근하는 선생님도 산 밑자락에 있다. 가끔 우리는 스스로를 책임자라고, 혹은 상황을 파악했다고 생각할지도 모른다. 삶은 대개 바로 거기 있지만, 지나친 자기확신에 사로잡힌 우리를 때려눕히는 것이 삶이다. 다행스럽게도 우리가 이런 교훈을 오랫동안 배우고 겪어왔다면 이런 일이 벌어지더라도 견딜 수 있다. 우리는 더 낫게 실패한다. 우리는 자세를 바로잡고, 자기 자신을 추스르고, 다시 시작한다.

"결말을 종잡을 수 없고,
중반은 어디서도 보이지 않지만,
최악은 시작하는 것, 시작하는 것, 시작하는 것이다!"

도널드 바셀미(Donald Barthelme)

Beginnings

상흔

나는 나이 든 부모의 외동아이로 자랐다. 내가 작가가 되는 데 어떤 초년기 요인들이 영향을 미쳤는지 그 목록을 작성한다면 '외동아이, 나이 든 부모'가 상단에 있을 것 같다. 지금은 자격 요건처럼 보이기까지 하지만, 그때는 다른 걸 바랐다. 당연히 외롭고 고립된 어린 시절이 글 쓰는 삶에 전제되어야 할 조건은 아니겠지만, 분명 도움이 되기는 했다. 부모는 율법을 준수하는 유대인이었다. 우리 집은 코셔(Kosher) 가정이었고, 안식일인 금요일 일몰부터 토요일 일몰까지는 차를 운전하지 않았고, 전등과 라디오, 텔레비전을 켜지 않았다. 나는 자전거를 탈 수 없었고, 피아노를 칠 수 없었으며, 숙제를 할 수 없었다. 그래서 많은 시간을 하릴없이 보내야 했다. 토요일 아침에는 어머니가 부비동두통 때문에 집에 머무르는 동안 아버지와 800미터쯤 걸어서 유대교 회당으로 갔다.

집은 조용하고 티끌 한 점 없었다. 먼지나 얼룩, 소음처럼 난삽한 것들은 허용되지 않았다. 가사도우미들이 오랫동안 남아 있는 경우가 없었다. 어머니의 기준에 맞추어 집을 유지할 수 있는 사람은 아무도 없었다. 표면이란 표면은 죄다 반드레했다. 날마다 액자의 먼지를 털었다. 일주일에 세 번 시트와 베갯잇을 다림질했다. 내 서랍 안은 색깔별로 정리되어 있었다. 파란색 단스킨 상의가 파란색 단스킨 하의 옆에 완벽하게 개켜져 있는 식이었다. 달마다 해충업체에서 사람이 왔다. 2년에 한 번씩 유독성 곰팡이를 제거하는 사람이 왔다. 여름철에는 제초업자가 제초기와 울타리를 다듬는 장비를 들고 와 뉴저지 교외의 우리 집 정원을 말끔하게 단장했다.

통제가 중요했다. 우리가 바짝 대비하고 있던 건 불결한 삶이 아니었다. 집 안 공기에 비밀들이 먼지처럼 떠다녔다. 부모의 말에는 늘 말해지지 않는 것들이 단단한 낟알처럼 숨겨져 있었다. 뭐라 표현할 수는 없었지만, 아이다운 본능으로 나는 부모가 삶을 들끓고 소란스럽고 무시무시한 거울 방처럼 바라보고 있다는 것을 알아차렸다. 그들은 나를 자신들로부터, 자신들의 역사로부터 보호하려고 했다. "다스 킨트"(das Kind, '저 아이'라는 뜻), 둘 중 한 사람이 엄격한 목소리로 속삭이곤 했고, 내가 방에 들어가면 그들은 대화를 멈추었다. 나는 부모를 사랑했지만 그들처럼 되고 싶지 않았다. 삶을 두려워하고 싶지 않았다. 문제는 내가 그들의 것 아닌 다른 방식을 몰랐다는 점이었다.

이렇듯 나는 안간힘을 써서 귀를 기울이며 어린 시절을 보냈다. 주의를 흐트러뜨리는 형제자매가 없었으므로 시간이 아주 많았기에 생각해낼 수 있었던 모든 방식을 동원해 엿듣고 엿볼 수 있었다. 문간에 숨었고, 계단참에 웅크리고 있었다. 집의 인터콤 시스템을 만지작거리며 부모 중 한쪽이, 혹은 둘 다 있을 것 같은 방을 찾아 주파수를 맞추었다. 부모가 저녁식사를 하러 외출하고 아래층에서 베이비시터가 시트콤 「패트리지 가족」(The Partridge Family)을 보는 동안에는 캐비닛 속 서류를 뒤적거렸다. 한 벌씩 비닐커버로 씌운 캐시미어 스웨터들과 정품 상자에 든 구두며 지갑 따위가 있는 어머니 옷장도 뒤졌다. 나는 뭘 찾고 싶었던 걸까? 단서를, 근거를 찾고 싶었겠지. 우리 집에는 거의 모든 방에 전화기가 있었는데, 어머니 서재에 있는 전화기에는 수화기를 들면 다른 사람이 다른 전화선 수화기로 통화 내용을 듣는 걸 방지하는 작은 장치가 있었다. 어머니가 전화를 할 때마다 그 장치를 쓴다는 것이 눈에 띄었다. 내가 들어서는 안 될 얘기가 무엇이었을까?

이렇게 염탐하면서 문학 수업이 시작되었다는 걸 나는 몰랐다. 알아내고, 발견하고, 이면을 들여다보는 일은 내가 자라서 되고자 하는 사람, 되고자 하는 것을 위한 훈련이었다. 작가가 된다는 건 내게 우주인 되기보다 먼 얘기였다. 나는 작가라고는 한 명도 몰랐다. 내가 살던 동네는 예술과는 거리가 멀었다. 나는 내가 좋아했던, 밤마다 이불 밑에서 손전등을 켜고 읽었던 책들과 누군가, 말하자면 혼자 방에서 언어와 사고와 생각 들로 씨름하는 한 여자가 실제로 그런 책들을 쓰면서 삶을 보낼 수 있다는 생각을 나란히 두지 못했다.

나는 탐정처럼 슬그머니 움직였다. 소리 내지 않고 계단참에 숨는 법을 익혔다. 부모가 겪는 고통의 근원을 파헤치고 싶었지만, 그걸 이해하게 되기까지는 오랜 세월이 지나야 했다. 그때 내가 아는 것이라고는 삶이란 슬퍼 보인다는 것이 전부였다. 삶은 말라비틀어졌고, 헛되고, 기쁨이라고는 찾아볼 수 없는 것 같았다. 그러다 열한 살에서 열두 살이 되었을 무렵, 방에 숨어서 글을 쓰기 시작했다. 나는 상상력을 발견했고, 그러면서 아버지의 근심과 어머니의 두통에서 자유로워졌다. 부모가 서로에게 실망했다는 느낌과 그들이 내게 실망할지도 모른다는 느낌에서도 자유로워졌다. '다스 킨트!'에서, 안식일의 규율에서 자유로워진 것이다! 나는 방문을 닫고 잠갔다. '엄마, 아빠, 받아들이세요!' 그리고 이야기를 꾸며냈다. 가끔은 친구들에게 보내는 편지처럼, 때로는 모든 말이 사실인 것처럼 썼다.

내가 미쳤을지도 모른다는 생각이 들었다.
내가 작가가 될 거라고는 짐작조차 하지 못했다.

파도에 몸을 싣고

글을 쓰려고 앉았다면 하지 말아야 할 일들이 몇 가지 있다. 전화 받지 않기. 이메일 확인하지 않기. 철자가 헷갈리는 단어 확인을 포함해서 어떤 이유에서건, 그리고 글쓰기를 미룰 뿐인 자료조사라는 미명 아래 인터넷 접속하기 않기. 인물이 운전하는 차가 정확히 어떻게 만들어졌는지, 연식은 어떤지 하필 지금 꼭 알 필요가 있을까? 주간 고속도로에서 어느 출구로 나가야 휴게소가 있는지 꼭 알아야 할까? 좀 기다릴까? 보통은 기다려도 된다. 덜 그럴듯하지만 지금 당장 책상 앞에서 일어나야 한다는 충동이 수반된 강력한 욕구를 불러일으키는 구실로는 다음과 같은 것들이 있다. 빨래, 빵 굽기, 장보기, 보험금 청구서 작성, 감사장 쓰기, 옷장 정리, 파일 정리, 제초, 문지르고 광내고 정리하고 얼룩 지우고 개 목욕시키기.

앉자. 앉아 있자. 어렵겠지. 얼마나 어려운 일인지 나도 잘 안다. 이런 말을 하긴 싫지만 쉬워지지도 않는다. 절대로. 불편에 익숙해지자. 거기서 일종의 평안을 찾아내자. 나는 몇 년 전에 명상법을 배우기로 결심했다. 많은 이들처럼 나 역시도 스스로 명상에 소질이 없다고 생각했지만: '난 완전 A형이지. 가만 앉아 있지를 못하니까.' (성격을 A/B 두 유형으로 나누는 가설에 따르면, A형 성격은 상대적으로 공격성이 강하고 경쟁적이며 참을성이 없다 — 옮긴이) 하지만 책상 앞에서 일어날 때 내게 평안과 명료함을 가져다줄 무언가가 필요했다. 내 작가 친구들에게는 저마다의 의식이 있다. 제니는 달리기를 한다. 존은 바비큐 요리를 한다. 메리는 수영을 한다. 앤은 뜨개질을 한다. 하나같이 정신을 여기저기 배회시키고, 최종적으로는 휴식하게 하는 명상적인 활동들이다. 나는 앉아서 명상할 때마다 글을 쓰려고 앉아 있을 때와 상당히 비슷한 느낌을 받는다. 거부감, 꼼지락거림, 초조함, 갈망, 짜증, 절망, 희망, 머릿속에 너무 많은 생각이 요동치고 마음에 너무 많은 감정이 들어차서 그걸 다 품고 있는 게 불가능해 보일 지경이다. 그런데…… 시계를 보지 않고, 전화가 울려도 받지 않고, 중요한 업무 목록을 작성한다며 벌떡 일어서지 않고 그냥 가만히 앉아 있는 동안, 머릿속을 돌아다니던 이런저런 생각들이 천천히 자리를 잡기 시작한다. 내가 스스로 허락한다면, 나는 무슨 일이 벌어지고 있는지 똑바로 바라보기 시작한다. 스노볼처럼 동요하던 하얀색 조각들이 부유하다 가라앉는다.

글쓰기에 전념하는 동안, 파도처럼 몸을 타고 흐르며 분출하는 에너지를 생각하자. 파도가 다가와 당신을 덮칠 것이고, 그러고 나서 물러날 것이다. 당신은 여전히 그대로 앉아 있을 것이다. 끔찍한 일은 조금도 일어나지 않았을 것이다. 그 파도로부터 도망치려고 하지 말 것. 만약 어느 순간 책상 앞에 가만히 앉아 있던 당신이 (이 사이에 해리성 둔주[fugue state]를 조심해야 한다!) 갑자기 무릎을 꿇고 앉아서 튤립을 심고 있거나, 제일 좋아하는 인터넷 쇼핑몰을 들여다보고 있는데 왜 그러고 있는지 모른다면, 그 파도가 승리한 것이다. 우리가 파도의 승리를 원하는 건 아니다. 우리는 파도를 인지하고, 그 힘을 받아들이고, 심지어는 파도 타는 법을 배우고 싶다. 우리는 거친 파도를 견디는 법을 배우고 싶다. 우리가 알아야 할 전부는, 가치가 있는 전부는 그 안에 들어 있으니까.

내면의 검열관

가끔 학생들에게 원고에 어떻게든 글자를 채우려고 애쓰는 사람이라면 누구나 맞닥뜨릴 수밖에 없는 사악하고 작고 속임수를 잘 쓰는 프레너미(frenemy. 친구〔friend〕와 적〔enemy〕을 결합한 신조어 — 옮긴이)에 대해 말하면서 강의를 시작한다. 그러다 나 스스로도 인지하지 못한 채 왼쪽 어깨에 손짓을 해보일 때가 있다. 항상 오른쪽이 아니라 왼쪽이다. 내 검열관은 분명 그 자리에 앉아 있다. 검열관이 그토록 오랫동안 내 왼쪽 어깨 위에 자리해왔는데도 어깨가 한쪽으로 완전히 기울어지지 않았다는 것이 놀라울 따름이다.

내가 뭔가 새로운 작업을 시작할 때마다 검열관은 기분 내키는 대로 이런 말들을 속삭이거나 외친다.

멍청하군.

시간낭비야.

(잘난 체하는 웃음)

정말 그걸 빼도 된다고 생각해?

아무개가 더 잘하겠군.

어리석은 생각이야.

너무 따분해.

낮잠이나 자는 게 어때?

이 내면의 검열관은 나를 멈추게 하려고 한다. 검열관은 내가 휴업하길 원한다. 내가 제일 좋아하는 『뉴요커』(*New Yorker*) 카툰 속 왼쪽 프레임 안에 서 있는 남자처럼 말이다. 그는 책상을 등지고 체념한 듯 지루한 표정으로 창밖을 내다보고 있다. 이 프레임에 붙은 제목은 "절필감(Writer's Block): 일시적임"이다. 오른쪽 프레임에서도 그의 자세는 똑같다. 그의 이름이 적힌 생선가게 앞에 서 있다는 걸 제외하면 아무것도 바뀌지 않았다. 뭐라고 적혀 있냐고? "절필감: 영구함". 나의 검열관은 나를 생선장수로 바꾸려고 한다. 생선 파는 일이야 아무 문제가 없지만, 나는 생선 장사에 대해 아는 게 없고 생선 비린내도 딱히 좋아하지 않는다. 지난 20여 년 동안 나 자신에 대해 배우려고 노력한 결과, 글을 쓰지 않으면 내 상태가 좋을 리 없다는 건 안다. 글을 쓰고 있지 않을 때면 주변 세계가 서서히 빛을 잃는다. 감각이 무뎌지고, 남편을 퉁명스럽게 대하고, 아이들에게 성질을 내고, 창밖으로 불타는 단풍나무나 현관진입로를 건너가는 거위 가족에 주목하는 대신 집에서 사소하게 잘못된 부분들(천장에 금이 갔다거나, 계단 벽을 따라 얼룩이 졌다거나)에 집착하는 경향을 보인다. 글을 쓰지 않는 나의 심장은 무겁게 가라앉아 굳어진다.

그렇게 나는 검열관과 공생하는 법을 익혀왔다. 검열관에게 대들지는 않는다. 처음에는 검열관을 알아본다. '아, 안녕. 또 왔네.' 그리고 우리의 공존을 받아들인다. 자주 보이는, 도요타 프리우스 자동차 뒤쪽에 붙은 세계의 종교 심볼을 따서 Coexist(공존) 철자를 쓴 범퍼 스티커처럼. 작가와 작가 내면의 검열관은 같이 지내는 법을 배워야 한다. 내면의 검열관을 "내관"이라는 별명으로 부르기 시작했다면, 성가시고 상대방을 깎아내리기도 하는 동료처럼 취급해도 좋다. 회사에서 쓸 법한 말투로 검열관을 다뤄보자: 연락해주셔서 감사합니다만 나중에 얘기 나누어도 괜찮을까요?

이렇게 날마다 단련하면 근육 기억이 만들어진다. 그러면 몸이 기억하고, 습관이 된다. 나는 이 사실을 기억하면서 아침마다 주방에서 책상으로 홀로 다가간다. 집 안은 조용하다. 가족들은 모두 나갔다. 시간이 내 앞에 놓여 있다. 침대를 정돈했고, 개들도 산책을 마쳤다. 그 무엇도 나를 막지 않는다. 왼쪽 어깨에 올라앉은 못된 꼬마 트롤만 빼고. 물리쳤다고 생각할 때마다 검열관은 새로 변장할 것이다. 조금도 방심할 수 없고, 늘 준비하고 있어야 한다. 검열관은 좋은 의도인 척하며 이렇게 말한다. 너 좋으라고 그러는 거야.

좀 상업적인 글을 써보는 게 어때.

알겠지만 스릴러가 인기잖아. 왜 스릴러를 안 쓰는 거야? 최소한 미스터리라도 써봐.

자기야(검열관이 나를 '자기'라고 부를 때마다 몸서리가 쳐진다), 책에서 우울한 노인네 얘기를 읽고 싶은 사람이 누가 있겠어. 수동 공격형 어머니 얘기도 마찬가지야. 전환 삼아 강인한 여자 주인공이 나오는 책을 써보면 어때? 알잖아, 슈퍼히어로. 그러니까…… 좀…… 덜 피해자 같은?

조언이나 솔직함을 가장한 검열관은 내게서 가장 약하고 가장 취약한 온갖 부분을 조준하는 유도미사일 같다. 검열관은 구부정하게 서서 음모를 꾸밀 것이다. 검열관은 무엇보다도 내가 작업이 샘솟는 신성한 장소로 들어가는 것을 막으려고 한다. 내가 일단 시작하면 자신의 지배권을 잃어버릴 걸 잘 알아서 시작 단계에서 제일 간교한 것이다. 그래서 나는 시냇물에 발가락을 살짝 담근다. 몰려드는 단어들이 느껴진다. 수면 아래서 단어들이 수천 마리 은빛 피라미 떼처럼 몰려들고 있다. 내가 잡지 않으면 사라져버릴 것이다.

모퉁이

작게 시작하자. 페이지 위에 담으려는 세계, 아는 것 전부, 이제껏 떠올려온 온갖 생각들, 만나온 사람들 한 명 한 명, 당신의 내부에서 강물처럼 흘러가는 감정들의 모음 등, 이걸 전부 한 번에 생각하려고 하면 꼼짝없이 마비상태가 될 것이다. 안 그럴 사람이 있을까? 침대에서 빠져나올 때 한 발을 다른 발보다 먼저 바닥에 내려놓는 것처럼, 이를 닦고, 얼굴에 물을 끼얹고, 동물이나 아이가 있다면 끼니를 챙겨주고, 원두 무게를 재고, 주전자를 올려놓는 것처럼 우리는 글을 쓸 때 한 번에 한 단계씩 접근해야 한다. 처음부터 세계 전체를 떠올릴 수는 없지만, 보도의 갈라진 틈이나 까진 구두뒤축을 묘사하는 건 가능하다. 그리고 갈라진 보도나 까진 구두뒤축은 빛의 핀홀처럼 이야기에, 인물에, 우주에 진입하는 지점이 될 수 있다.

지그소 퍼즐을 생각해보자. 짜증날 정도로 복잡한 퍼즐 조각들이 큰 상자에 담겨 있다. 가족들이 모여 여가를 즐기는 공간에는 으레 이런 퍼즐이 있고, 상자에서 쏟아져 수백 개의 퍼즐 조각이 바닥에 흩어진 광경을 본 적이 있을 것이다. 비 오는 날 즐길거리로 퍼즐 맞추기를 시작할 테지만, 가족 구성원들이 유별나게 침착하고 공간지각능력이 뛰어나지 않다면, 퍼즐 조각들은 그대로 먼지만 뒤집어쓴 채 팽개쳐져 있다가, 결국 누군가가 모든 조각을 상자에 쓸어 담게 되고, 상자는 손이 닿지 않는 선반 구석으로 물러났다가, 다시는 보이지 않게 된다. 색깔이랑 모양이 너무 많아! 가능성이 너무 많아! 대체 어디서부터 시작해야 하지?

글을 쓰기 시작한 작가의 머릿속이 이렇다. 우리는 노트북 화면 앞에, 아니면 스프링노트 앞에, 아니면 큼지막한 데스크톱 모니터 앞에 앉는다. 그리고 얼어붙는다. 결국 어디서 시작할지가 너무 중요하지 않은가? 계획이 필요한 건 아닌가? 어딜 가고 있는지 알아야 하지 않을까? 너무 위험하게 느껴진다. 우리는 첫 단어가 뒤에 이어지는 단어들을 전부 지배할 거라고 확신한다. 우리는 선택지의 폭압에 시달린다. 머릿속에서 온갖 목소리가 비명을 질러댄다. 일인칭으로 쓸까? 아니면 삼인칭? 현재시제? 아니면 과거시제로? 5분 동안 벌어지는 이야기를 쓸까? 아니면 200년 동안? 우리가 지금 대체 뭘 하는 거지? 알 턱이 있나.

모퉁이를 만들자. 퍼즐을 잘 맞추는 사람은 모퉁이부터 만든다. 그들은 색깔이나 모양을 무시하고 그저 각진 모서리만 찾는다. 그들은 아주 조그만 모퉁이 하나를 맞추는 데 집중한다. 모든 책과 이야기, 그리고 에세이는 단어 하나로 시작한다. 그다음에는 하나의 문장이, 그다음에는 하나의 단락이 이어진다. 이런 단어나 문장, 단락 들은 실제로 시작되지 못하고 끝나버리기도 한다. 지금은 알 수 없다. 시작도 하기 전에 이야기 전체를 알려고 안달하지 말자. 첫 데이트에 나가서 증손자를 상상하는 꼴이니까. 대신 아주 작은 세부에서 시작해보면 어떨까. 아내가 남편의 턱수염에 묻은 음식 부스러기를 닦아낸다거나, 한 여자아이가 입은 빛바랜 청바지 아랫부분에 주름이 졌다거나. 페이지 위 어딘가에, 어디에든, 스스로를 정박시키자. 당신은 전념, 그래, 이 사소한 모퉁이에 전념하고 있다. 단어 하나. 하나의 이미지. 하나의 세부. 전진하자. 그리고 다음에 어떤 일이 벌어지는지 보자.

짧고 나쁜 책

가장 아끼는 친구 중 하나는 짧고 나쁜 책을 쓰겠다고 되뇌면서 지난 소설을 시작했다. (그 작품은 상도 받고 베스트셀러가 되었다.) 오랫동안 그녀는 자신이 쓰고 있는 짧고 나쁜 책에 대해 이야기했었다. 그녀는 그렇다고 믿었다. 그래서 실패에 대한 두려움에서 해방될 수 있었다. 근사한 전략이다. 누구라도 짧고 나쁜 책은 쓸 수 있으니까. 그렇지?

얼마 전 나는 에세이며 소설 초고, 책 리뷰 등을 모아 둔 컴퓨터에서 파일을 뒤적거리다 이 수십 편의 작업들 하나하나가 내 머릿속을 돌아다니던 문장 하나에서 시작되었다는 사실을 깨달았다. 밑져야 본전이다. 짧고 나쁜 책을 쓰겠다는 말을 내 식대로 바꾸면 이렇게 된다. 밑져야 본전이다. 성패에 좌지우지될수록 글쓰기에 뛰어들기가 어려워진다. 누가 이 책을 읽을지, 읽고 어떤 생각을 할지, 몇 부나 찍을지, 어떤 잡지가 발표해줄지 생각할수록 원고가 살아나기 어려워질 수밖에.

내 아들 제이콥은 록밴드를 하고 있다. 그 애는 신곡을 익힐 때마다 출력한 악보를 바인더에 넣기 전까지 오랫동안 들여다보고는 한다. 그 후에는 유튜브 영상을 어떻게 제작하고 싶은지, 어떤 레코드 레이블과 계약할지 생각한다. 아이는 곡을 연주하는 법을 익히기 전부터 이 모든 걸 생각한다. 나는 이런 기분을, 이런 상상을, 영광의 꿈을 잘 안다. 나는 고작 열두 살이며 열두 살짜리들이 그렇듯 역량에 비해 큰 꿈을 좇는 내 아들의 감정들을 향해 미소를 보낸다. 하지만 내 안의 그런 감정들은 없애려고 애쓴다.

오래전 『뉴요커』에서 대단한 청탁을 받았다. 아닌 척했지만 '꿈꿔온 일' 목록에서 가장 높은 자리를 차지하는 사건이었다. 이제 기회가 왔다. 내가 계약한 원고는 '개인사'와 관련된 것이었다. 마감 기한. 가족의 비밀, 그러니까 돌아가신 아버지의 비극적인 첫 번째 결혼 이야기는 풍부하고 슬프고 아름다웠다. 나는 제대로 해내고 싶었다. 청탁을 받고 며칠, 몇 주 동안 아침마다 뭔가를 쓰려고 앉았지만 아무 일도 일어나지 않았다. 맨해튼 W92로에 있는 내 책상 앞에 앉아서 나는 상상력을 발휘해 1948년의 브루클린으로 기자처럼 뛰어드는 대신, 내 이야기가 실리게 될 『뉴요커』의 페이지를 떠올렸다.

『뉴요커』 폰트로 보면 어떤 모습일까? 삽화가 있을까? 어떤 삽화일까? 아버지의 옛날 사진을 달라고 할지도 몰라. 사진부에서 분명 전화를 할 것 같아서 사진을 몇 장 찾아두었다.

아무것도 쓰지 못했다. 마음이 급했다. 나의 자아가, 문학적으로 크게 성공할 수 있는 기회라는 옹졸한 욕망이 나를 옥죄고 있었다. 실은 나는 중요한 점을 놓치고 있었다. 보상은 실행에 있다. 작품을 발표한 작가 대부분은 책을 받아 들든, 일류 잡지의 지면을 잡든, 좋은 리뷰를 받든, 손에 무엇이 쥐어지더라도 그 순간이 이상할 정도로 허무하다고 말할 것이다. 그 순간 자체는 그것이 상징하는 유혈 낭자한 전투와 고독, 그리고 땀에 값하지 못한다.

『뉴요커』에 발표된 작품을 상상하는 데 마침내 싫증이 난 나는 그저 작업에 매달렸다. 동트기 전 시각에 알람시계를 맞추고 침대에서 책상으로 직행하며 머릿속 칵테일파티에서 이어지는 말들을 끊어내려고 노력했다. 아, 그거 읽어보셨어요…… 네, 훌륭하죠…… 내셔널매거진어워드감이에요…… 그리고 단어 하나를 쓰기 시작했다. 그리고 다음 단어를, 또 다음 단어를, 그렇게 문장 하나가 완성될 때까지. 밑져야 본전이다. 마침내 몇 페이지를 써냈다. 완벽하지 않았고 나쁘기까지 했지만, 그래도 시작했다. 그리고 몇 년이 지난 지금, 가장 많이 기억에 남은 건 내 작품이 『뉴요커』 폰트로 실린 걸 봤던 순간도 아니고, 아버지의 삽화를 봤을 때도 아니고, 이어지던 축하 전화와 메시지도 아니다. 해가 뜨기 전 새벽, 침실 책상 아래쪽 브로드웨이를 지나는 차들의 불빛과 어둠 속에서 빛나던 컴퓨터 화면이다.

자기만의 방

자기만의 방이기만 하다면 그것이 어떤 형태건 어디에 있건 하나도 중요하지 않다. 반드시 자기 소유일 필요도 없다. 작업하는 동안 필요한 공간을 가지면 그뿐이다. 어느 작가나 최선을 다해 작업하기 위해 무엇이 필요한지 알게 된다면 살면서 위대한 한 걸음을 내딛게 된 것이나 마찬가지다. 우리는 저마다 다른 걸 필요로 하고, 일하는 방식도 다르다. 친구 하나는 전철에서 주로 글을 쓰는데, 그저 하던 작업을 마치려고 F열차를 탄다. 이리저리 밀쳐대고 시끄러운 전철에서 머릿속이 맑아진다고 한다. 나? 그럴 리가. 일단 나는 약간 폐소 공포가 있다. 또 고독과 침묵도 필요하다. 어떤 친구들은 커피숍에서 일이 제일 잘된다고 하고, 파트너와 같은 방에서 일하는 걸 좋아하는 이들도 있다. 어떤 친구들은 주방 테이블에서 책을 몇 권이나 썼다. 마르셀 프루스트(Marcel

Proust)는 침대에서 글을 쓴 걸로 유명한데, 웬디 웨서스타인(Wendy Wasserstein)도 그랬다. 이탈리아 재봉사의 아들이었던 게이 탤리즈(Gay Talese)는 아침마다 맞춤 정장을 차려입고 지하 서재로 계단을 내려갔다. 어니스트 헤밍웨이(Ernest Hemingway)는 서서 글을 썼다. 아는 작가 한 사람은 늦은 밤에 작업이 가장 잘 풀린다고 한다. 아이들을 기를 때 혼자 있을 수 있는 유일한 시간이 늦은 밤이었을 때부터 생긴 습관이란다.

이 글을 쓰는 지금, 나는 파란색과 흰색 체크무늬 천을 씌운 작은 의자에 앉아서 스툴에 두 발을 올려두고 있다. 친구 소유인 커다란 빈집의 손님방에서. 몇 킬로미터 떨어진 내 집은 지금 사람이 살 수 없는 지경인데, 유별난 가을 태풍이 뉴잉글랜드 전역에 정전을 일으켰기 때문이다. 지난 며칠 나는 이 의자에 파묻혀 몇 시간 동안이고 꼼짝하지 않았다. 친구의 기계로 직접 카푸치노를 내리는 법도 터득했다. 카페인은 꼭 필요하니까. 이 파란색과 흰색 체크무늬 의자에 앉아서 작업도 제법 잘 해왔다. 이렇게 낯선 시간에, 아들은 친구들과 썰매를 타고 남편은 차로 여기저기 다니며 고립된 운전자들을 도와주는 동안, 나는 여기, 발전기가 돌아가는 소리를 빼면 적막한 곳에 앉아 있다. 내가 여기 있다는 걸 아무도 모른다. 인터넷이 끊겼다. 전화는 울리지 않을 것이다. 빨랫감도 없고, 양념 서랍을 정리하지 않아도 된다. 빌린

집의 손님방은 나만의 방이 되었다.

우리 작가들은 무에서 유를 창조하느라 나날을 소모한다. 빈 종이가(아니면 화면이) 있고, 원고에 단어들을 기입하는 다사다난한 마법의 과정이 있다. 페이지에서 무언가 솟아나기 전에는 안개 속을 통과할 때처럼 형태도 청사진도 없다. 신기루인가? 진짜인가? 우리는 모른다. 그래서 우리는 주변 구조를 감각해야 한다. 사방 벽. 이 컵. 우리 바로 밑에서 구르는 전차 바퀴. 이렇게 빌린 방. 이 특정 펜의 무게. 우리가 결국 원고를 만나게 될 거라고 희망하며 도약할 수 있도록 하는 물리적 공간에 확실히 있다는 느낌을 주는 것이라면 무엇이든. 결국 글쓰기란 신념의 행위다. 우리는 믿음이 우리를 어디론가 도달하게 해줄 것임을, 아주 희미한 증거가 없더라도 믿어야 한다.

최근에 집에서 가까운 시내에서 좋아하는 가게들 중 한 곳을 돌아다니다 장의자 하나를 보았다. 평범한 장의자가 아니라 그간 꿈꾸어온, 한 번도 만난 적 없는 완벽한 장의자였다. 섬세하지만 튼튼하고, 오래된 티베트 직물을 씌운……. 아, 그 의자를 얼마나 갖고 싶었던지. 싼 물건이 아니었고, 가구를 충동 구매하는 습관은 내게 없다. 나는 휴대폰으로 의자 사진을 찍었고, 며칠 동안 가끔 사진을 열어보았다. 얼마나 자주 그 가게를 다시 찾았던지 판매원이 내 의자를 방문하러 왔느냐고 물어볼 정도였다. 속이 좀 울렁거리는 것 같았지만 신용카드를 불쑥 내밀고 말았다. 우리 집에는 오래된 티베트 직물을 씌운 장의자보다 필요한 게 많다. 예를 들면 발전기. 하지만 나는 그 의자를 가져야만 했다. 집에 있는 작업공간의 신선함이 떨어지고 있었다. 책상에는 종이와 우편물, 글을 쓰는 생활과는 하등 관련이 없는 다양한 서류가 한가득 쌓여 있었다. 작업공간은 안식처라기보다 차라리 감옥 같았다. 벽에 더는 기댈 수 없었고, 창밖 풍경은 어여쁜 초원이 아니라 벽돌 벽인 게 차라리 나을 성싶었다. 변화가 필요했다. 나는 장의자에서 글도 잘 쓰고, 몸을 말고 잘 읽을 수 있으리라는 걸 알았다. 부드러운 티베트 직물에 몸을 맡기고 무릎에 노트북을 올려둔 내 주변엔 온통 책들이 흩어져 있겠지. 그런 공간에서라면 아늑하고 안전하게 좀처럼 잡기 힘든 단어들을 찾아다닐 수 있을 것 같았다.

요가 수업에서 산 자세를 배우기 시작한 참이었다. 양발을 살짝 벌리고 서서 머리와 목, 골반을 정렬하고 두 눈은 부드럽게 정면을 향하며 얼굴 근육을 이완시키는 산 자세는 요가의 기본자세다. 우리를 떠받치는 발아래의 지면을 느낄 수 있을 때까지 독수리나 무용수, 전사 등의 다른 자세를 시도하면 안 된다. 우리는 뿌리를 내려야 비로소 날 수 있다. 대체로 다른 자세들이 더 힘들어 보이지만, 때로는 산 자세가 가장 어려워 보이기도 한다.

정적일 것. 땅에 뿌리내릴 것. 세상에 자기만의 장소를 요구할 것.

견인장치

어려서 살던 뉴저지 동네 몇 블록 떨어진 곳에 애들러라는 가족이 살았다. 한 사람이 아니라 그 가족 전체가 매력적으로 다가온 적이 있는지? 내 경우에는 애들러 가족이 그랬다. 아버지와 어머니, 두 아들과 딸 하나로 구성된 애들러네는 내 작은 가족은 아니었던 모든 것처럼 보였다. 그들의 집은 오가는 사람들로 생기가 넘쳤다. 현관 진입로에는 자동차와 자전거 들이 들어차 있었다. 주말 점심이면 언제나 손님들이 찾아왔고 따스한 계절에는 집밖에서 저녁식사를 들었다. 서로 편하게 말을 나누는 소리가 길과 뒤뜰을 구분하는 울타리에서 맴돌았다. 그들은 서로—자기네 안에서 동반자를 찾아낸 가족—에게 만족했다.

일요일이면 나는 대개 자전거를 타고 그들이 사는 블록 주위를 돌았다. 그들 중 누군가가 나를 알아보고 손짓하며 오라고 할 때까지. 그 집 아이들은 모두 나보다 나이가 많았고, 귀엽지만 애정에 굶주린 길고양이를 안으로 들이듯 나를 들였다. 나는 열두 살, 열세 살, 열네 살이었고 그들은 나를 상냥하게 놀리고는 했다. 하비 애들러와 에디 애들러는 나를 기다렸다가 언젠가 결혼하겠다고 말하고는 했다. 두 사람은 의대생이었고 주말마다 집으로 여자친구를 데려왔다. 아름답고 세련되고 머리가 긴 여자들은 굽 높은 부츠를 신고 귀걸이를 대롱대롱 매달고 있었는데, 로스쿨 학생이거나 사회복지사이거나 광고 일을 한다고 했다. 나는 그 여자들처럼 되고 싶었다. 10대 시절을 단번에 건너뛰어 어른의 세계로 진입하고 싶었다. 부모의 고요한 집에서 나오고 싶었고, 뭔가 단단히 잘못되었다는 떨쳐버리기 힘든 기분에서 벗어나고 싶었다.

우리 집에는 슬픔이 영구한 자리를 차지하고 있었다. 아버지는 등을 다쳐서 척추 유합술을 받았는데, 당시에는 꽤 위험한 수술이었다. 만성적인 통증 때문에 정말 몸이 마비될 위험이 있는 수술에 동의하기도 한다는 걸 이제는 이해한다. 그런데 그때는 서재 문에 매단 견인장치에 의지한 채 화 내고 뻣뻣해지고 고통에 쪼그라든 아버지가 보일 뿐이었다. 「호건의 영웅들」(Hogan's Heroes)을 시청하는 아버지의 얼굴 주변은 버팀대 때문에 주름투성이였다. 나는 그가 실패를, 진짜로 실패했건 혼자만의 생각이건, 견디기 힘들어한다는 걸 몰랐다. 바륨과 코데인을 남용하기 시작했단 것도 몰랐다. 부모 사이가 불안정하다는 것과 분위기가 너무 삭막해서 금방이라도 불이 붙을 것 같았다는 점을 빼고는 두 사람의 결혼생활에 대해서도 아는 것이 없었다.

비로소 이해하기 시작했던 건 20여 년 이상이 지나 『뉴요커』에서 청탁을 받고 작품을 쓰면서부터였다. 나는 결혼식장에 들어서는 순간에도 비호지킨림프종으로 죽어가고 있었던 젊은 여자와 아버지의 첫 번째 결혼이라는 망령을 불러냈다. 그 여자의 이름은 우리 집에서 한 번도 입에 올려진 적 없었는데, 후에 친척과 친구 들을 인터뷰하면서 그녀가 아버지 인생의 사랑이었다는 걸 알게 됐다. 나는 작가로서 슬픔에 잠긴 젊은 시절 아버지의 조각들이 하나의 초상화가 될 때까지 페이지 위에서 조립하고 배치했다. 기억에, 전달에, 상상에 진실하도록. 콜라주이자 비가였다.

그때 내가 10대다운 약삭빠른 생존본능으로 알아차렸던 건 애들러 가족이 우리 집보다 훨씬 재미있다는 거였다. 나는 하비, 에디와 테니스를 쳤는데, 이웃집 테니스장에서 제법 잘 치는 선수가 된 나는 공 줍는 소년처럼 세게 치기도 하고, 네트 위로 낮게 보내기도 했지만, 보통은 에디의 허벅지와 햇빛을 받아 빛나는 금발을 흘긋거리고 있었다. 그날의 테니스장과 젊은 의대생들, 나를 그들 품으로 기꺼이 불러들이는 노블레스 오블리주—더 밝고, 더 쉽고, 더 행복한 미래로 향하는 문이 활짝 열린 것 같은 시간이었다. 누가 알아? 에디가 날 기다려줄지도 몰랐다.

내가 열여섯 살이 되었을 때, 애들러 집안 막내이자 가무잡잡한 피부에 야성미가 넘쳤던 조이스가 다니던 대학 기숙사 바닥에서 의식을 잃고 쓰러진 채 발견되었다. 뇌졸중이었다. 특이한 동맥류. 그녀는 결코 회복하지 못했다. 나는 조이스와 가까이 지낸 적이 없었다. 침입자였던 나를 그녀가 참아주는 정도였달까. 하지만 완벽한 삶을 살고 있는 것처럼 보였던 그녀는 내게 부러움과 감탄의 대상이었다. 내가 뉴저지 재활센터에서 지내던 그녀를 처음으로 찾아갔을 때, 휠체어에 앉은 그녀의 눈에는 초점이 없었고 얼굴은 일그러져 있었다. 그녀는 사지마비 상태였고 말도 할 수 없었지만 20년 뒤 사망할 때까지 의식은 또렷했다. 나는 이 일로 각성했다. 무작위, 갑작스러움, 변덕스러운 행운. 내 안에 이런 단어들이 각인되었고, 결과적으로 내가 하는 모든 작업에서 중심 주제로 자리를 잡았다. 나는 열일곱 살 때부터 에디 애들러와 자기 시작했고, 그는 매우 빠르게 내 마음을 찢어놓았다. 보이는 게 전부가 아니다. 애들러네 부모는 나를 볼 때마다 왜 네가 아니고? 라는 생각을 떨치지 못했다. 창백하고 고통으로 움찔거리는 내 아버지. 서서히 진통제로 채워지던 주방 테이블 한가운데 있는 회전판. 기쁠 때나 슬플 때나라는 혼인 서약을 크게 신경 쓰지 않은 내 어머니.

장의자에서, 전철 좌석에서, 빌린 방에서 우리는 본다. 견인장치에 의지한 남자를, 그의 화난 아내를, 풋내기 의대생의 볕에 그을린 강인한 허벅지를, 아름답지만 망가진 소녀를. 우리는 본다. 적막하고 고요한 집을, 빙글빙글 도는 자전거를, 눈에 들어오는 것마다 혼란스럽고 적절한 언어를 찾지 못한 길 잃은 소녀를. 그녀는 자라서 언어를 찾을 것이다. 언어를 찾는 것. 우리가 바라는 건 바로 그것이다.

희미한 빛

어떤 인터뷰에서 앤 섹스턴(Ann Sexton)은 그토록 어둡고 고통이 넘실거리는 시를 쓰는 이유를 묻는 질문에 고통은 더 깊은 기억을 새긴다고 대답한 적이 있다. 고통은 더 깊은 기억을 새긴다. 살면서 갑자기 충격을 받았거나, 배신당했거나, 끔찍한 소식이 들려왔던 때를 생각해보자. 아마 그날의 날씨가, 불어오던 바람이, 반쯤 차 있던 재떨이가, 나무 바닥에서 긁힌 자국이, 입고 있던 스웨터에 좀먹은 자국이, 멀리서 들려오던 사이렌 소리가 기억날 것이다. 고통은 우리 안에 세부를 새긴다. 커다란 기쁨도 마찬가지다. 버지니아 울프가 말하길 강력한 감정은 그 흔적을 남기게 마련이다. 글을 쓰기 시작하자. 적막과 고요를 키우자. 새로이 발견하게 될 때까지 강한 감정 쪽으로 향하자. 애들러 가족은 내게 처음으로 특정한 종류의 상처를 남겼다. 그들은 내 안에 생생하게 남아 있었다. 그리고 여전히 그러하다.

내면에 깃든 이런 흔적들은 종종 우리를 이야기로 이끈다. 존 디디언(Joan Didion)은 이를 가장자리 주변을 맴도는 희미한 빛이라고 했다. 에머슨은 어슴푸레한 빛이라고 불렀는데, 그는 탁월한 에세이 「자기 신뢰」(On Self Reliance)에서 "사람은 머릿속에서 스치듯 반짝이는 어슴푸레한 빛을 감지하고 관찰하는 법을 배워야 한다"고 썼다. "하지만 그는 자신의 사상이 자신의 것이기에 주목하지 않고 거부한다." 자신의 사상이 자신의 것이기에. 그러한 지식, 깨달음, 팔에 소름이 돋고, 뭔가 알아차렸다는 갑작스러운 전기적 자극. 우리는 이런 순간들을 알아차리는 법을 꼭 배워야 한다. 무시하지 않기. 노트에 적어놓기: 이걸 써둬야 해. 이런 순간은 찰나일 수도 있고, 동이 트듯 천천히 일어날 수도 있다. 우리의 역사가 현재와 충돌할 때 이런 순간이 빚어진다. 일단 찾아오면 놓치는 것도, 지우는 것도 불가능하다. 이런 순간은 더할 나위 없이 적절하고 확실하게 찾아온다. 지금의 남편을 핼러윈 파티에서 처음 만났을 때, 나는 생각했다. 당신이구나. 글의 주제를 찾는 것도 비슷하다. 우리는 해변에서 동전을 찾겠다고 웃기게 생긴 작은 기계를 들고 모래를 쓸고 다니는 사람들처럼 아이디어를 찾아 헤매지 않는다. 우리는 에머슨이 말하는 어슴푸레한 빛과 동등한 걸 찾으려고 match.com(미국의 데이팅 사이트—

옮긴이)을 둘러보지 않는다. 아이디어는 우연히 맞닥뜨리게 되지만, 알 수 있다. 어슴푸레 빛날 테니까. 당신이 작가라면 어슴푸레한 빛을 포기할 수 없다. 그러려고 사는 것이기도 하다. 사랑에 빠지는 순간처럼 어슴푸레한 빛이 스스로 당신의 글감이라고 공표하는 일은 드물지만, 마법은 일어난다. 이 순간을 무시하면 글을 쓰는 당신은 위험해진다.

허가

당신이 작가라며 어깨를 다독이고 성유를 발라줄 안심의 지팡이를, 청신호를, 허가를 기다리고 있다면 보온병과 접이식 의자를 꺼내오는 편이 좋겠다. 오래오래 기다려야 할 테니까. 회계사가 경영대학원에 진학해서 학위를 받고 졸업할 때, 그는 다른 사람들의 세금 관련 업무를 진행할 수 있는 허가를 받았는지 자문하지 않는다. 변호사는 시험을 합격하면 되고, 의대생이 의사가 되고, 학자가 교수가 되고, 그들은 자신에게 그 일을 할 권리가 있는지 아닌지 고민하지 않는다. 다른 이들이 알람시계를 맞추고 적당한 복장을 갖추고 전철에 타는 동안 그 무엇도, 그 누구도 우리에게 집에서 잠에서 깨 컴퓨터 화면을 들여다보며 앉아 있으라고 허가하지 않는다. 우리에게 기대하거나 우리의 생산물을 기다리는 사람은 없다. 사람들은 아주 재미있다는 얼굴로 우리를 본다.

반려동물에게 말을 붙이면서 종일 혼자 목욕가운 차림으로 바깥세상과 어긋난 채 지내는, 정말로 웃기고 이상한 사람이니까. 택배 기사는 문을 열고 소포에 서명하는 나를 보고 무슨 생각을 할까. 저 이상한 여자분 또 보네. 성년이 지나고 인생 대부분을 성공한 저널리스트이자 각본가로 살아온 내 남편은 40대에 들어서야 그의 아버지로부터 언제 진짜 직업을 가질 거냐는 질문을 받지 않게 되었다.

물론 글쓰기 분야에도 석사니 박사니 하는 학위가 있고 커리어를 쌓는 다양한 지표가 있지만, 작가란 결국 글을 쓰는 사람이다. 그리고 글을 쓰는 사람이란 자기 자신에게 허가를 주는 방법을 찾는 사람이다. 이런 면에서 고급 학위란 쓸모가 없다. 내가 아는 어떤 작가도 아침에 일어나서 이를 닦으며 이렇게 생각하지 않는다: 봐봐, 난 순수예술석사(MFA) 학위가 있어. 아니면 n권의 책을 냈지라거나 퓰리처상을 받았어라고. 마법의 도착지는 없다. 원고와 마주하는 고독한 자아만 있을 뿐.

작가로 살아간다는 건 이상하고, 어렵고, 영광이고, 파괴적이다. 날마다 치욕은 새롭고 거절은 끝이 없다. 『디 애틀랜틱 먼슬리』(*The Atlantic Monthly*)나 『하퍼스』(*Harper's*)에 실린 단편소설 대부분은 『뉴요커』에서 거절된 전적이 있다. 작가들을 다그쳐보라. 이런 문제에서 벗어난 것처럼 보이는 이들까지 포함해서, 많은 작가들이 자신이 받았던 최악의 리뷰에서 최악의 구절들을 읊어댈 것이다. 우리 작품을 무시한 비평가들을 줄줄 나열할 수도 있다. 어느 학회에서 어느 심사위원이 우리에게 반대표를 던졌는지도 말해줄 수 있다. 어떤 아침이면 이러한 거절과 리뷰, 적 들이 우리와 우리 작품 사이에 돌연변이 부대처럼 서 있는 듯 보인다. 당신한테 글을 쓸 권한을 주는 당신은 대체 누구인가? 그들이 이렇게 외치는 것 같다. 우리 작가들은 과민하고, 근심이 많고, 우리가 실은 가짜라는 것이 언제고 드러날 것을 간신히 면피하고 있다는 기분을 종종 느낀다.

당신이 첫 주말 워크숍 참가 신청서 앞에 잔뜩 긴장한 글쓴이든, MFA 지원서를 작성하는 글쓴이든, 동네 반스앤노블 서점 창문에 걸린 커다란 포스터를 바라보는 글쓴이든, 작업을 해도 좋다는 허가를 스스로 내려야 하는 이는 당신만이 아니다. 서식 채우기에 통달한 사람들은 빈 종이 앞에서 덜덜 떤다. 그들은 종종 무기력과 절망에 빠진다. 옹졸한 생각의 포로가 되기도 한다. 단순히 자신의 길에서 벗어날 수 없는 나날들을 보낸다. 하지만 우리는 스스로를 허가하고, 앞으로 나아간다. 세계는 다시 한번 우리에게 제 모습을 드러낸다. 우리는 마음을 열고 의식적으로 침착하게 받아들일 준비가 되어 있다. 기울어진 햇살이, 대화 한 토막이, 서로 손잡고 나란히 걸어가는 나이 든 커플이 한 세계 전체를 불러내는 이유를 묻지 않는다. 우리만이 할 수 있으므로 우리는 스스로를 허가한다. "12단계 프로그램"(Twelve Step program: 중독이나 행동중독, 충동장애 등을 치료하려는 목적에서 설립된 여러 단체들의 연합체 — 옮긴이)에 근사한 표현이 하나 있다. 마치 그런 것처럼 행동하라. 스스로 작가인 것처럼 행동하자. 앉아서 시작하자. 방금 뭔가 아름다운 걸 창조한 것처럼 행동하자. 여기서 '아름다운'이라는 말은 진짜를, 보편적인 것을 의미한다. 누가 괜찮다고 말해주기를 기다리지 말자. 어슴푸레한 빛을 받아들이고, 우리에게 우리의 인간성을 보여주자. 그게 당신이 할 일이다.

독서

내 책상에는 부처두상 모양의 북엔드 두 개 사이에 가장 아끼는 책들이 꽂혀 있다. 버지니아 울프(Virginia Woolf)의 『어느 작가의 일기』(*A Writer's Diary*)와 토머스 머튼(Thomas Merton)의 『고독 속의 명상』(*Thoughts In Solitude*)은 언제나 이 작은 무리에서 빠지지 않는다. 몇 년 동안 이언 매큐언(Ian McEwan)의 『토요일』(*Saturday*)과 앨리스 먼로(Alice Munro)의 『런어웨이』(*Runaway*)도 가까이 두었는데, 이들 동시대 작품 두 권을 여러 번 읽으면서 근접 삼인칭 서술의 수수께끼를 풀 수 있어서였다. 장의자 옆 책 더미에는 올해 나온 『미국 최고의 단편소설』(*The Best American Short Stories*)과 『미국 최고의 에세이』(*The Best American Essays*)가 있다. 내게는 이처럼 언제든 몰입해 읽을거리가 있다.

작가가 되겠다면서 이제껏 독서량이 많지 않은 사람

을 만날 때마다 어떻게 그럴 수 있는지 궁금하다. 책이 아니라면 도대체 어디서 자양분과 영감을 얻지? 어떤 학생들은 자기 글쓰기에만 집중한다고 말하기도 한다. 읽을 시간이 없다고. 아니면 독감에 걸리듯 다른 작가들의 목소리에 휘둘릴까 봐, 영향을 받을까 봐 두렵다고. 하지만 잘 쓴 산문은 그 자체로 영향이다. 내 아들은 어렸을 때 조니 데이먼의 타격 자세나 로저 페더러의 톱스핀 포핸드 동작을 따라하고는 했다. 아이는 이런 식으로 경기하는 법을 배웠다. 우리는 토머스 핀천(Thomas Pynchon)의 복잡하게 얽힌 문장들을 따라가면서, 혹은 레이먼드 카버(Raymond Carver)의 여백 많은 미니멀리즘에서 잠시 멈추기도 하면서 무엇이 가능한지를 보고 우리가 쓰는 글에 이러한 가능성의 감각을 적용한다.

책을 읽는다는 건 동지애의 발현이기도 하다. 독서는 도전이고, 위안이고, 신호등이다. "책 읽으며 보내는 하루를 누가 좋다고 하겠어요?" 애니 딜러드(Annie Dillard)가 말했다. "하지만 책을 읽으며 보내는 인생이란 좋은 인생이죠." 나는 책을 읽으며 하루를 시작하려고 노력한다. (대개 실패로 돌아가지만, 그래도 노력은 한다.) 이때 독서란 인터넷판 『뉴욕 타임스』나 주방 테이블에 놓인 『배너티 페어』(*Vanity Fair*)를 읽는다거나 위험을 감수하며 밤새 쌓인 이메일들을 열어본다는 말이 아니다. 받은메일함은 룰렛이나 마찬가지다! 고급 히말라야 바다소금을 비공개로 할인한다는 유혹적인 초대장, 불쑥 날아든 고등학교 시절 앙숙의 이메일 등을 읽는 건 독서라고 할 수 없다. 이것들은 우리를 내면으로 향하게 하는 대신 밖으로 끌어내니까.

좋은 문장들의 음악으로 귀를 채우자. 우리가 마침내 쓰던 원고로 돌아갈 때 이 음악이 우리를 실어 나를 테니까. 이 음악은 우리가 수많은 작가들의 교향악단에 속한다는 것을, 언어를 다루는 일에서 우리가 혼자가 아님을, 새로운 것이 나타날 때까지 이 언어들이 서로 충돌하리라는 것을 상기시킨다. 이 음악은 대충 좋은 것에 안주하지 않고 더 잘해나갈 수 있도록 권한다. 위대한 작품을 읽으면 고무된다. 이런 작품들은 우리에게 무엇이 가능한지 보여준다. 작업실 바닥에 놓인 수십여 권의 책 가운데 하나씩 골라 시작하는 나의 하루는 즉각적으로 더 나아지고, 더 밝아진다. 이렇게 하면서 후회한 적은 단 한 번도 없다. 생각해보자. 한 시간 동안 좋은 책을 읽고 나서 시간을 낭비했다는 안타까운 기분을 느낀 적이 한 번이라도 있나?

디딤돌

어떤 작가에게 디딤돌은 인물이다. 어떤 작가에게는 장소다. 누군가에게는 플롯이거나, 대화 한 토막이다. 우리를 이야기 안으로 들어서게 하는 건 무엇인가? 시작해도 좋을 때는 언제인가? 산을 오를 때는 어딘가에 의지해야 한다. 바위틈에 발을 넣고 몸을 지탱한다. 길이 어둠 속에 있는 기분이 든다.

길잡이로 삼을 만한 것이 없어도 우리는 시작해야 한다. 한 단어를 쓰고, 다음 단어를 쓰고, 서투르게나마 몇 페이지를 쓰고, 그래서 더 이상 하찮은 덩어리가 아니라 소설이나 회고록, 이야기의 시작이라고 부를 만한, 엉성한 페이지 몇 장에 불과하지 않은 걸 쓰려면 추츠파(chutzpah)가 필요하다. 추츠파는 이디시어로 설명하기 힘든 방식으로 섞인 용기와 자만심을 뜻한다.

책 한 권을 쓰고 다음 책에 들어가기 전까지 나는 앞

으로 어떤 이야기도 할 수 없을 것만 같다. 마지막 책은 나를 녹초가 되게 했지. 모든 걸, 내가 이해하고 느끼고 알고 기억하는 모든 걸 앗아갔어……. 그리고…… 아무것도 남지 않았어. 낮은 단계의 우울감이 파고든다. 세상은 자신의 선물을 숨긴다. 나는 오랜 시간을 보내고 나서야 이런 기분, 완전히 텅 비어 버렸다는 기분을 응당 느낄 수밖에 없다는 걸 알게 되었다. 이런 기분이 들면 전부 소진했다는 의미다. 그러니 다시 시작해야 한다.

나는 기다린다.

침착함을 유지하려고 노력한다. 콜레트(Colette)가 자신에게 가장 본질적인 예술이란 "글쓰기가 아니라 기다리고, 감추고, 부스러기를 모으고, 다시 붙이고, 다시 금박을 입히고, 가장 나쁜 것을 그렇게 나쁘지는 않은 것으로 바꾸는 법을 배우는, 저 시시함과 인생의 맛을 잃는 동시에 회복하는 법을 배우는 내면의 업무"라고 썼던 걸 기억한다. 콜레트의 이 말은 다른 작가들이 했던 비슷한 말들과 더불어 20년 넘게 내 공책들을 옮겨 다녔다. 나는 이 지혜의 말을 기억하고 있어야 한다. 잊어버리기 십상이지만.

몇 년 전, 나는 하염없이 기다리는 와중에 초조해졌고, 낙심은 커져만 갔다. 이번에는 다르다는 생각이 확고해졌다. 정말 아무것도 없었다. 우물물이 다시는 차오르지 않을 것 같았다. 이런 생각을 하다 보면 으레 의대에 갈까 고민하다가 곧바로 내가 나이가 너무 많고 아들의 6학년 산수 문제도 도와주지 못한다는 결론에 도달하고는 한다. 새로운 아이디어가 희미하게 어른거렸지만 내 안에서 살아 있는 것처럼 느껴지지 않았다. 어떤 번득임도, 어슴푸레한 빛도 보이지 않았다. 그때 떠올랐던 아이디어는(아무렇게나 떠오른 아이디어를 조심해야 한다는 건 나도 잘 알았다) 어머니와 소원해진 딸의 이야기였다. 딸의 어머니는 딸이 자랐던 조그만 시골동네의 집에서 살고 있었다. 이제 어머니는 죽어가고 있었고, 딸은 어린 시절의 장소를 다시 찾아야 했다.

틀림없이 어디서 본 얘기였다. 우리가 읽어온 책들의 주제에 대한 변주. 내게는 그 딸이 명확하게 떠오르지 않았다. 그 동네는 추상적이었고, 작은 동네를 소설의 무대로 삼을 수도 없을 것 같았다. 직전에 그런 소설을 썼던 것이다. 또, 소원해진 관계란 본질적으로 어떤 것인지 잘 알지 못했다. 이런 식으로 몇 달 동안 아무것도 하지 않았다. 그러던 어느 날, 남편과 차를 타고 뉴욕시에 갔다. 우리는 집에서 차로 두 시간쯤 걸리는 그곳을 종종 찾았다. 마이클이 운전했고, 나는 창밖으로 흐릿하게 지나가는 친숙한 풍경을 바라보고 있었는데, 갑자기 소설 전체가 내 안으로 들이닥쳤다.

그 이야기는 작은 동네에서 발생할 수 없었다. 딸의 어머니는 맨해튼 어퍼이스트사이드에 살아야 했다. 그녀는 브로드웨이 79로에 위치한 애토프 빌딩 20층에 살았다. 루스 던이라는 이름으로. 그녀는 어린 딸의 도발적인 사진들을 찍어 유명해진 사진가였다. 나는 자기 아이들의 연작 사진들로 논란이 된 유명한 작가 샐리 만(Sally Mann)에게 오랫동안 매혹되어 있었다. 그녀의 아이들에게 어떤 일이 있었을지 궁금했다. 특히 큰딸에게. 자기 어머니의 뮤즈가 된다는 건 대체 어땠을까? 하지만 샐리 만도, 애토프 빌딩도 내게 어슴푸레한 빛을 한 번도 내어준 적이 없었다. 내가 그 건물 앞을 수없이 지나다녔는데도. 그런데 갑자기 모든 것이 나타났다. 어머니와 딸이. 소원한 관계가.

그거였다. 내게는 산을 오를 때 필요한 디딤돌이 있었다. 그날, 나의 소설 『흑백』(*Black & White*)은 차를 타고 가는 내 앞에 마치 커튼 뒤에서 대기하고 있던 것처럼 모습을 드러냈다. 왜 하필이면 그날, 하필 그 차에서였을까? 알 수 없다. 남편과 나 사이의 편안한 침묵. 낯익은 경로. 흐린 하늘. 글을 쓰며 살아오는 동안 장소가 새 작품을 정의하며 먼저 나타난 건 처음이었다. 그 순간 나는 애토프에서 행위가 일어나리라는 것을, 인물들이 스스로 제 모습을 드러내리라는 것을 알아차렸다. 이야기가 들어오는 방식이 늘 이렇지는 않을 것이다. 법칙도 없고 억지로 해낼 수도 없지만, 당신은 날마다 자리에 앉아 기다림의 기술을 실천할 수 있다.

씨앗들

언젠가 로스앤젤레스에 놀러갔을 때, 한 친구가 자기 치유사를 만나보라고 부추겼다. 그녀는 이 치유사가 자기 기술을 어떻게 갈고닦았는지는 말해줄 생각이 없었다. "나 믿고 그냥 가." 그녀가 말했다. 그래서 약속을 잡았다. 친구는 치유사의 걸어 다니는 광고판이나 마찬가지였다. 그녀는 나와는 다르게 쾌활하고 명랑했다. 나는 한 번도 명랑한 사람이었던 적이 없었다. 만족스러운 순간들은 있었지만, 극도의 행복은 내 감정의 범위 안에 존재하지 않았다. 나는 방갈로 앞에 차를 대고 페인트칠한 나무문을 밀어 열고 풀이 우거진 정원을 지나 뒤쪽의 개조한 창고로 갔다. (키가 크고 늘어진 잿빛 머리칼에 푸른 눈에는 생기가 넘치던) 치유사는 유년 시절의 슬픔과 고통의 씨앗을 뽑아 어른의 삶에서는 더 이상 뒤엉킨 잡초로 자라지 못하게 할 거라고 말했다.

나는 맞은편 소파에 앉아 연이은 질문에 대답했다.

부모님은?

돌아가셨어요.

아이들은?

한 명.

결혼했나요?

행복하죠.

시간이 조금 흘렀을 때 치유사는 내게 다가오더니 명치에 손을 내려놓았다. "당신 안에 많은 존재들이 있군요." 그가 말했다. "그들을 놓아줄 준비가 되었나요?"

연극 무대 위에서 연기하는 기분이었지만 고개를 끄덕였다. 그러고는 환각을 일으키는 꽃들이 만발한 들판에 앉은 부처 그림에 집중했다. 치유사는 내 갈빗대 바로 위에서 천천히 손으로 원을 그렸다.

"어머니는 어떤 분이셨죠?"

"까다로우셨죠."

"아버지는요?"

"친절하셨어요."

"어머니의 어머니는요? 그분과 가깝게 지냈나요?"

"딱히 그렇지는 않았어요."

"그분을 뭐라고 불렀죠?"

"할머니."

원을 그리는 속도가 빨라졌다. 치유사는 내 몸을 앞

으로 숙여 세 번 강제로 숨을 내뱉게 했다. 그리고 다시.

"자." 그가 말했다. 그의 시선은 누군가 떠나가는 모습을 보고 있는 것처럼 흐려지고 있었다 "이제 내 말을 따라하세요. 빛으로 가세요, 할머니."

"빛으로 가세요, 할머니."

내 목소리가 귓가에 울렸다.

"다시."

"빛으로 가세요, 할머니."

이 과정은 어머니와 아버지, 숙모와 숙부 몇 사람에 도달할 때까지 몇 번이나 반복되었다. 그러다 치유사가 내게 어려서 동물을 길렀는지 물어보았다.

"개를 한 마리 길렀어요."

"어떤 종류였죠?"

"푸들이었어요."

"이름은?"

이 대목에서 부끄러워진 나는 망설였다. 그 이름은 내가 지은 게 아니었다. 우리 집보다 먼저 푸들을 길렀던 이웃집 개에게서 베낀 이름이었다.

"푸피." 나는 마지못해 대답했다.

"그리고 당신은 푸피를 사랑했어요." 치유사가 말했다.

솔직히 푸피를 애지중지했던 기억은 없었다. 그 개는 개성이 좀 부족했다. 하지만 기억을 더듬어 그 조그만

몸과 검고 곱슬곱슬한 털 뭉치를 떠올렸다.

"좋아요." 치유사가 말했다. 그는 할머니와 함께 문을 빠져나가는 푸피를 보고 있는 것 같았다. "이제 푸피에게 가도 좋다고 말해요."

"빛으로 가, 푸피." 내가 말했다. "푸피, 빛으로 가."

한 시간 동안 이어진 상담이 끝나갈 무렵, 명치가 하도 문질려서 쓰렸다는 걸 제외하고 별다른 느낌은 없었다. 친구는 내가 변했다는, 환골탈태한 기분이 들 거라고 호언장담했다. 한없이 평안해질 거라고 했다. 하지만 나는 유치하다고 느꼈고 조금 슬프기도 했다. 로스앤젤레스 도로를 운전하는 동안 부모와 할머니, 숙모들과 숙부들, 심지어 푸피까지 떠올렸다. 그들이 나를 떠나기를 바랐나? 그들이 빛으로 가기를 바랐던 건가? 치유사는 씨앗들에 대해 말했다. (치유사는 손가락 두 개로 집게 모양을 만들어 씨앗을 뽑는 시늉을 했는데) 뽑아야 할 씨앗들이라고 할지라도 내 생각에는 중요한 씨앗들로 보였고 그걸 뽑는다는 건 전혀 좋은 생각이 아닐지도 몰랐다.

우리에게 일어난 모든 일이 없다면 우리는 누구일까? 우리가 작가라면, 자신의 역사적 토대 없이 어떤 작업을 할 수 있을까? 플래너리 오코너(Flannery O'Connor)는 언젠가 유년 시절에서 생존한 이라면 누구나 평생 지속되는 소재를 갖고 있는 법이라고 말했다. 이 씨앗들이 소재다. 내가 글을 쓰는 중이고, 작업이 잘 진행되고 있다면, 이는 내가 이 씨앗들이 자리를 잡을 수 있는 내면의 장소들을 통과해왔다는 의미다. 이 씨앗들은 너무나 작고 항상 찾아내기 어렵다. 할머니가 '다네일' 하고 첫 음절을 강조하며 내 풀 네임을 부르던 일. 주방에서 푸피가 깔고 앉은 주름진 신문. 아버지가 가장 좋아하던 음악, 드보르자크의 「신세계로부터」. 학교로 향하는 숲속 지름길. 지붕처럼 무성한 나무들. 이런 것들이 단어이고, 구절이며, 얼굴이고, 동물이고, 길모퉁이이며, 선율이다. 뒤엉킨 잡초로 자라더라도, 기억만으로도 슬픔과 피할 수 없는 상실의 고통이 야기되더라도, 내가 붙잡아야 할 그 씨앗들의 내부에는 세계가 담겨 있다.

빈 페이지

미켈란젤로(Michelangelo)는 대리석 덩어리와 마주할 때마다 하나의 조각상을 보았다. "형상을 갖추었으며 자세와 동작이 완벽한" 채로 풀려나기를 기다리는 천사를. 목공예가인 조지 나카시마(George Nakashima)는 진정한 장인이란 나무둥치에 갇힌 결을 끄집어낼 때 "그 안에서 신을 찾아냈다"고 믿었다. 재료와 일종의 협업을 하는 듯한 그 느낌을 상상하며 나는 진흙이나 대리석, 화강암, 목재 등의 재료로 작업하는 예술가들을 오랫동안 질투했다. 그 재료들은 자체에 형태와 해법을 담고 있다. 재료가 한계와 한도를 결정한다. 예술가가 세심하게 보고 듣는다면 답이 나타날 것이다. 팔이, 허벅다리가, 문양이, 각도가, 로브 한 자락이.

빈 페이지는 이런 선물을 주지 않는다. 우리는 빈 페이지를 마주하며 당연히 전전긍긍한다. 넌 뭐야? 우리는 묻는다. 내게 뭘 내줄 거야? 페이지는 냉랭하게 시선을 받아친다. 페이지는 우리에게 아무것도 주지 않을 것이다. 전부 앗아갈 것이다. 페이지는 우리 생각이나 기분에 관심이 없다. 우리가 단어들을 채우건 절망하며 구겨버리건 눈 하나 깜짝하지 않는다.

언젠가 한 신문사로부터 '2인 1조 소설'이라는 꼭지를 청탁받았다. 작가 두 명이 짝을 지어 한 이야기를 쓰자는 아이디어였다. 한 사람이 시작하면 다른 사람이 이야기가 중단된 부분부터 이어받는다. 자, 다음 차례! 이렇게 이야기가 완결될 때까지 주고받는 방식이었다. 나는 작가 친구인 멕 월리처(Meg Wolitzer)와 짝이 되었다. 둘 중 누가 먼저 시작했는지 기억나지는 않지만, 아침에 일어나 컴퓨터를 켜고 내 이야기가 밤새 마법처럼 자라난 걸 확인하던 기분은 기억난다. 나는 자러 갔는데 이야기가 저절로 써졌어! 게다가 꽤 훌륭한 이야기가. 우리는 듀엣으로 춤을 추었고, 서로 자거나 볼일을 보거나 운동하러 가는 동안 원고가 저절로 늘어나면 좋겠다고 바라는 작가들의 환상을 주고받았다.

그때 그 별난 청탁을 제외하면 빈 페이지가 내가 온전히 혼자 쓰지 않은 것을 제공했던 경험은 다시 해본 적이 없다. 아무튼 요점은 이러하다. 우리는 알 수 없다. 우리는 이 작업이 될지 안 될지 모른다. 좋을 것인지 좋을 가능성이 있는지도 모른다. 며칠, 몇 주, 혹은 몇 년을 결국 집어던지게 되거나 좀 더 완곡하게 표현하자면 서랍에 처박을지도 모를 작업에 매달리며 보낼 수도 있다. 이렇게 보면 남은 인생과 좀 닮은 구석이 있다. 알고 싶다. 이 관계가 괜찮을까? 우리 아이들은 성공하고 행복해질까? 이 위험이 그만한 값을 할까? 우리는 사랑에 빠지고, 아이를 갖고, 위험을 감수한다. 달리 택할 수 있는 것은 비겁함뿐이다. 우리는 삶을 위해, 글쓰기를 위해 모습을 드러낸다. 우리는 스스로 용감하다고 느껴지지 않을 때조차도 용감한 사람처럼 행동한다. 그렇게 우리는 한 단어씩 내려놓는다. 우리는 페이지를 단어들로 채운다. 미켈란젤로에게는 기적의 대리석 덩어리들이 있었고, 나카시마는 목재의 내부와 교감했는데, 우리에게도 비슷한 것이 있다. 우리는 물속에 반쯤 몸을 담갔고, 수면 아래 단어들이 있다.

너무 많이 생각하지는 말도록. 나중에도 생각할 시간은 충분하니까. 분석은 소용없다. 우리는 끌질을 하고 있다. 우리는 목재를 손으로 쓸어 본다. 이제 페이지는 더 이상 비어 있지 않다. 거기에는 뭔가 있다. 그게 언젠가 상을 받을 물건이 될지, 서랍 속에서 먼지나 쌓이게 될지 지금 알 필요가 없다. 이제 우리는 나무를 깎기 시작했다. 대리석에 끌질하기 시작했다. 시작되었다.

아웃사이더

어머니는 아버지의 세 번째 아내였다. 아버지는 어머니의 두 번째 남편이었다. 내가 태어났을 때 어머니는 마흔, 아버지는 마흔두 살이었다. 요새는 유치원 복도에 40대나 50대에 들어서 머리가 희끗희끗한—아이들이 태어나기 전에 완전히 다른 인생을 한껏 살았던—부모들이 가득하다. 하지만 내가 어릴 땐 머리가 희끗희끗한 게 내 부모의 남다른 점이었다. 또한 이런 이유로 그들은 오랜 세월 그토록 다투면서도 결혼생활을 지속할 수 있었다. 그들은 전에 실패했던 자신을 스스로에게서 보았고 그 실패를 지각함으로써 하나로 묶일 수 있었다.

아버지는 대단히 종교적인 유대인 가족의 자손이었다. 어머니는 신자가 아니었으나 재미로 따라다녔다. 어머니는 재미있는 걸 좋아했고, 화려했고, 아름다운 드레스를 입고 무도회에서 최고의 미녀가 되기를 바랐다. 아버지는 조용하고, 내향적이고, 사색적이었다. 어머니는 두 팔을 한껏 벌리고 노래를 부르며 방 안을 빙글빙글 돌았다. 그들은 싸웠다. 어찌나 끝없이, 쓰디쓰게, 가혹하게 속삭이며 싸워댔던지. 둘은 대부분의 문제에 의견이 일치하지 않았는데, 갈등의 가장 큰 원인은 바로 나였다.

나는 열두 살 때까지 종교계 학교에 다니며 하루의 반은 히브리어를 배웠고, 나머지 반은 영어를 배웠다. 열세 살이었을 때, 추측건대 어머니가 아버지를 꺾었는지, 나는 유대인과 여자아이라는 두 가지가 모두 새로운 현상이었던 지역 사립학교에 다니기 시작했다. 하지만 내가 아웃사이더라는 자각은 한참 전부터 만개해 있었다. 절대로 결혼하지 말았어야 할 두 사람이 한 아이를 이 세상에 불러냈다면, 여기서 내가 나 자신을 하나의 인물로 만들어 거리를 두고 있는 그 아이는 빌린 사증으로 세계를 탐사하고 있다는 기분을 떨칠 수 없는 법이다. 서류가 제대로 구비되지 않았다. 여기 있을 권리가 보장되지 않았다.

예시바(유대교 미션 스쿨 — 옮긴이)건 사립학교건, 우리 집 조용한 벽들 안에 있건 자전거를 타고 동네를 배회하건, 나는 어딜 가더라도 삶의 갓길에 서 있는 외국인 특파원이 된 기분이었다. 나는 관찰하며 하루를 보냈다. 에이미 스타이펠이 웃을 때 옆으로 고개를 기울이는 방식에, 담배 한 갑과 모양과 크기가 똑같았던 캐시 킴버의 청바지의 빛바랜 사각형 뒷주머니에, 스페인어 선생님은 늘 막 울고 난 사람처럼 보인다는 사실에 주목했다. 집에선 부모를 연구했다. 어머니의 자세는 대쪽처럼 꼿꼿했다. 턱은 들어올리고, 입은 언제든 카메라가 자기 쪽을 가리킬 것처럼 희미한 미소를 짓고 있었다. 어머니가 커질수록 아버지는 줄어드는 것처럼 보였다. 아버지는 벨트가 복부를 죌 정도로 살이 쪘다. 어머니가 뉴욕으로 떠나는 일이 잦아졌다. 거기서 어머니는 미술 수업을 듣고 상담사를 만났다. 주방 카운터는 마늘환이나 비타민E 보충제를 밀어낸 아버지의 약통들에 장악되었다.

'언젠가 이 고통이 너에게 쓸모가 있을 거야.' 친구 피터 캐머런(Peter Cameron)의 소설 제목이다. 이제와 돌아보니, 언덕 위의 우리 집 2층에 있는 내 작업공간에서는 석벽과 하얀 자작나무 가지가 보인다. 우리 집 지붕의 너와 틈에서 기어오르는 등나무가 보인다. 학교가 쉬는 날이고, 남편과 아들은 근처 식당으로 아침식사를 하러 갔다. 옆방에서 개들이 투덕거린다. 이탈리아로 여행을 갔다가 사 온 조그만 도기 머그에 담긴 카푸치노가 옆에서 식어버렸다. 그런 하루다. 글쓰기와 읽기, 생각하기, 운전하기, 아이의 피아노 레슨, 나중의 휴일 파티로 가득한 하루. 나를 붙드는, 빙빙 돌아가는 이 세상과 나를 연결해주는 하루.

고통은 실제로 쓸모가 있다는 게 증명되었다. 다만 나중에, 아주 나중에 그러했다. 고통은 당시에 내가 가졌던 도구들보다 사용하기가 복잡했다. 난 부모가 이혼할까 봐 걱정했다. 가끔은 그들이 이혼하지 않을까 봐 걱정했다. 나는 주기적으로 아버지가 죽을 거라고 상상했다. 어머니에 대해서는 한 번도 그런 생각을 해보지 않았고, 오로지 아버지에 대해서만 그랬다. 머릿속에서 연쇄적인 이미지들이 필름 릴처럼 돌아갔다. 가슴을 부여잡고 보도에서 쓰러지는 아버지, 유대교 회당에 가다가 쓰러지는 아버지. 아버지의 죽음에 사로잡혀 있지 않을 때면 내 죽음을 생각했다. 내가 아주 이른 나이에 죽을 거라는 확신이 있었다. 난 이미 뭔가 잘못된 것 같았다. 몸 여기저기를 쿡쿡 찔러보았다. 허벅지에 응어리가 생긴 건가? 아니면 모기에 물린 건가? 머리가 아플 때마다 뇌종양이라는 생각이 들었다. 나는 그저 사라져버릴지도 몰랐다.

이런 환상과 전조를 글로 쓰면서 견뎠다. 내가 꾸며낸 이야기들은 약효를 발휘했다. 나의 내면적 삶에는 가시가 돋아나 있었고, 가장자리가 들쭉날쭉했다. 방치된 삶은 위험하고 언제고 나를 돌아버리게 할 것 같았다. 나는 직관적으로 이걸 사용해야 한다는 걸 이해했다. 이건 내가 가진 전부였다. 나는 글을 쓰는 것으로 인간성처럼 오래된 전통에 참여하고 있었다. 나 여기 있노라. 바위에 새겨진 상형문자. 나 여기 있노라, 나의 이야기가 여기 있노라.

습관

가끔 내게 날마다 글을 쓰냐고 묻는 이들이 있다. 일주일에 닷새 동안 글을 쓴다고 대답하면 그들은 믿기 어려워한다. 나는 할 수 있는 한 영업일을 지키듯 월요일부터 금요일까지 작업하려고 한다. 사람들은 어떻게 그럴 수 있냐고 되묻는다. 외롭지 않느냐고, 주의력이 흩어지지 않느냐고, 아니면 지루해지지 않느냐고 묻는다. 자극이 더 필요하다는 것이다. 이런 주제의 대화는 언젠가 은퇴하면 글을 쓰겠다거나 자기 인생사를 대필해줄 유령작가를 고용할 거라는 상대방의 말로 끝나곤 한다.

당신은 분명 자기관리를 잘하는군요, 그들이 말한다.

그러면 나는 무례하게 보이고 싶지는 않지만 어떻게 반응해야 좋을지 모르겠다는 듯 딱딱한 미소를 지은 채 서 있다.

제 일이니까요, 라고 말하고 싶다. 자기관리와는 아무

런 상관이 없어요.

그럼 어디서 영감을 얻죠? 그들이 묻는다.

저는 날마다 같은 시간에 자리에 앉아 영감의 길목에 저를 내려놔요, 정말 관심이 있어서 묻는 사람에게는 종종 이렇게 답해준다. 내가 자리에 앉지 않으면, 거기서 작업하고 있지 않으면 영감은 나를 그대로 스쳐 지나갈 것이다. 로맨틱 코미디에서 파티가 벌어지는 장소 맞은편에 바로 그 남자가 있는데, 머저리에 불과한 데이트 상대에게 빠진 여자가 그 남자를 절대로 보지 않는 것처럼 말이다.

습관이 얼마나 중요한지는 아무리 말해도 모자라다. 가르쳤던 학생들 중에 전일제로 일하는 사람들이 있었는데, 그중 한 명은 심리학자이자 에이즈 연구원이자 두 아이의 어머니로 새벽이 오기 전 첫 소설을 썼다. 한 학생은 편집자였는데 매일 출근하기 전 방해받지 않는 귀중한 한 시간을 할애해 첫 소설을 작업했다. 이처럼 집중력을 쏟는 한 시간 동안 많은 걸 이룰 수 있다. 그 시간이 일상의 한 부분이 되고 신성한 리듬으로 자리할 때 특히 그렇다.

내가 글을 쓰는 일상엔 요가와 명상이 포함된다. 매트를 펼치고 싶은 기분을 느낄 때가 많지는 않다. 언제나 더 급한 일이 있기 때문이다. 예컨대 완벽한 검은색 가죽재킷을 할인하는 곳을 찾아 인터넷을 돌아다닌다거

나. 하지만 수련에 돌입하는 동작과 의식(ritual)을 시작하기만 하면 아마 나는 하이패션에 대한 끌림이나 하루를 산만하게 하는 요소를 극복할 수 있다는 걸 안다. 내가 난로에 불을 지핀다면, 라벤더 향초를 켜고 음악을 틀고 매트를 펼친다면. 일상의 한 부분을 차지하게 된 수정구를 바닥에 놓는다면. 그다음을 나는 안다. 나는 태양 경배 자세를 취하고, 한 시간이 지나간다. 호흡을 세면서 연꽃 자세를 취한다. 나는 매트를 펼치고 싶은 기분이 들 때까지 기다리지 않았다. 몇 년째 해온 일을 그냥 계속 할 뿐이다.

글쓰기도 마찬가지다. 다른 일들처럼 실천해야 한다. 글을 쓰고 싶을 때까지 기다렸다면 내 이름이 박힌 소책자 하나가 겨우 나왔을 것이다. 글을 쓰고 싶은 기분을 누가 느낄 수 있을까? 마라토너가 달리고 싶은 기분이 될 때까지 기다리나? 교사가 가르치고 싶다는 욕구로 가득 차서 일어서는가? 잘 모르지만 아마 그렇지 않을 것이다. 추정컨대 오직 행위만이 생산적이다. 할 일을 하는 것만이 그에 대한 욕구를 가능하게 한다. 선수가 경기복을 입고 스트레칭을 하고 달리기 시작한다. 발명가가 작업실로 터덜터덜 걸어가 등 뒤로 문을 닫는다. 작가가 오로지 작업하기 위한 시간을 내며 작업공간에 앉는다. 그렇게 해서 작가가 영감을 받았을까? 딱히 그렇지는 않을 것이다. 자극이 필요한 작가가 산만해지고, 지루해하고, 외로워졌을까? 물론 그렇다. 그렇게 앉아 있기란 의심의 여지없이 어렵다. 누가 그렇게 앉아 있고 싶겠나? 작가의 마음속 언저리 무언가가 자꾸 괴롭힌다. 이 작가는 오늘 저녁식사를 위해 수프를 끓여야 할까? 그는 의자에서 벌떡 일어나기 직전(그러면 전부 사라져버릴 것이다)이지만, 기다린다. 그리고 갑자기 기억해낸다. 지금이 자신의 한 시간(혹은 두 시간이나 세 시간)이라는 것을. 이게 작가의 습관이며 일, 규칙이다. 발레 바 앞에 선 무용수를 생각해보자. 플리에, 엘르베, 바트망 탕뒤. 실천과 예술 사이에는 아무런 차이가 없다는 걸 알기에 무용수는 실천하고 있다. 실천이 곧 예술이다.

대단한 아이디어

새로운 글을 시작하려고 키보드 위에서 손가락을 놀리거나 교향악단 앞에 선 지휘자처럼 펜을 잡고 앉은 사람이라면 아마 이런 생각을 할지도 모르겠다. 나는 미국 남부의 인종과 계급 문제에 관한 이야기를 쓰겠어. 두 명의 목소리로 진행되는데, 하나는 일인칭에 현재시제이고, 다른 하나는 삼인칭에 과거시제야. 그리고 나는 갈망과 후회, 압제와 거부라는 주제를 탐구해볼 생각이야. 큰일이다. 이건 아이디어에 불과하다. 이런 아이디어는 자신이 통제하고 있다는 착각에 빠진 작가의 횡설수설이나 다름없다.

나는 스스로 뭘 하고 있는지 안다고 생각될 때를 경계하는 법을 익혀왔다. 내가 가장 잘 쓴 작품들은 단서가 하나도 보이지 않는 불편하지만 생산적인 느낌에서, 걱정이 되고, 남몰래 두려워하고, 심지어는 잘못된 길을 택했다는 확신에 사로잡혔을 때 나왔다는 걸 알게 되었다. 뭔가 커다란 아이디어가 생각나면 일단 내뱉는다. 제일 먼저 남편에게 말을 꺼낸다. 시간을 거꾸로 거슬러 올라가는 소설을 생각 중이야. 혹은 신문에서 오려낸 기사를 들고 말한다. 재판에서 오판이 나오게 한 배심원에 관한 좋은 이야기가 여기 있는 것 같아. 나는 앉아서 생각하기보다 떠들면서 긴장감을 푼다. 그래봤자 좋은 게 나오지는 않을 것이다. 프리드리히 니체(Friedrich Nietzsche)가 이 점을 제대로 설명한 적이 있다. "우리가 발견한 단어들은 이미 우리 마음속에서 죽어 있다. 말하는 행위에는 언제나 일종의 경멸이 깃들어 있다." 나는 이 말을 인덱스카드에 옮겨 써서 책상 메모판에 붙여두고 아직 쓰지 않은 것에 대한 과한 생각이나 말들이 늘 유용하지는 않다는 경고장으로 삼았다. 결국 '표현되지 않은 것'의 긴장감으로 글을 쓴다면, 그것을 표현해버렸을 때 그 긴장감은 어디로 갈까?

글을 쓰기 시작하면 머릿속을 휘젓고 돌아다니는 해야 할 것과 하지 말아야 할 것을 내보내야 한다. 처음 가보는 산 밑자락에 기꺼이 서서 겸허하고 공손한 마음으로 고개를 숙이자. 그것이 당신보다 혹은 당신이 상상할 수 있는 그 무엇보다 크다는 것을 스스로에게 이해시키자. 길은 맞는지 확신할 수 없다. 다음 걸음이 어디로 이어질지도 모른다. 시작하면 속삭여라, 나는 모른다고.

작업을 시작하자

지금까지 일곱 권의 책을 출간한 나는 아직도 이게 내 일이며 소명이고 식탁에 음식을 차리고 융자를 갚을 수 있게 해준다고 되뇌고는 한다. 취미가 아니고 순전히 즐기면서 하루를 보내는 일도 아니라고. 그렇게 재미있기만 한 일이 아니다! 어떤 이들 생각에는 작가란 집에서 점토로 귀여운 동물이나 빚는 존재겠지만. 내게 정규적인 직업(혹은 작가 친구들과 내가 오랫동안 '진짜 일'이라고 불렀던)이 있었다면 상사가 있었을 것이다. 아마도 여러 명이. 미팅이며 전화 회의, 요구가 있었을 것이고 내가 하루를 만드는 것이 아니라 하루가 나를 만들었을 것이다.

작가는 하루를 직접 빚는다. 우린 파자마 차림으로 책상에 앉는다. 빈집을 어슬렁거리고, 식물에 물을 주고, 저온조리기로 스튜를 만들고, 창밖을 내다본다. 우리는 이걸 '작업'이라고 부른다. 우리는 남편이나 아내, 아이들이 아래층에서 텔레비전을 보는 동안 방문을 닫는다. 조용히 해! 나 일하는 중이야! 그렇게 하지만 동시에 우리에게는 보여줄 만한 결과가 없을 때가 많다. 지금 하는 일이 예술 비슷한 거라도 될지 어떨지 보증할 수도 없다.

내 일과는 일어나 맨발이 침실의 차가운 나무 바닥에 닿았을 때 시작된다. 달걀로 스크램블을 만들고, 주스를 따르고, 샌드위치를 싸고, 운동화를 제자리에 두고, 집을 나서는 남편과 아이에게 "잘 다녀와! 운전 조심하고!"라고 외치는 일과 말이다. 나는 앉아서 글을 쓴다는 게 선물이나 다름없다는 걸 기억하려고 애쓴다. 오늘 하루를 틀어쥐지 않는다면 잃어버릴 게 분명하다. 세상을 떠난 존경하는 작가들을 생각한다. 여기 있다는 단순한 사실이 작업을 시작해야 할 일종의 책임이라고, 도덕적인 책임이기까지 하다는 걸 받아들인다.

한 명의 독자

우리는 누구를 위해서 쓸까? 친구나 적, 아니면 전 애인? 가족? 넓은 독자층? 자기 자신? 글을 쓸 때 머릿속에 사람이 많을수록 글을 완성할 수가 없어진다. 머릿속에서 바빠질 뿐이다. 출퇴근 시간에 사람들로 꽉 찬 지하철을 타고 있는데 아무도 서로 눈을 마주치지 않고 그저 문이 열리기만 기다리는 기분일 것이다. 그래서 나는 단 한 명의 독자를 위해 글을 쓴다고 말했던 커트 보니것(Kurt Vonnegut)의 충고를 귀하게 여기고자 한다.

한 명의 독자는 꼭 아는 사람이 아니어도 된다. 살아 있지 않아도 되고, 실존 인물이 아니어도 좋다. 보니것은 일찍 세상을 떠난 누이를 위해 글을 썼다. 작업을 공유할 수는 없지만 관계를 형성하는 것이다. 작가에서 독자에게로 뻗어나가는 선은 단 하나다. 작가는 홀로 글을 쓰고, 독자는 고독 속에서 읽는다. 서로는 서로에게 미지로 남겨지지만 그럼에도 불구하고 친밀한 관계가 구축된다. 우리는 『마담 보바리』(*Madame Bovary*)를 읽다가 도중에 멈추고 이 작품의 마법에 걸려든 역사상 모든 독자들을 생각하지 않는다. 사랑을 나누다 말고 우리보다 먼저 존재했던 모든 연인을 생각하지 않는 것처럼 말이다. 위대한 책에 몰입해 있을 때, 우리는 오로지 자기 자신과 그 순간 연결된 작가만을 생각한다. 책날개에 작가의 사진이 있다면 단서를 찾아보기도 한다. 눈이 슬픔을 담고 있나? 왜 시선을 돌렸을까? 반쯤 미소지은 얼굴이 뭘 숨기고 있지? 우리는 의식적으로든 아니든 작가가 곧장 우리를 향해 썼다고 상상한다.

나는 늘 한 사람의 독자를 특정하고 글을 쓴다. 나의 유일한 독자는 세월이 흐르는 동안 바뀌었는데, 처음에는 돌아가신 아버지였다. 나는 시공간을 뛰어넘어 아버지에게 닿고 싶었다. 아버지에게 내가 어떤 여성이 되었는지 알려주고 싶었다. 가끔은 엄마를 향했다. 내 문장 하나하나가 애원 같았다. 제발 나를 이해해주세요. 나중에 나의 유일한 독자는 남편이 되었고, 여전히 그렇다. 지금, 단 한 명의 독자에는 내 아들도 포함되어 있다. 언젠가 내 책들에서 자기 어머니를 발견하기를 바라는 마음으로.

스미스 코로나

어머니는 닫힌 서재 문 뒤에서 타자를 쳤다. 나는 밤마다 어머니가 스미스 코로나 타자기 자판을 천둥처럼 두드리는 소리를 들으며 잠들었다. 한 행을 끝낼 때마다 리턴 버튼을 누르면 캐리지에서 나던 높고 가느다란 딩 소리. 내 방과 벽 하나를 사이에 둔 서재에서 어머니는 종이뭉치와 상자가 가득 쌓인 커다란 나무 책상 앞에 앉아 있었다. 어머니는 쓰는 것마다 족족 먹지로 사본을 떴다. 책상 상판이 손톱만큼도 보이지 않을 정도였다. 지금도 눈을 감으면 타자 소리가 들리는 것 같다. 어머니는 길고 힘 좋은 손가락들로 아주 빠르게 타자를 쳤다. 티카티카티카티카티카, 딩! 티카티카티카티카, 딩! 이 꾸준한 리듬은 내 유년기의 자장가였다. 자판이 내는 소리에서 절망과 분노, 갈망, 투지, 후회가 들렸다.

어머니는 늘 끝마치지 않을 것들을 시작하는 중이었

다. 어머니의 아이디어 몇 가지는 글쓰기와는 아무 관련이 없었고, 당신이 제작했던 시제품으로 가운데에 사파이어가 박힌 24캐럿 골드 테니스공 펜던트에 쓸 "공에서 눈을 떼지 마세요!" 같은 문구 한 줄 정도였다. 하지만 어머니는 글쓰기 작업에도 엄청난 노력을 기울였다. 그중 하나는 어린이용 책으로 『네, 메리 앤, 지구는 둥글어요』라는 제목이었는데 생명을 얻은 인형들이 여자아이에게 자기들이 어느 나라에서 왔는지 말해주는 이야기였다. 어머니는 유명한 아동 사진가를 고용해 나를 모델로 써먹었다. 나는 아직도 그 책의 원고와 비닐로 포장된 사진들을 갖고 있다. 어느 사진에서는 다섯 살의 내가 노란색 플란넬 란츠 잠옷 차림으로 인형을 들고 있다.

어머니는 어린이 책, 시, 에세이, 기사와 텔레비전, 영화, 연극용 대본 등 대부분의 장르를 시도했다. 시트콤 「패트리지 가족」과 「하와이 파이브-오」(Hawaii Five-O)의 스펙스크립트(spec script. 제작사에서 의뢰하지 않은 각본으로 연출보다는 이야기를 중심으로 쓴다 — 옮긴이)를 써서 마닐라 봉투에 넣어 프로그램 엔딩 크레디트에 이름이 나열된 할리우드 프로듀서들의 사무실로 보내기도 했다. 이런 식의 투고가 종이비행기를 접어 창문 밖으로 날리는 정도의 효과라는 걸 알지 못했다. 어머니가 가진 천진함과 욕망의 조합은 이상하고 부자연스러웠다. 어머니는 이런저런 프로젝트를 전전했고, 무엇도 끝을 보지 못했다.

나는 어머니의 파장에 민감했다. 동물이 수 킬로미터 떨어진 곳의 천둥번개를 감지할 수 있는 것처럼 어머니의 기분을 느끼고 감각했다. 어머니는 인물과 시점에 대해 내가 처음 얻은 교훈이었다. 나는 어머니를 조심스레 관찰했다. 어머니가 무슨 생각을 하고 있는지 항상, 항상 알고 있었다. 어머니의 행동과 생각은 종종 충돌을 빚었다. 예를 들어 어머니는 부엌에서 나무 숟가락을 지휘봉 삼아 불안정한 소프라노로 트랄랄라 노래를 부르며 춤추는 동안에도 어떤 어둠과 거부, 모욕을 간신히 피하는 중이었다.

어머니가 가장 열정을 쏟았던 대상은 편지였고, 스미스 코로나가 무기였다. 어머니는 시장에게, 랍비에게, 미합중국 대통령에게 편지를 썼다. 온통 강조로 가득한 편지였는데, 문단 전체가 대문자로 적혀 있거나, 느낌표들이 연달아 찍혀 있거나, 문장들이 붉은 펜이나 노란 형광펜으로, 때로는 두 가지 색으로 밑줄이 쳐져 있었다. 어머니는 바닥이 보이지 않는 노여움 같은 것으로 가득 차 있었다. 독선적인 분노가 그의 연료였다. 이 분노는 시장이, 랍비가, 미합중국 대통령이 직접 답장을 보내지 않을 때 더 악화되었다.

티카티카티카티카, 딩! 티카티카티카티카, 딩! 한 여자아이가 밤마다 타자기 노래에 맞추어 잠이 든다. 한 여자아이—나는 다시 한번 내 유년기에 속하는 인물이 된다—가 어머니가 발휘하는 투지의 밑바닥에서 끓어오르는 불행을 느낀다. 여자아이는 어머니를 기쁘게 하려고 고된 노력을 한다. (세월이 흘러 성인이 된 그녀에게 한 이모가 말한다. "네 어머니를 행복하게 해주고 싶니? 정말로, 정말로 네 어머니를 행복하게 해주고 싶어?" 물론이다. 그녀는 그러고 싶었다. "그렇다면 네 어머니 집으로 들어가렴." 이모가 말했다.) 당시의 여자아이는 생존하려면 자신이 착하고, 예쁘고, 잘 순응하고, 어머니가 자신에게 바라는 모든 것이 되어야 한다고 믿는다. 이것이 패배가 빤한 전투라는 걸 알 턱이 없다. 여자아이가 뭘 하건 언젠가 아이는 어머니가 불행한 이유로 밝혀지고 말 것이다. 결국 그녀는 붉은 잉크와 노란 형광펜, 연달은 느낌표들로 뒤덮인 기나긴 편지들—먹지 사본들—의 수신인이 될 것이다.

"어떻게 네가 감히?" 내가 다 큰 어른—작가이자 글쓰기 교사—이 되자마자 이 말은 어머니가 가장 즐기는 불평이 되었다. "어떻게 네가 감히?" 내가 오래된 티베트 직물로 덮인 장의자에 앉아 있고, 개가 발치에서 자고 있고, 창문 밖에는 바람이 세게 불고, 작은 노트북이 무릎 위에 균형을 잡고 있고, 책들과 종이들이 주변에 널려 있는 동안, 아직도 8년 전 작고하신 어머니의 떨리는 목소리가 타자기 자판이 딸깍거리는 소리처럼 분명하게 들리는 것 같다. 나는 어머니에게 한 번도 묻지 않았다. 내가 감히 뭘 했나요? 내가 감히 이렇게 되었다는 게 뭐가 그리 끔찍한가요?

현재를 살기

차를 운전하거나, 자전거를 타거나, 하염없이 몇 킬로미터씩 걸으며 변화하는 풍경 속에 있다가 갑자기 얼마나 왔는지 전혀 기억나지 않다는 것을, 시야에 들어오는 것들을 제대로 보지 않고 지나왔다는 것을 인지한 적이 몇 번 있는지? 당신은 어디 있었지? 당신은 마냥 부유하고 있었고, 어제 또는 5년 전 일을 곰곰이 곱씹어보고 있었고, 혹은 내일이나 모레 일을 계획하는 중이었고, 아니면 저녁식사 메뉴를 고민하고 있었을 것이다. 우리가 현재에 속하는 순간은 이처럼 드물다. 내가 좋아하는 요가 강사 한 사람은 종종 아기 자세로 수업을 시작한다. 우리가 이마를 매트에 대고 엎드려 있는 동안 강사는 이렇게 말하고는 한다. 내려가세요, 들어가세요.

책상머리에 있던 나는 가끔 몸을 비비 꼰 채로 몇 시간 동안이나 움직이지 않았고 다리에 감각이 없다는 걸 깨닫는다. 나는 내 몸이 아니라, 내 방이 아니라, 내 집이 아니라 다른 어딘가에 있다. 이는 내가 쓴 이야기에 깊이 몰입해 있었다는, 그러니까 내가 내 인물들의 우주로 넘어가 있었다는 의미일 것이다. 하지만 이상적으로는 머릿속으로 상상한 세계와 나를 둘러싼 주변세계 두 곳 모두에 존재하고 싶다. 내가 현재를 살고 있다면 아무것도 놓치지 않을 텐데. 우리가 작가로서 하는 일은 상상하는 것 말고 목격도 있다. 우리가 그곳에 없다면 어떻게 목격할 수 있단 말인가?

땅을 디딘 두 발을 느껴보자. 의자에 붙은 엉덩이를. 책상 위 팔꿈치를. 손에 쥔 펜이나 키보드 자판에 닿는 손끝을. 배 속으로 들어갔다 나오는 호흡을 느껴보자. 목에 얹힌 머리 무게를. 턱을, 꽉 물었는지? 나는 힘을 빼자고 생각하지 않으면 늘 이를 악물고 있는 쪽이다. 내가 글쓰기 안으로 더 깊이 들어갈수록 더 많은 도움이 필요하게 된다. 버지니아 울프가 솜뭉치라고 했던, 시간이 허물어지고 멍하니 집중력을 잃은 상태에 걸려들었던 날들이 있었다. 온전히 살아 있다고 할 수 없는 날들. 우리 정신은 방랑하려는 경향이 있다. 당면한 순간에서 약간 멀어져 있으려 하고, 속이고, 피하려는 경향. 우리가 작가나 예술가라면 이런 식으로 삶을 지탱할 수는 없다. 우리는 솜뭉치를 인정하고 돌파해야 한다.

내 책상에는 장미석영 조각이나 좋아하는 해변에서

주운 소원의 돌, 전념, 집중, 영감 따위의 이름이 붙은 에센스 오일처럼 어렸을 때는 웃어넘겼을 종류의 물건이자 부적으로 가득하다. 더는 글을 쓰지 못한다면 뉴에이지풍 선물가게를 열어도 좋을 지경이다. 하지만 정말이지 여기 이 물건들은 내가 얼마나 거북한 마음이든 현재에 머물러야 한다는 점을 새삼 알려준다. 가끔 나는 내려가는 걸(dropping in) 견디기 힘들다. 무시무시하고, 경계가 없고, 무한하고, 거의 자유낙하처럼 느껴지니까. 그렇지만 가장 좋은 작품이 거기 있다는 걸 알고 있다.

우리는 솜뭉치를 돌파하는 각자의 의식을 찾아낸다. 자기 자신에게 상냥할 수도, 가혹할 수도 있다. 우리는 달리기를 하러 나가기도 하고, 바닥에 엎드려서 팔굽혀펴기를 스무 번 하기도 하고, 책상을 주먹으로 내리치거나 요란한 음악이 우리 안의 소음보다 크게 울릴 때까지 볼륨을 높이기도 한다. 물론 술을 마시거나 마약을 할 수도 있겠지만, 이런 단기적인 전략은 대개 결과가 좋지 않다. 하지만 어떤 의식이건 우리는 주변 삶을 보고, 듣고, 맛보고, 냄새를 맡고, 만져보려고 시도한다. 그렇지 않다면 우리는 신체를 매미 허물처럼 뒤에 남겨두고 떠나면서 스스로를 탈출할 것이다. 내일 눈이 올까? 어제 미팅은 생산적이었을까? 왜 그녀가 내게 그런 말을 했지? 그의 말은 어떤 의미였을까? 무슨 상관이람? 우리는 알 수 없다. 하지만 과거가 아니며 보통은 확실히 미래도 아닌 지금, 우리는 풍경을 볼 수 있고, 우리 인간성이 닿는 거리를 느낄 수 있고, 그 모든 거북한 거리를 여행할 수 있다.

야망

대학원생을 위한 글쓰기 프로그램을 맡았던 몇 년간, 봄마다 입학을 희망하는 학생들의 원고가 담긴 커다란 봉투들이 우편함을 가득 채웠다. 경쟁 프로그램이어서 입학 허가를 받은 작가는 소수에 불과했다. 나는 지원자들의 섬세하고 두근대는 심장을 손에 쥔 마냥 지원서를 하나하나 꼼꼼히 살펴보았다.

그렇게 평가했던 지원서 수백 통 가운데 하나가 기억이 난다. 여느 때처럼 추천서를 빠르게 훑어보기 시작했고, 이어 학업계획서를 읽어보았다. 이 작가는 왜 대학원 학위를 얻고 싶을까? 뛰어난 후보들을 고를 때 지원 동기는 중요한 요인으로 작용했다. 나는 열정이나 겸양, 친절함 등 워크숍을 진행할 때 가치를 발하는 자질들을 찾아보았다. 자기중심적이거나 자만심이 있지는 않은지, 공격적인 면은 없는지도 자세히 살폈다.

저는 글쓰기를 공부한다는 게 정말로 무슨 의미인지 모릅니다. 그 계획서는 이렇게 시작했다. 많은 사람이 이미 제게 천재라고 말해주었지요.

나는 고개를 저었다. 그렇게 하면 지원서에 적힌 단어들이 절로 바뀌기라도 할 것처럼. 그러고는 계속 읽었다.

저는 국제적인 명성을 떨치는 작가가 되어 구겐하임 지원금을 받고 남프랑스에서 작업하며 지낼 생각입니다.

나는 이 지원서가 실은 『뉴요커』의 '외침과 중얼거림'(shouts and murmurs) 섹션에 보내려던 잘못된 시도이기를 바라며 계속해서 읽었다. 하지만 아니었다. 지원자는 농담을 하고 있지 않았다. 지원서의 내용은 동일한 맥락으로 이어졌다. 그의 작품은 기억나지 않는다. 내가 읽었는지도 기억나지 않는다. 덥고 어수선한 연구실을 둘러보면서 너무나 짜증이 났더랬다.

야망이 나쁠 건 없다. 우리 중에서 구겐하임 지원금을 받고 남프랑스나 그 비슷한 장소에서 지내며 글을 쓰고 싶지 않은 사람은 없을 테니까. 그렇지? 하지만 그게 목표가 되어서는 안 된다. 작품을 화려한 작가 인생을 살게 해주는 티켓쯤으로 여긴다면, 정말이지 다른 일을 찾는 편이 낫다. 내가 처음 가르치는 일을 시작했을 때, 한 학생이 오더니 자신이 작가가 될지 혹은 메릴린치(2013년 뱅크오브아메리카로 흡수통합된 금융투자회사 — 옮긴이)에서 일해야 할지 질문했다. "메릴린치죠!" 나는 대답했다. 그 학생이 재능이 없어서가 아니라 미적분학을 다룰 수 있어서였다.

당신이 작가가 되는 유일한 이유는 그래야만 하기 때문이다. 책을 냈고, 운이 좋아서 이 나라에서 북 투어를 다닐 수 있는 얼마 남지 않은 작가들에 속하더라도, 당신은 대부분의 시간을 아는 사람 하나 없는 조그만 도시, 바로 옆에 고속도로가 지나고 소독제 냄새가 나는 호텔 방에서 관객 다섯 명이 간의의자에 앉아 있는 곳으로 낭독하러 갈 준비를 하며 보낼 것이다. 다섯 명 중 둘은 서점 직원이고, 둘은 당신의 먼 사촌이고, 나머지 한 사람은 노숙인으로 당신이 낭독하는 도중에 일어나 어기적거리며 나가버릴 것이다. (경험담이다.)

진짜 작업은 다른 종류의 야망, 즉 창조적인 유형과 관련이 있다. 내가 아는 어떤 작가도 자기 작품을 확신하지 않는다. 레이먼드 카버가 이미 출간된 자신의 책을 빨간 색연필로 교정을 보았던 것과 마찬가지로, 작가는 자신이 쓴 글을 마지못해 낭독할 때 움츠리고 만다. 하고 싶었던 걸 충분히 하지 못했다는 것이 확실해서 괴로운 것이다. 작품은 우리의 작고, 불완전하고, 상상력이 부족한 자아가 만들 수 있을 정도로만 좋을 뿐이다. 작품은 일종의 이상화된 형식 속에, 손이 닿지 않는 곳에 존재한다. 그래서 우리는 계속해서 밀고 나아간다. 제대로 해내겠다는 욕망에 이끌려서, 그리고 제대로 하지 못하고 있다는 의심을 품고, 거의 되어간다는 희망으로 작업한다. 이 과정에 잔뜩 부푼 자아를 위한 공간은 없다. 커리어가 우리를 앙티브곶이나 혹은 주간 고속도로에서 멀찍이 떨어진 스테이브리지 스위트 호텔로 데려가건 말건, 그것이 결과일 수는 있어도 목표가 되어서는 안 된다. 나서기도 전에 길을 잃을 테니까.

안개

언젠가 E. L. 닥터로(E. L. Doctorow)는 안개가 자욱한 어두운 밤 시골길을 차로 달리는 일과 글쓰기를 비교했다. 전조등이 비추는 곳까지만 볼 수 있어도 천천히 조금씩 앞으로 나아가다 보면 결국 집에 도착한다. 우리 대부분에게, 특히 소설가들에게 이는 밝히고 싶지 않은 비밀이다. 소설이나 이야기를 쓰고 있는데, 어디로 가고 있는지 알 수 없다니. 우리는 다른 작가들이 배의 선장이고, 이 항구에서 다음 항구로 간다는 확실한 감각과 목적으로 항해하고 있다고 생각한다. 하지만 우리는 다음 문장도 제대로 알지 못하는 수치스럽고 괴이한 방식으로 작업한다.

쉿, 맞혀볼래?

추리소설이나 플롯이 복잡한 스릴러물을 쓰는 게 아니라면, 시작할 때 어디로 향하고 있는지 제대로 아는 작가들은 드물다. 나는 『가족사』(*Family History*)를 쓸 때 오후에 침대에 누워 홈 비디오를 보고 있는 30대 후반의 레이철 젠슨이라는 이름의 여성 인물로 시작했다. 분명 무슨 나쁜 일이 벌어진 뒤다. 그런데 어떤 일? 나는 그녀의 아이, 그리고 결혼과 관련이 있을 거라고 생각했다. 그녀는 단서를 찾아 반복적으로 홈 비디오를 재생한다. 나는 거기 어둠 속에 누워 있는 그녀와 함께 단서를 찾았다. 이 소설을 쓰는 2년 동안의 작업 과정에서 이야기는 한 번에 한 단어씩 형태를 갖춰갔다. 나는 안개가 내린 어두운 밤 표지판을 찾아 두리번거리며 운전할 때처럼 젠슨 가족에게 있었던 일을 알아냈다.

나는 항상 더 알아야 한다고 생각한다. 더 많은 정보가 필요하다고. 이걸로 아마 윤곽을 잡아야 할 것이다. 아니면 조사를 더 하거나. 하지만 실제로는 모르는 상태가 창작력의 핵심임을 스스로 상기한다. 역설적이게도 모르는 상태는 기력과 잠재력, 그리고 작품 자체의 탄력을 형성한다. 방에 홀로 있는 작가에게 가장 진실한 즐거움 중 하나는 인물들이 뭔가 예상치 못한 일을 벌여 우리를 놀랜다는 점이다. 시작할 때 이처럼 흥미가 고조된 상태에 있는 것이야말로 우리가 스스로에게 해줄 수 있는 가장 해방적인 행위다. 운동장 모퉁이에 서서 세상에 자기 길을 스스로 개척하는 아이들을 지켜보는 것과 조금 비슷하다. 아이들이 다음에는 뭘 할까? 아이들에게 무슨 일이 있었지? 정말로 그쪽으로 가고 싶은 건가? 누가 이 모래밭의 나쁜 아이지?

이 과정에는 믿음이 필요하다. 상상력은 자체적으로 일관성을 갖는다. 초고가 우리를 이끌어줄 것이다. 우리가 원고에서 이전까지 숨겨져 있던 무언가가 분출하도록 한 다음에도, 생각하고, 다듬고, 구조를 다시 짤 시간이 얼마든지 있다.

행운

나는 고등학교 2학년에 대학에 지원했다. 열여섯 살이었다. 너무나도 어리고 혼란스러운 열여섯 살. 가족이 율법을 지켰던 까닭에 일반적인 10대가 반항기에 하는 몇몇 일이 방해를 받았다. 친구들이 숲에 가서 맥주를 마시고 마리화나를 피울 때 나는 신께서 나를 죽음으로 벌할 거라고 믿으며 몰래 베이컨 한 조각을 먹었다. (오늘까지도 나는 갑각류와의 관계가 평탄하지 않다. 상한 새우를 먹고 아나필락시스 쇼크로 죽을까 봐 두렵다.) 그렇게 이른 나이에 대학에 지원하려고 안달복달했던 이유를 나는 이제야 돌아보고 헤아려본다. 부모는 나를 도와주지 않았다. 내가 원서를 넣고 있다는 건 알았지만 입학할 수 있을 거라고 절대로 생각하지 않았다. 나는 중위권 학생이었고, 어떤 과목(영어)은 잘했지만 어떤 과목(수학)은 처참했다. 살면서 대부분의 시간 동안 클

래식 피아노를 공부했으니 피아니스트 비슷한 사람이기도 했다. 바로 이것이, 모차르트 소나타 A장조를 연주한 카세트테이프가 내 성적에 마땅한 학교보다 좋은 대학에 들어가게 해주었을 것이 확실하다.

왜 그랬을까? 나는 필사적으로 집에서 나오고 싶었다. 부모와의 삶은 행복하지 않았다. 당시에는 몰랐지만 금방 떠날 수 없다면 결코 떠날 수 없을까 봐 두려웠던 것 같다. 죄책감과 원망이 나를 그 자리에 붙박이게 할 것이었다. 내 잘못으로 인해 부모에게 문제가 생기는 것 같았다. 그들은 나는 뼈다귀고, 자신들은 두 마리 개들인 것처럼 싸워댔다. 각자의 이유에서 나를 원했고, 나는 그 과정에 끼어 있었다. 거기서 벗어나려고 수없이 거짓말을 하기 시작했다. 부모에게, 친구들에게, 고등학교 시절 남자친구에게, 에디 애들러에게, 들어준다면 누구에게나 거짓말을 했다. 내가 하는 거짓말들에 나조차 당혹스러웠다. 내가 한 이야기들을 파악할 수 없었다. 왜 그런 말들을 꾸며냈지? 어째서 일어나지도 않은 일이, 때로는 고통스럽고 극적인 일이 있었던 척했지?

입학 통지서가 우편함에 날아들기 전 주에 나는 음식을 먹지 않았다. 나는 애초에 마른 체격이었는데 우리 가족이 찾아가던 사람 좋은 소아과의사는 이 단식을 거식증으로 판단했다. 그래서 나는 입원했다. 이 단어들을 쓰면서 나는 고개를 젓고 있다. 어떻게 들릴지 아니까.

부모는 무거운 마음으로 음식을 먹지 않는 열여섯 살짜리 딸을 병원에 입원시켰겠지만, 내가 심각하게 아프다고 여겨질 때마다 그들이 했던 몇 가지 결정처럼, 이번에도 너무나 과도한 반응이었다. 한 번은 목에 분비선이 붓는 바람에 골수까지 채취했는데, 결과적으로는 수술로 부은 분비선을 제거했을 뿐이었다. 그렇게 나는 동네의 작은 뉴저지 병원에 누워 어머니가 두툼한 세라 로런스 칼리지 봉투를 개봉하지 않은 채로 가지고 병원에 올 때까지 정맥주사로 영양분을 공급받았다.

나는 일어나 앉아서 수프와 짭짤한 비스킷을 조금씩 먹었다. 정맥주사 튜브가 제거되었다. 따스한 4월의 어느 날 퇴원하면서 입었던 드레스가 기억난다. 섬세한 흰색의 하늘하늘한 드레스였다. 나는 말랐지만, 강해지고 새로워진 기분을 느꼈다. 그 봉투는 나를 꺼내줄 티켓이었다. 그 주에 입학통지서가 몇 군데에서 더 날아왔지만, 내 본능은 뉴욕시 인근의 작은 예술대학인 세라 로런스야말로 내가 속할 곳이라고 속삭였다. 돌이켜보면 왜 그랬는지 빤히 보인다. 나는 작가가 되고 싶었고, 세라 로런스에는 뉴욕시에서 출퇴근하며 가르침을 주는 훌륭한 작가들이 교수진으로 있으며, 많은 이가 나의 스승과 대안적 부모가 되어줄 것이고, 내 삶을 영원히 바꿔줄 것이라는 걸 알았다. 말하자면 내게는 무엇이 되고 싶은지 계획이 있었다. 하지만 이중 무엇도 사실이 아니었다.

돌아봐야만 삶의 점들을 연결할 수 있다. 법의학적으로. 30년의 세월이 지난 지금에서야 에디 애들러가, 거짓말들이, 굶는 행위가, 하얀 면직 드레스가, 두꺼운 봉투가 조용한 시골집으로, 책 더미로, 남편과 아들로, 고독한 나날들로 향하는 것이 보인다. 물론 다르게 흘러갔다면 어떠했을지도 보인다. 그런 요소 전부를 제거하건, 디테일 딱 하나를 바꾸건, 이야기는 전혀 다른 방향으로 뻗어간다.

안내자들

세라 로런스에 입학했을 때, 그곳에서 가르치던 현직 작가들 중 키가 작고 탄탄한 여성이 있었다. 구름 같은 백발에 그때까지 본 사람들 가운데 가장 상냥한 얼굴을 하고 있었다. 그레이스 페일리(Grace Paley)는 전설이었다. 그녀가 말하는 방식은 자신이 쓰는 글과 똑같았다. 브루클린에서 유대인 이민자 가정의 딸로 성장해 거리의 억양을 지닌 그녀는 현명했고 겸손했으며 다정했고 예리한 사람이었다. 그녀를 볼 때마다 종종 눈물이 차올랐다.

새 가족이 필요한 소녀였던 나는 그레이스의 많은 양아이 중 한 명이 되었다. 그리고 준비가 된 건 아니었지만(내가 되고 싶었던 여성으로의 변화가 시작될 때까지 6년이 더 걸렸고 심적 고통도 엄청났다), 나는 그녀에게서 내가 바랐던 무언가를 감지했다. 살피는 마음, 생각하는 마음, 생동하는 삶을. 그레이스를 처음 만나고 오랜 시간을 목적 없이, 자기파괴적으로, 망상 속에서, 그리고 희망 없이 들쑤시고 다니면서도 다른 길이 있다는 걸 알았다. 나는 그녀에게서 그 길을 보았다. 다만 어떻게 갈 수 있는지 모를 뿐이었다.

학부와 대학원 시절에는 그레이스와 워크숍을 몇 번 해본 정도이고, 수업은 종종 취소되었다. 그녀가 시민불복종 운동을 하다 구속되었다고 알리는 쪽지가 문에 붙어 있었다. 하지만 그녀의 조언은 내 안에 머물렀다. "방금 쓴 문장이 일어나 건넛방으로 가서 남편에게 큰 소리로 읽어줄 정도로 마음에 든다면 그 문장을 버려야 한다는 걸 나는 압니다." 언젠가 그녀가 한 말이다. 그때는 무슨 뜻인지 몰랐다. 자기 문장이 마음에 든다는 건 좋은 일 아닌가? 이제 나는 그 뜻이 단순히 이렇다는 걸 안다. 쓰고 있는 동안에는 자기 작품에 찬사를 보내지 마라. "나는 욕조에서 가장 좋은 글을 씁니다." 그녀가 말했다. 나는 그녀가 비누거품에 목까지 파묻고 욕조에 앉아 끄적거리는 모습을 상상했다. 하지만 지금은 그 말이 원고에서 벗어나 정신을 배회시켜 문제를 해결하게 하는 것이 중요하다는 뜻이라는 걸 안다. 요즘도 나는 그녀가 스승이었을 때 태평하게 했던 말들을 간혹 떠올리고, 깨닫는다. 아, 그레이스가 한 말이 이런 뜻이었구나. 그녀는 특히 내가 글을 쓸 때 나와 같은 공간에 있다.

나의 모든 스승 — 에스터 브로너(Esther Broner), 제롬 베데인스(Jerome Badanes) — 은 이제 작고하셨지만, 그분들의 이름을 여기 쓰고 있으니 망자들을 위한 유대교 기도문인 이즈코르(Yizkor)의 한 형식처럼 느껴진다. 그분들은 모두 내 가족이 되어주었다.

우리가 눈을 크게 뜨고 있으면 진정한 스승을 만날 수 있다. 그들이 누구인지는 몰라도 된다. 버지니아 울프는 나의 스승이다. 나는 그녀를 『어느 작가의 일기』의 형태로 가까이 둔다. 가끔 이 책을 아무 페이지나 펼쳐서 나보다 앞서서 이 길을 걸었던 동류의 영혼을 만나고, 나와 그녀의 상황은 확연히 달랐지만 그녀는 나를 이 세상에서 덜 외롭게 느끼도록 해준다. 우리가 방에 혼자 있을 때에도 우리의 악마, 내면의 검열관과 더불어 선생들은 이토록 애쓰는 우리가 혼자가 아니라고 말해준다. 우리는 위대한 선구자들의 태피스트리의 일부가 된다. 그리고 우리는 자문해야 한다. 마음으로 감각하는가? 가능한 한 전력을 다해 공감적으로 도약하는가? 주변 세상을 목격하는가? 우리를 위해 포석을 깔아둔 이들의 어깨를 등반하고 있는가? 날마다 우리 자아의 모든 조각을 사용하고, 우리의 삶을 소모하고 소진하면서 매일을 살아내고 있는가?

무엇을 아는가?

글쓰기 워크숍에서 흠집 난 목재 테이블에 앉아 있다 보면 당신이 아는 걸 쓰세요라는 말을 듣게 될 것이다. 설명하지 말고, 부사를 쓰지 마세요라는 말을 비롯해 여러 지침도. 하지만 글쓰기 워크숍에서 듣게 될 모든 규칙을 깨야 한다는 걸 알아두자. 당신은 무엇이건 할 수 있다. 잘 소화하기만 한다면. 보여주지 않고 설명하는 것도, 부사를 탁월하게 사용하는 것도. 떨어지는 걸 두려워하지 말고 줄타기용 줄에 올라가라. 생략부나 느낌표를 사용하면 안 된다고 누가 말했지? 대화문은 들여서 쓰고 따옴표 안에 써야 한다고 누가 말했지? 방에 갇힌 아이의 시점으로는 소설 전체를 쓸 수 없다고 누가 말했지?

아는 걸 써야 한다니, 대체 무슨 뜻일까? 이 규칙 때문에 어떤 작가들은 시작하면서 자신이 겪은 일만 쓸 수 있다고 생각하게 된다. 이들은 이내 패닉에 빠진다. 자신의 삶이 충분히 극적이지 않을까 봐 걱정한다. 하지만 삶이 (혹은 작품이) 직접 경험한 일들에서만 나올 수 있다면 어떨지 상상이 되는가? 나이 마흔에 새로운 소재를 찾다 지쳐 산화해버릴 정도로 흥미로운 삶을 살아야 할까?

당신을 사로잡은 장소에서, 당신이 집착하고 두려워하고 욕망하는 지점에서 글을 쓰는 것과 직접 통과해온 것을 글로 쓰는 것 사이에는 커다란 차이가 있다. 우리는 생각보다 많은 걸 안다. 예컨대 나는 홀로코스트 생존자이며 정신분석가인 64세 남성이 아니다. 하지만 내 세 번째 소설 『난파선 묘사하기』(*Picturing the Wreck*)에서 나는 그 인물이 되었다. 내가 솔로몬 그로스먼이었다. "에마 보바리, 그건 나다"라고 플로베르는 말했다. 나는 나보다 서른 살 이상 나이가 많고 내가 경험해보지 못한 고통을 겪었으며 가져보지 않은 즐거움을 누린 남자의 마음과 영혼 속으로 들어갈 수 있을지 질문하지 않았다. 도입부에서 솔로몬은 아침에 일어나 자위한다. 나는 어떻게 스스로에게 그런 장면을 쓸 권한을 주었을까? 내가 알았기 때문이다. 그가 그러리라는 사실을 알았고, 그러기 전에도, 하는 중에도, 이후에도 어떤 기분을 느낄지 알았다. 우리의 한계는 오로지 공감하는 능력에 좌우된다. 우리는 슬픔과 비통함, 상실, 즐거움, 희열, 갈망, 쾌락, 부당함, 질투, 산산 조각난 마음을 경험한 적이 있다.

최근 나는 MIT 연구자들이 설계한, 입으면 나이 든 것처럼 느껴지는 '노년체험 시스템'(Age Gain Now Empathy System, 약칭 AGNES) 우주복을 입어봤다. 스키 바지처럼 보이는 것을 올라타듯 입었다. 허리춤 벨트에는 동작 범위를 제한하는 굵은 고무 밴드가 달려 있었다. 벨트에 고무 밴드로 연결된 헬멧도 썼는데, 이건 목을 돌리는 힘에 제약을 가하고 움츠러들게 했다. 고글 때문에 시야가 흐렸다. 밑창에 날카로운 플라스틱 스파이크가 박혀서 걸을 때마다 아픈 슬리퍼도 신었다.

다른 사람의 입장이 되어 1.5킬로미터를 걸어보는 기회였다. 내가 여든 살, 어쩌면 아흔 살이 된 모습이었다. 미래가 흘긋 보이는 듯했다. 숟가락을 집어 드는 일이 이렇겠구나, 의자에서 일어나고 계단을 올라가는 일이. 늙고 허약해진 신체적 경험을 상상하는데 AGNES가 필요했는지는 모르겠지만, 내 관점은 예리해졌다. 나는 '보행금지' 표지가 깜박이는 브로드웨이를 건너려는 구부정한 노인에 대해, 혹은 생활지원시설에서 탈출하려는 치매환자 여성이 고속도로 갓길에서 방향감각을 잃어버리는 경험에 대해 다르게 생각했다. 나는 아직 그런 순간들을 살아본 적이 없고, 아마 앞으로도 그럴 것이다. 하지만 나는 혼자라는 것이 어떤지 안다. 유실된다는 것을, 두려움을 안다.

피아노

어머니는 수요일마다 하교한 나를 차에 태워 30분 거리의 이웃 동네에서 하는 피아노 레슨에 데려갔다. 가는 길에 우리는 하워드존슨 식당에 들렀고, 나는 스위스초콜릿 아몬드 아이스크림을 골랐다. 차를 타고 가는 길이 어땠는지 기억나지는 않는다. 대화 한마디도 생각나지 않는다. 하지만 아이스크림의 맛은 정확히 기억한다. 만족스럽게 오도독 바스러지던 아몬드. 어린 시절의 감각과 관련된 세부적인 것들이 종종 생생하게 남기도 한다. 늦은 오후 이글거리던 태양, 아래쪽 고속도로에서 꾸준히 쉭 하고 들리던 소리, 등에 닿은 좌석커버, 더는 젊지 않은 어머니의 손이 운전대에 놓인 모습. 어머니는 어마어마하게 크고 짙은 갈색의 캐딜락 엘도라도를 몰았다. 왜 그 차였을까? 나는 모른다. 부모는 과시적인 사람들이 아니었다. 내가 어머니 같은 인물을 만들어낸다면 그녀가 엘도라도를 운전하게 하지는 않을 것이다.

피아노 레슨은 일주일의 한가운데에 찍힌 구두점이었다. 쉼표일 수도 있고 세미콜론이 더 어울릴 수도 있겠다. 다른 일상은 레슨을 기준으로 양분되었다. 텝턴 씨는 열정적이었고, 까다로웠으며, 학생이 연습하지 않고 레슨에 오면 상처를 받았다. 그는 연한 붉은색 머리에 얼굴이 불그스레했는데, 그의 부인도 마찬가지였다. 그들에게는 붉은색 머리의 텝턴 꼬마들이 있었다. 나는 텝턴 씨가 무슨 생각을 할지 신경 썼고, 반드시 연습을 하려고 노력했다. 피아노를 연습할 때면 보통의 근심걱정이 사라졌다. 솔 킴핀스키가 정말 나한테 반했었나? 나도 그 애한테 반했던 걸까? 미국사 시험공부를 다 했나? 아주 창백하고, 대단히 과체중이고, 너무나 불행한 아버지는 곧 심근경색으로 죽게 될까?

아버지가 견인장치에 매달려 저녁을 보내던 서재에 놓인 메이슨앤드햄린 업라이트 피아노 앞에서 나는 날마다 몇 시간씩 연습했다. 먼저 음계와 아르페지오를 치고 연습하는 곡들 중 아무거나 연주했다. 바흐 인벤션, 쇼팽 녹턴, 베토벤 바가텔, 모차르트 소나타. 나는 연습(practice)이라는 단어의 뜻을 생각해보지 않았다. 내가 삶이란 온전히 '실천'(practice)이라는 것을 비로소 이해하게 되기까지는 긴 세월이 지나야 했다. 글쓰기, 운전하기, 하이킹, 양치, 점심도시락 준비, 침대 정리, 저녁식사 준비, 사랑 나누기, 개 산책시키기, 심지어는 잠자기까지도. 우리는 언제나 실천한다. 오로지 실천뿐이다.

한동안은 커서 피아니스트가 되고 싶은지도 모르겠다고 생각했다. 아들 제이콥이 프로 농구선수가 되고 싶다고 생각하는 것과 비슷했다. 아니면 어머니가 유명 작가가 되고 싶었던 것과 비슷했는지도 모르겠다. 낭만적인 몽상이었다. 내게는 약간의 재능과 제법 훌륭한 귀가 있었고 어느 정도 헌신적이기도 했다. 이제 나는 피아노가 나의 훈련장이었다는 걸 안다. 최소한 일반적인 글쓰기 워크숍 정도로 중요했다. 나는 평생 언어로 작업하는 삶을 손수 준비하고 있었던 셈이다. 악구 나누기, 쉼, 점강과 점약, 박자 맞추기, 형태 잡기, 음색 다루기. 이들 전부가 원고를 대하는 나와 함께 있다.

당신이 이야기나 시, 에세이, 긴 작품의 서두 등 무엇이건, 괜찮게 느껴지는 글을 썼다면 한 번 귀를 기울여 보자. 어떤 소리가 들리는가? 쓴 글을 소리 내어 읽어보자. 미친 사람처럼 보일 수도 있겠지만 그건 중요하지 않다. 아무도 보고 있지 않다. 언어가 움직이는 방식에 주목하자. 바라던 효과가 만들어지고 있는가? 나는 나보코프(Nabokov)의 어떤 문장들, 혹은 델모어 슈워츠(Delmore Schwartz)의 『책임은 상상력에서 시작한다』(*In Dreams Begin Responsibilities*)의 결말을 떠올린다. 쉼표의 급류를 따라 우리를 빠르게, 우리가 거의 헐떡일 정도로 빠르게 실어 나르는 유동적인 문장의 흐름을. 돈 드릴로(Don DeLillo)의 무조적 병치를. 헤밍웨이의 깔끔한 스타카토 박자를, 창자에 꽂힌 칼 같은 마침표를. 당신의 언어는 어떤 악기를 불러내는가? 첼로? 전자기타? 오보에? 당신은 협주곡을 쓰고 있나? 아니면 교향곡을? 자장가를? 귀를 기울이면 당신 자신의 목소리 리듬이 들리기 시작할 것이다.

오감

한 인물이 산책하고 있다. 어디 보자, 구불구불한 시골길에서. 이 인물은 사색에 잠겨 있다. 기억과 아쉬움, 갈망, 후회가 엿보인다. 이 인물—'조'라고 부르자—은 여자친구 집에 가는 길이다. 그들은 서로 다투었는데, 그는 화해를 바라고 있다. 어떻게 사과하면 좋을지, 그녀가 뭐라고 할지, 오늘 하루가 좋게 마무리될지 생각하는 중이다. 그러는 동안 조는 걷고 있다. 그가 도시에서 신는 좋은 신발은 전날 밤 내린 비로 진흙투성이가 되었다. 근처 인동덩굴에서 호박벌들이 웅웅거린다. 인동덩굴 냄새가 끼치자 여자친구와 행복했던 한때가, 지난여름에 둘이서 갔던 소풍이 떠오른다. 그는 코를 조금 훌쩍인다. 콧물이 흐른다. 주머니에 손을 깊숙이 넣어 휴지를 찾아보지만 대신 포춘쿠키 포장지만 나온다. 배에서 꼬르륵 소리가 난다. 그는 여자친구가 먹을 걸 좀 줄지 궁금하다.

조의 본질적인 인간다움이 느껴지게 하려면, 그의 신체에 접근해야 한다. 이 방법은 종이 위의 인물들에게 생명력을 불어넣는 가장 쉬운 길이지만 우리는 너무나 쉽게 잊어버린다. 우리가 길을 따라 걷고 있는 그의 신체에 들어간다면, 이 글에는 많은 것이, 호박벌이, 인동덩굴이, 포춘쿠키가 나타날 것이다. 그의 사색은 그의 신체가 겪는 현재와 연합하고 연결될 것이다. 결국 이런 거 말고 또 뭐가 있을까? 우리는 보고, 냄새를 맡고, 맛을 보고, 듣고, 만진다. 이런 감각들은 우리의 내적 삶으로 이어지는 관문이다.

언젠가 한 친구가 이른 봄날 뉴욕 워싱턴스퀘어 공원을 지나던 경험을 말해준 적이 있다. 그녀는 집에서 사무실로 갈 때마다 이 경로를 택하고는 했는데, 그날 갑자기 패닉이 찾아오는 바람에 공원 한복판에서 완전히 멈춰서고 말았다는 것이다. 무슨 일이었을까? 하필이면 왜 그 순간에? 심장이 질주하듯 뛰었고, 그녀는 호흡을 가다듬으려고 애를 썼다. 주위 세계가 녹아내리고 있는 것처럼 보였다. 마침내 공원 벤치에 가까스로 앉았을 때, 그녀는 공기의 질감과 햇살이 1년 전 그날과 똑같다는 것을 깨달았다. 꼭 1년 전에 그녀는 유방암 진단을 받았다. 이후로 완전히 회복한 그녀는 그 순간까지 그날이 진단 1주년이라는 사실을 기억하지 못하고 있었다. 그런데 그녀의 신체는 기억했다. 그 햇살을, 그 공기를, 피부에

닿던 실바람을, 멀리서 연주하는 길거리 밴드를. 그녀의 몸이 그녀를 공포의 장소로, 그녀의 마음이 거부했던 시간으로 돌려놓았다.

인덱스카드에 '오감'이라고 써서 책상 위 메모판에 붙여두자. 가능하다면 책상머리에는 메모판이 있어야 한다. 사진이나 인용문, 엽서, 생각이나 아이디어를 끄적거린 메모 따위를 붙여둘 수 있다면 당신이 누구이며 무슨 일을 하는 사람인지 잊지 않을 수 있다. 인물을 만들고 있다면, 한 인물을 어떤 장소와 시간에 배치하는 중이라면 이렇게 질문해보자. 지금 그녀는 어떤 냄새를 맡지? 맨팔에 닿는 공기는 어떠한지? 멀리서 사이렌 소리가 들려오나? 문을 쾅 닫는 소리는? 자동차 경고음은? 그녀는 목이 마를까? 숙취가 있나? 등이 아플까? 이런 걸 전부 다 글에 쓰지 않아도 된다. 하지만 당신은 알고 있어야 한다. 인물의 오감에 대해 안다면 그의 주변 세계가 활짝 열릴 테니까. 심지어 오감은 이야기 자체를 열어젖히기도 한다.

운수 나쁜 날

하루가 눈앞에 눈부시게 펼쳐져 있는데, 정작 글쓰기에는 최악이었던 날들이 있다. 병원 갈 일도 없고, 배관공이 욕실 누수를 고치러 오지도 않고, 일찍 학교에 가서 아들을 데려올 필요도 없다. 전등갓 주변에서 성가시게 윙윙대는 파리조차 없다. 아무 일도 없는 여덟 시간. 오로지 나와 정적만 있을 뿐이다. 나, 그리고 발치에서 잠든 개들만이. 나와 향초와 난로에서 타오르는 불길만이. 나, 그리고……

자, 이제 뭐가 문제인지 보일 것이다. 나라는 사소한 단어 하나가 문제다. 불교 작가 존 캐벗-진(Jon Kabat-Zinn)의 표현을 빌리자면, 우리가 어딜 가건 우리가 있다. 우리를 방해하기는 쉽다. 이 이메일만 확인할 거라고(침대만 정리하고, 소스만 만들고, 일거리 하나만 처리하고) 우리는 스스로 약속한다. 그런데 미처 알아차리기도 전에 거대한 파도에 밀려난 것처럼 하던 작업에서 밀려나버린다. 하루가 이런 식으로 진행될수록 분노가 커진다. 어쩌다 이렇게 되도록 놔뒀지? 대체 어쩌다? 상황이 그토록 완벽했는데.

가끔은 완벽한 상황이 제일 억압적일 때가 있다. 나는 엄마가 되기 전에 예술가 마을에서 몇 달을 지낸 적이 있다. 목가적이고 외진 장소로, 숲속 오두막 앞으로 점심 식사가 배달되던 그곳에서는 낮 동안 침묵을 지켜야 했다. 작곡가와 화가, 조각가, 시인, 소설가 들이 저마다 자신의 작품을 살면서 호흡했다. 하지만 나는 이상적인 작업 환경에 적응할 때마다 항상 어려웠던 기억이 있다. 특히 뭔가 새로운 걸 시도하겠다고 숲속에 들어와 있으면 더 그랬다. 끝없는 정적 속에서 내면의 검열관이 더 커다란 목소리를 냈다. 한 작곡가 친구는 유명한 예술가 마을을 찾아 자신이 지낼 스튜디오에 갔더니 안내인이 그곳에서 애런 코플런드(Aaron Copland)가 「애팔래치아의 봄」(Appalachian Spring)을 작곡했다고 말해주었다고 했다. 친구는 창밖을 내다보며 몇 주를 보내다 스스로를 의심하기 시작했다. 가끔 우리에게 필요한 건 충분한 시간뿐이다. 때로는 시간조차 충분하지 않아도 된다.

아들은 어려서 주디스 바이올스트(Judith Viorst)의 『알렉산더와 끔찍하고 지긋지긋한 최악의 날』(*Alexander and the Terrible, Horrible, No Good, Very Bad Day*)이라는 책

을 좋아했다. 가엾은 알렉산더. 그 아이는 잠에서 깼더니 머리에 껌이 붙어 있었고, 카풀 때 중간 자리에 앉게 되었고, 엄마는 도시락에 후식 넣는 걸 까먹었고, 치과에 갔더니 충치가 있었다. 더는 나쁜 일이 일어나기도 어렵겠다고 생각하자마자 알렉산더는 텔레비전에서 키스하는 사람들을 보았다. 이처럼 내게서 등을 돌리는 듯한 하루의 여세가 느껴진다면, 실제로 그렇다면, 가끔은 침대로 기어들어가 어서 그날이 지나가기를 기다리는 편이 최선일 수 있다.

우리는 스스로를 친절하게 대하는 법을 익혀야 한다. 우리의 일은 쉽지 않다. 우리는 인생의 좋은 부분을 고독 속에서 심오한 생각과 집착, 걱정거리 들과 씨름하며 보내게 되어 있다. 우리는 기억의 짐승들을 풀어놓는다. 판도라의 상자를 염탐한다. 신념과 탐구정신으로, 자신이 생산하는 것이 앞으로 가치가 있으리라는 생각에 대한 보증 없이 그렇게 한다. 우리는 아프다고 전화하지 않고, 정신적 문제가 있다고 휴가를 내지도 않는다. 2주간 유급 휴가나 여름 금요일 휴가(summer Fridays. 미국은 5월 넷째 주 월요일인 메모리얼 데이에서 9월 첫째 주 일요일 노동절 사이에 있는 금요일에 휴가를 낼 수 있다 — 옮긴이), 주말이 따로 없다. 우리는 종종 주변의 템포와 걸음을 맞추지 못한다. 고립된 느낌, 묘한 느낌이다. 그러니 하루가 등을 돌리는 날이면 불교 작가 실비아 부어스타인(Sylvia Boorstein)의 조언을 따르는 편이 좋을지도 모른다. 그녀는 스스로에게 아주 아끼는 아이를 대하듯 말한다. 얘야, 우리 아가, 사랑스러운 아가야. 잘했어. 자, 자. 산책을 다녀오렴. 목욕을 해. 드라이브를 다녀와. 케이크를 구울까. 잠깐 낮잠을 자. 내일 다시 하면 되잖아.

엉망진창

대학에 들어가자마자 열일곱 살이 된 나는 얼마간 신입생 같긴 했겠으나 성숙하지 못했고 혼란투성이였다. 나를 규정하고 단속했던 엄격한 양육의 규칙들이 사라지자 더는 신이 지켜보고 있다는 걱정 없이, 혼자서 도시 건널목을 건너려는 어린애나 마찬가지로 준비 없이, 나는 완전히 혼자였다. 앞면대뇌피질이라는 게 있다. 위협과 위험을 파악하고 이해하는 뇌의 일부로, 스무 살이 될 때까지 완전히 발달하지 않는다고 한다. 위협과 위험 같은 개념은 한낱 추상일 뿐이었다. 나는 행동이 결과를 산출한다는 걸 생각해본 적도 없었다.

나는 자기파괴적 나선에 진입했다. 6년간 계속된 이 시기는 마약과 술, 그리고 권력을 지닌 유부남이자 가장 가까운 친구의 계부였던 사람과 관련이 있다. 그는 결국 탈세와 횡령으로 구속되어 복역하게 된 소시오패스이기도 했다. 다시 한번 읽어보자. 천천히, 의미를 파악하면서. 유부남의 정부(情婦). 범죄를 저지른 유부남. 어중간한 조치로는 나를 막을 수 없었다. 한 번 시작하면 무엇도 나를 멈추지 못했다. 무슨 일이라도 일어날 수 있었고, 많은 일들이 있었고, 그중 하나도 괜찮지 않았다. 확실히 당시의 나를 관찰한다면, 내가 성장해서 소설과 회고록을 쓰는 작가이자 교수, 행복한 아내이자 어머니로 코네티컷 시골에서 생활하게 될 가능성을 점칠 이는 많지 않을 것이다. 삶은 하나의 예측 가능한 장면에서 다음 장면으로 넘어가는 서사적 굴곡을 따르지 않는다. 그렇다. 마이클 앱티드(Michael Apted)는 자신의 획기적인 다큐멘터리 「업」(UP) 시리즈에서 영국의 일곱 살 학생 무리를 7년마다 추적한다. 그들이 중년의 나이가 될 때까지. 이 시리즈에는 다음과 같은 문구가 붙어 있다. 내게 일곱 살 난 아이를 주시면 다 큰 성인을 드리겠습니다.

뭐, 그럴 수도 있고 아닐 수도 있다. 우리가 어떤 순간의 상호작용과 세부적인 사항들을 면밀히 들여다본다면 낚시꾼처럼 줄을 당길 수 있다. 삶은 무한한 방식으로 펼쳐진다. 누군가가 일곱 살의 나를 관찰했다면, 내 20대 초반을 관통하는 궤적이 점쟁이가 손바닥에서 볼 수 있을 아주 희미한 주름으로 나타났을지도 모르겠다. 누군가가 내 부모의 불행으로부터 약간의 알코올중독과 약물남용, 우울, 그리고 복잡한 비밀의 유산이 얽힌 가족사를 관통해 화살표 하나를 그린다면, 아마도 앞날의 난관을 상상할 수 있을 것이다. 하지만 난초가 꽃을 피울 때나 종양이 전이될 때처럼 조건이 맞아야 했다. 내가 그 남자와 길을 건너지 않았다면 뭔가 다른 일이, 똑같이 나쁘거나 더 나쁜 일이 일어났을까? 혹은 그 특정한 위험의 그림자가 나를 스쳤을까? 이 조합에 다른 변수들—전화 한 통, 다른 순번, 방에 들어오는 낯선 사람, 새 친구, 배려해주는 스승, 폭풍우, 망가진 자물쇠—을 넣어보자. 갑자기 모든 것이 변한다. 당신은 갑자기 다른 이야기를 하게 된다.

다음에 있을 일은 어떤 손금에도 새겨질 수 없었다. 내가 스물세 살이던 해 겨울, 부모는 눈폭풍을 뚫고 집으로 돌아가는 차를 몰고 있었다. 아버지는 운전대 앞에서 의식을 잃었다. 조수석에는 어머니가 타고 있었다. 아버지는 안전벨트를 매고 있었고, 어머니는 아니었다. 2주 후, 아버지는 이 사고로 사망했다. 어머니는 완파된 차에서 조스오브라이프(jaws of life, 차량 사고 시 사용하는 절단용 공구—옮긴이)로 끌어내졌고 80군데가 골절됐다. 나는 회고록 『슬로모션』(*Slow Motion*)에서 부모의 사고에 대해 쓴다. 나는 스물세 살짜리 대학 중퇴자가 유부남 애인에게서 벗어나려고 노력하며 화이트와인과 스카치, 크래커에만 의지하는 삶에 대해 쓴다. 나는 아버지를 잃은 슬픔과 어머니를 돌보는 일에 대해, 마침내 파괴적인 관계를 끝내는 것에 대해, 대학으로 돌아가는 일에 대해 쓴다. 페이퍼백 표지에는 이런 부제가 적혀 있다. "비극이 구원한 삶에 대한 회고록." 이건 마케팅용 문구다. 다사다난하고 복잡한 사건들이 효율적인 문구 하나로 축약되었다. 부모의 자동차 사고라는 비극은 나의 전부를 바꾸었지만 나를 구원하지는 않았다.

진실은 내가 작가가 되었다는 점이다. 이는 아주 오래전, 이불 밑에서 손전등에 의지해 거짓말로 가득한 편지를 끄적거리며 시작되었다. 이는 나의 고독한 어린 시절에 뿌리를 두고 있다. 이는 일곱 살, 열네 살, 스물한 살의 소녀 안에서 자라났다. 하지만 그 사고 이후로도 조건이 맞아떨어졌다. 나는 공공연히 망가져 있었고, 더는 순수하지도, 자각이 없지도 않았다. 내게는 할 이야기가 있었다. 말할 준비가 필연적으로 되지 않은 이야기였지만, 중요하지 않았다. (실패하라, 더 낫게 실패하라.) 희미한 주름 하나하나를 따라갈 수밖에 없었고, 내 경험을 배우고 번역하는 이가 될 수밖에 없었다. 과거에 도달하기 위해서. 원고를 통해 아버지와의 관계를 지속하고, 그를 살아 있게 하기 위해서. 그 길고 불가능한 시간 동안 죽은 사람 모두를, 할머니와 삼촌 두 사람을 포함해 전부 살아 있게 하기 위해서. 언어는 내가 항해하는 도구가 되었다. 이 모든 언어로 나는 심연에서 조금 멀리 벗어날 수 있었다. 이 모든 문장으로 내 초점은 예리해졌다. 이 모든 이야기로 나는 안에서부터 나를 형성하기 시작했다.

어둠 속에서 글쓰기

조그만 뉴욕 아파트 복도 맞은편의 빌린 방에서 첫 소설을 썼다. 아침마다 김이 오르는 커피 한 잔을 들고 맨발에 파자마 차림 그대로 그 방으로 건너갔다. 거기서 담배를 피우고 창밖 안뜰을 내다보며 몇 년을 보냈다. 글을 쓰고, 담배를 피우고. 글을 쓰고, 담배를 더 피우고. 압박감이 느껴졌다. 하지만 외부세계가 아니라 전적으로 작업 중인 소설하고만 관련된 압박이었다. 나를 위한 외부세계는 아직 존재하지 않았다. 나는 편집자나 에이전트나 문학에서 성공하는 일에 대해 생각하지 않았다. 페이스북이나 트위터는 없었다. 글쓰기 비즈니스에 대해 기본적인 것도 알지 못했다. 물론 책을 출판하는 일에는 신경이 쓰였다. 나는 스스로에게, 그리고 다른 이들에게 증명해야 할 것이 많았다. 착각이 아니었다는 확증이 필요했다. 망가진 어머니에게, 와해된 가족에게, 돌아가신 아버지에게, 내가 결국 뭐가 될 수는 있을지 회의적인 친구들에게 보여줄 필요가 있었다. 하지만 내 안에 깃들고 내게 구명줄을 던져주고 구해준 건 작업 그 자체였다.

시작할 때, 우리가 어딘가 외딴 이국적인 장소에 있다는 걸 기억하자. 머나먼 동아시아의 부탄처럼 문학적으로 동등하게 먼 장소에. 아무도 당신을 찾을 수 없는 곳이다. 뭐든 가능한 곳. 한동안 자유를 누릴 수 있고, 다른 이들의 기대와 관념에서 해방된 곳이다. 당신은 트레킹 중이고, 풍경은 무한하다. 당신이 첫 책을 작업하건 열 번째 책을 쓰고 있건 이 자유는 필수적이다. 원고 안에서 세계를 창조하려면 주변 세계에서 물러나 있을 필요가 있다. 주변 세계의 기대와 제약은 잊고.

첫 책을 쓰는 시간은 어둠이 가장 순수하고 가장 귀할 때다. 언젠가 당신은 그때를 갈망하며 돌아볼 것이다. 아직까지 아무도 당신을 전통에 얽어매지 않았고, 당신이 누구인지 말하지 않았다. 당신은 리뷰나 언급을 찾아 인터넷을 헤매지 않는다. 어둠 속에서 당신은 자유로이 밤메꽃처럼 피어날 수 있고, 결과와 관계없이 실험할 수 있다. 한계도 정의도 없다. 무엇에 집착하지? 자신의 목소리를 찾으려면 마음의 휴지기가 필요할까? 어떤 규칙을 깰 수 있지? 불쑥 튀어나온 부분은 무엇이고, 이에 대항해 어떻게 작품을 빚어낼까? 당신 앞에는 온통 이런 문제들이 있고, 어둠 속의 시간이 해답을 찾도록 해줄 것이다.

나는 20여 년 전 뉴욕의 그 방에서 느꼈던 기분을 되찾으려고 애쓰며 글을 써왔다. 찾았다가, 잃어버리고, 다시 찾아낸다. 가장 고립된 지역에서도 잘 사는 혈거인이지만 가족과 학생, 친구들, 책임져야 할 일들이 있기에 요령과 장비를 갖춘다. 우리 모두 갖고 있다. 우리는 인터넷을 끄고, 전화기를 끈다. 귀마개 브랜드들을 비교하고, 숲속에 숨은 오두막으로 떠난다. 언젠가부터 갑자기 내 작품에 대한 리뷰들이 내가 쓰는 작품 유형에 관한 문단으로 시작하던 기억이 난다. 나는 경로를 도저히 모르는 채로 한 작가의 이력에서 중반부를 회고하는 자리에 도달한 기분이었다. 내가 어떻게 받아들여지는지 알고 싶지 않다는 걸 깨달았다. '그들'의 생각이 내 강점이고 약점인가? 내 '주제'는 뭐지? 어둡고 조용한 공간에서는 세계가 희미해진다.

완전한 어둠 속에서 글을 쓸 수 있는 유일한 기회는 시작 단계일 때다. 이를 활용하자. 잘 활용해야 한다. 책을 출간한 작가의 삶에서 가장 외로운 날은 아마 출간 당일일 것이다. 아무 일도 없다. 편집자가 꽃을 보내줄는지 모른다. 아닐 수도 있고. 가족들이 저녁식사에 데려갈 수도 있다. 세상이 멈춰서 주목할 일은 없을 테다. 우주는 무심하다. 당신은 앞표지와 뒤표지 사이에 영혼을 넣었지만 그렇다고 국경일을 선포하는 이는 없다. '북러버'라는 이름의 사용자가 아마존닷컴에 당신에게 별 하나짜리 리뷰를 남긴다.

대체 무엇이 글쓰기를 숨쉬기처럼 필수적이게 할까? 우리가 노력하고, 실패하고, 앉아 있고, 생각하고, 저항하고, 꿈꾸고, 복잡하게 하고, 풀어내는, 우리를 깊이 연루시키고, 기민하게 하고, 살아 있게 하는 수많은 나날이다. 시간이 미끄러지듯 지나간다. 몸이 무관해진다. 우리는 언젠가 그렇게 될 것처럼 의식에 가까워져 있다. 이는 어둠 속에서 시작된다. 얼어붙은 땅 아래, 보이는 것들 아래로 깊숙이 묻힌 무언가가 뿌리를 내리기 시작했을지도 모른다. 할 수 있다면 거기 머물러라. 저항하지 마라. 강요하지 마라. 다만 도망치지 마라. 견디자. 인내하자. 보상은 계산되지 않는다. 지금은 아니다. 하지만 무슨 일이건 일어난다면, 어떤 작가라도 이렇게 말할 것이다. 지금이 가장 좋은 부분이라고.

"지붕 너머를, 구름 너머를 볼 수 있을 정도로
높은 사다리를 올라간다. 책을 쓰는 중이다.
한 번에 한 칸씩 올라가는 신발 신은 발이 보인다.
서두르지 않고 쉬지도 않는다."

애니 딜러드

Middles

배 만들기

나는 두 번째 소설을 쓰는 도중에 시련을 겪었다. 몰입하기는커녕 걱정만 들었다. 길을 잃었나? 방향을 잘못 틀었는지도 몰라. 그런데 어쩌다? 어느 날 오후, 시인이자 소설가인 친구와 만나 커피를 마셨다.

"바다 한복판에서 배를 타고 있는데 육지가 보이지 않는 기분이야." 내가 말했다.

그는 음료를 한 모금 마시고는 안경 너머로 나를 빤히 바라보았다.

"그렇겠지." 그가 말했다. "넌 지금 배를 만드는 중이고."

용기

언젠가 존 업다이크(John Updike)는 소설이 “인류가 발명한 것들 중에서 가장 절묘한 자기반성과 자기현시의 도구다”라고 했다. 이 절묘한 도구에 빠지려면 날마다 기력과 낙관주의, 규칙, 희망을 불러내야 한다. 우리는 바다 한복판에 있다. 우리를 지탱하는 바로 그것을 만드는 중이다. 우리에게는 붙잡고 있을 만한 것이 없다. 시작과 끝이 해안선이라면 중간은 우리가 깊이 잠수하는 곳이자 구멍을 메우는 곳, 익사할 위험을 감수하는 곳이다. 미봉책을 쓸 시간은 없다. 우리는 가진 전부를 총동원해 원고와 마주해야 한다. 우리 자신의 모든 조각을 위태로이 쥐어짜내야 한다. 애니 딜러드의 표현을 빌리자면 이렇게. “전부 소모해라. 전부, 곧바로, 모든 시간을, 쏘고, 가지고 놀고, 잃어버려라.”

그러려면 두려움이 없어야 한다고 생각할 수도 있다.

내 생각도 그랬는데, 그게 문제였다. 나는 두려움이 없는 사람이 절대로 아니었다. 갑각류, 벌, 뇌우, 비행기, 뱀, 곰, 돌발적인 알레르기 반응, 블랙아이스는 내가 공포를 느끼는 대상들 중 일부일 뿐이다. 나는 위험을 감수하는 유형이 아니다. 물리적인 의미에서도 그렇다. 내가 행글라이딩을 하거나 수상스키를 타는 일은 없을 것이다. 하지만 방에 혼자 있으면, 다시 말해서 첫 커피를 내리고, 하늘은 온통 잿빛이고, 집에서 다들 나간 이후로 꼼짝도 하지 않고 앉아 있던 장의자에서 나는 위험을 감수할 수밖에 없다. 위험부담이 크지 않다면 정말이지 다른 인류의 리듬에서 벗어나 홀로 일생을 보내는 일에 어떤 의미가 있겠는가. 오늘은 무슨 일이 일어날까? 나는 숨을 참고 잠수해 들어간다. 그리고 헐떡이면서 빈손으로 수면 위로 나온다. 숨을 참고 다시 잠수한다. 아마도 이번에는. 나는 물속 풍경에서 보물들을 찾아낸다. 내가 볼 수 있는 것들만을. 내가 발견해야만 하는 것은 내 것이 될 것이고, 오직 내 것이리라. 이런 일에는 특정한 용기가 필요하다고 짐작한다. 하지만 용기와 두려움 없음은 같지 않다. 용기란 두려움을 느끼면서도 어찌되었든 하는 것이다.

누가 이런 삶과 계약했을까? 거의 매일 바보짓을 하고 있다고 느낀다. 세상 사람 모두가 이런 식으로 시간을 보내지는 않을 거라는 생각이 든다. 이렇게 건강하지 않은 시간을. 글 쓰는 친구들은 서로에게서 날마다 원고와 분투하다 발생하는, 어쩌면 농담이나 방어적인 태도, 혹은 술 몇 잔 마시면 숨길 수 있는 맥 빠지고 지친 상태와 예민함을 알아보는 것 같다. 바로 자기반성의 절묘한 도구를. 외국 특파원으로 지낸 적 있는 남편이 다른 특파원들과 만나 대화할 때는 필연적으로 나이로비의 어느 바 혹은 모가디슈의 시가전, 혹은 어떤 경호원의 장점으로 전환된다. 그들은 자기들만 알아듣는 언어로 말한다. 나와 내 친구들도 그렇다. 어떻게 되고 있어? 섬세하게 내미는 질문. 무슨 작업 해? 우리는 전쟁터에서 상대방을 면밀히 주시하는 병사들처럼 서로를 날카롭게 바라본다. 우리는 서로 결속해 있나? 성장하고 있나? 새로이 바닥을 다지고 있나? 아니면 두려움에 굴복하고 말았나? 우리는 방어적으로 비꼬고 있나? 아니면 자신을 희화화하고 마는 건가? 우리가 너무 영리해졌거나, 너무 냉소적이 되었거나, 너무 감상에 빠진 건 아닌가?

무용수나 조각가, 첼리스트 등 다른 분야 예술가들과 달리 작가들은 기능을 유지하는 한 죽을 때까지 지속적으로 창의력을 성장시킬 수 있다. 작가 인생에서 중반부는 책의 중반부와 상당히 유사하다. 우리는 여기서 종종 약점과 강점을 발견하고, 이야기를 정교하게 다듬는 고된 작업을 한다. 그리고 인생이 순간과 시간, 지나가는 나날들로 형성되는 것처럼 이야기는 문장들로 빚어진다.

시간을 통과하는 인물들의 움직임으로. 우리가 단어라는 디딤돌을 하나씩 딛고 올라서는 고요한 끈기로.

이런 종류의 끈기는 여행이 끝나고 목록에서 지워지는 이국적인 종착지나 고정된 상태가 아니다. 당신은 날마다 원고와 마주하며 다시 한번 끈기를 가지려고 노력한다. 끈기는 때로 당신을 피할 것이고, 때로는 저버린 것처럼 보이기도 한다. 하지만 이에 직면해 꾸준하고, 끈덕지고, 인내심을 발휘하고, 단호해야 한다. 이 순간, 이 하루가 나날들의 태피스트리에서 일부가 된다는 걸 기억하자. 앞에 어떤 형상이 펼쳐질지 볼 수도 없고 보아서도 안 된다는 걸 기억하자. 어찌되었건 다 소모하자. 당신의 자아 전체와 내기를 하자.

뮤즈들

만물의 이치에 어긋날지언정 어머니가 나보다 오래 살 거라고 언제나 믿었다. 아버지가 돌아가신 뒤로 나와 어머니 사이에서는 아무리 사소한 대화조차도 의지의 투쟁으로 불거졌다. 이 세상에는 우리 둘 중에서 한 사람만을 위한 공간이 단 하나 존재하는 듯했고, 생존과 관련된 문제라면 어머니가 나보다 강하고 거친 쪽이었다. 내 첫 회고록인 『슬로 모션』의 헌정사를 쓸 때, 비록 어머니는 이 책이 출간되던 시기 내게 말을 거는 일이 거의 없었지만, 그래도 나는 어머니가 내게 생존과 관련된 어떤 부분을 가르쳤다고 썼다. 비꼬는 찬사였을까? 내가 여기 언덕 위의 집 장의자에 있고, 아들은 학교에 있고, 남편은 아래쪽 마을 작업실에 있고, 개들이 발치에서 잠들어 있고, 개들이 바닥에 주저앉으면서 퉁 하고 깊고 편안한 소리가 나고, 컴퓨터가 무릎 위에서 균형을 유지하고, 카푸치노를 반쯤 마셨고, 중년용 독서안경이 코에 걸쳐져 있고, 읽어야 할 교정쇄 묶음과 학생들 원고가 옆 테이블에 있는데, 내가 여기 있다는 사실이, 여기서 글을 쓰고 있고, 어머니는 죽었다는 사실이 나는 여전히 놀랍기만 하다.

우리는 둘뿐이었다. 어머니는 내게 충성을 요구했고, 이는 사실상 당신이 어울릴 수 없었던 나머지 가족과 거리를 두라는 의미였다. 어머니는 재활병원에서 반년을 보내고서야 부상에서 회복했고, 나는 뉴욕 웨스트엔드가에 아파트를 세내어 어머니를 그곳으로 이사하게 했다. 내 집에서 몇 블록 떨어진 곳이었다. 어머니는 어퍼웨스트사이드에 남아 리버사이드 드라이브의 여러 아파트들에서 지냈고, 그다음에는 18년 뒤 사망할 때까지 웨스트86로에서 지냈다. 아직도 나는 그 동네를 지날 때마다 나이 든 여자를 쳐다본다. 누군가 밀어주는 휠체어에 앉아 있거나, 아니면 지팡이를 짚고 있거나, 브로드웨이를 성큼성큼 활보하는 중이다. 턱을 자랑스럽게 치켜들고 근사한 부클레 재킷을 입은 위풍당당한 자세에서 나는 설핏 어머니를 떠올리고, 순간 전부 착각이었다고 생각한다. 어머니는 죽지 않았다. 어머니는 우리를, 검시관을, 장례식장을, 자신의 시신을 확인한 남편을 속였고 이제 나를 홀리러 귀환했다. 그녀는 자바르에서 프렌치토스트를 집어드는 중이다. 그녀는 따스한 봄날 르팽코

티디앙 야외석에 짙은 색 외투를 입고 선글라스를 낀 채 앉아 있다. 어머니가 죽고 오랫동안, 나는 전화벨이 울릴 때마다 그녀의 이름은 아닌지 발신인을 확인한다.

샤피로는 모계 사회에 대해 쓴다.

샤피로는 어머니와 딸들에 대해 쓴다.

소원해짐에 대해.

가족 사이의 복잡한 사랑에 대해.

내가 쓴 작품 대부분에서 어머니를 찾을 수 있다. 나는 어머니가 직간접적으로 등장하는 이야기며 에세이를 무수히 써왔다. 어머니는 비키니 왁싱을 받고 있는 뉴욕 미용실로 나를 찾으러 온 적도 있었다. 어머니를 피하고 있었는데, 어머니가 문을 열어젖히고 들어와 내 앞에 섰다. 결국 단편이란 그런 순간에서 솟아나온다. 어떻게 그러지 않을 수 있을까? 내 삶에서 어머니는 그 누구보다도 나의 뮤즈였다. 축복은 상처 옆에 있다는 말이 있다. 살아오는 동안 나는 그 피막들을 벗겨내려고 시도해왔다. 이 글을 쓰는 지금도 눈물이 차오른다. 분노하는 마음이나 비난하고 싶어서, 복수하고 싶어서가 아니라 그 모든 막 아래서 약한 아기 새처럼 잡을 수 있고 부드럽고 진실한 무언가를 발견할 수 있으리라는 희망에서 그렇게 한다. 자, 자. 내가 거기 닿을 수 있다면 이렇게 속삭일 것이다. 이걸로 딱히 좋은 걸 하지 않았어. 자, 다시 시작하자.

신뢰

어느 때가 되면 자기가 쓴 작품이 또렷하게 보이지 않는다. 자신이 쓴 문장을 너무 많이 보면 그 의미가 희미해지고 그저 종이 위의 구불구불한 선이 되어버리는 것이다. 우리는 여러 달 원고에 매달려왔고, 이제는 기억에 붙들려 돌에 새겨진 것처럼 보인다. 되돌릴 수 없다. 바꿀 수가 없다. 투박한 표현도, 오타도 보이지 않는다. 왜 이렇게 많은 인물이 목욕가운을 입고 있지? 왜 목을 가다듬고 있지? 아니면 왜 파스타를 먹고 있지?

우리에게는 자신이 아닌 독자가 필요하다. 작품의 장점을 찾아내는 산뜻한 시선이 필요하다. 하지만 우리가 이 지점에 도달했는지 어떻게 알지? 어떤 작가들은 여러 번 퇴고하고 나서야 남들에게 작품을 보여준다. 또 어떤 이들은 정기적으로 신뢰하는 독자들에게 보여준다. 내 첫 독자는 남편 마이클인데, 대개 저녁마다 그에게 작업한 원고를 조금 읽어준다. 내가 그에게서 이끌어낼 수 있는 칭찬이란 대부분 긴 침묵 이후 "좋은데"이거나 드물게 "정말 진짜 엄청 멋져"다. 그는 나를 위해 노트를 적는다. 노트는 단어 선택에 대한 것부터 구조적 문제나 흐릿한 논리에 대한 걱정으로 채워진다. 가끔 나는 발끈하지만, 이내 마음을 다잡는다. 그는 내가 가능한 최고의 책을 쓰기를 원한다는 것이 중요하다. 이건 우리가 함께 바라는 바다. 그리고 작업 초반 원고를 읽을 사람을 고를 때 피해야 할 그 사람의 성질머리, 그러니까 질투심, 무관심, 비교, 게으름, 부정직함, 조심스럽지 못한 태도, 비밀스러운 계획, 무례함, 적개심, 가엾은 경계심, 가짜 열광, 안목 없음, 부주의함, 산만함이 그에겐 없다. 아, 질투심, 썼나?

새로운 작업을 공유할 때의 우리는 너무나 취약하다. 내 학생 중 하나는 CEO였는데, 많은 사람 앞에서 자신의 작업에 대해 말할 때 전혀 동요하지 않았다. 하지만 그녀가 내 소규모 워크숍에서 자신의 회고록을 처음으로 읽었을 때, 목소리는 흔들렸고, 손은 떨렸고, 눈가는 촉촉했다. 그 글에는 너무 많은 것이 들어 있었다. 우리는 이처럼 서툰 원고들에서 자기 자신을 드러내왔다. 경솔한 반응은 한 인간을 파괴할 수 있다. 나는 오랫동안 훌륭한 독자들과 파괴적인 독자들을 만나왔다. 한 번은 소설 일부를 한 동료에게 너무 일찍 보여주는 실수를 저질렀는데, 그녀는 나를 돕고 지지하려는 의도로 뭔가 언급했지만 너무도 빗나간 지적이어서 나는 길을 잃고 말았다. 나는 이런 역할에 익숙하지 않은 작가에게 새 작품을 일부 보여주는 실수도 저질렀는데, 그녀의 태도는 너무나 무신경했다. (그녀는 미용실에서 원고를 흘긋 보고는 내게 핸드폰으로 전화했다.) 이 일로 나는 상처를 받았고 속이 상했다.

기저귀를 사야 해서 길을 건너려고 처음으로 친구 품에 내 아기를 맡겼던 때를 기억한다. 그녀 역시 곧 어머니가 될 예정이었고, 조카들도 있었다. 그녀는 아기 다루는 법을 알았지만, 생후 몇 주에 불과한 내 아기를 그녀에게 10분 동안 맡긴다는 건 거의 불가능하게 느껴졌다. 우리는 이와 비슷한 기분으로 원고를 대하는지도 모른다. 어쨌거나 나의 아기인 것이다. 그러니 초반 독자를 현명하게 골라야 한다. 이 원고를 보여주고 싶은 이유를 직접 생각해보고, 동기를 검토해봐야 한다. 왜 지금이지? 준비가 됐나? 그냥 다른 사람에게 감명을 주고 싶은 건가? 천재 소리를 듣고 싶은 건 아니고? (나는 한 친구의 800쪽짜리 초고를 묵묵히 견딘 적이 있는데, 그가 오로지 칭찬만을 기대하고 있다는 걸 알았다. 그에게 너무 많은 여성 인물이 극도의 흥분 상태에서 무릎을 꿇고 오럴섹스만 수행하고 있다고 하자 우리의 대화는 끝났고 우리의 우정도 종료되었다.)

스스로 직접 질문해보자. 왜 그 사람이어야 하지? 그가 내 원고를 존중하는 마음으로 읽어줄까? 세심한 주의를 기울이며 읽을 사람일까? 작가에게 도움이 되는 방식으로 작품에 대해 말할 수 있는, 진정한 도움을 주는 독자를 한둘 만날 수 있다면 행운이다. 할 수 있을 때 호의를 갚도록 하자. 친구의 원고에 우리가 아는 걸 적용해볼 때, 작가가 무엇을 성취하려고 하는지 이해하려고 최선을 다할 때, 우리는 하나의 원을 완성한다. 글 쓰는 사람들이 서로를 위해 할 수 있는 것이 거의 없기 때문에 이거라도 하는 것이다. 우리는 방에, 머릿속에 혼자 있다. 하지만 손을 내밀 수 있다. 우리보다 나은 사람이 있을까? 어쨌거나 다들 겪었던 적이 있는 것이다.

리듬

하루에 세 쪽, 일주일에 닷새. 작가로 살아오는 동안 책을 쓸 때 이 패턴을 지켜왔다. 아침나절 대부분을 세 쪽을 쓰면서 보내고, 오후에 다시 살펴본다. 여백에는 고칠 부분이나 단어 선택에 대한 생각을 적어둔다. 가끔은 자기 전에 다시 읽어본다. 문단을 덜어내고, 문장들을 재배치한다. 다음 날 햇빛이 비칠 때 해결되기를 바라는 질문들을 적어놓는다. 다음 날 아침 나는 이 페이지들에서 시작하는데, 써둔 메모들이 진입로를 만들어주기 때문이다. 원고의 내부로 들어갔다는 걸 미처 알아차리기도 전에 변화를 주면서 시작한다면, 이미 작업하는 중이라고 할 수 있다. 종종 나를 기다리는 함정이나 산만한 요소들을 피한 셈이다.

어떤 작가들은 단어를 센다. 또 어떤 작가들은 정해둔 쪽수를 채우고, 손으로 쓰고, 책상 앞에서 일정한 시간을 보낸다. 목표를 계속 유지한다면 어떤 방식으로 스스로를 닦달하는지는 중요하지 않다. 중요한 건 작업 틀을 설정하는 것, 즉 리듬을 만드는 것이다. 나는 이게 규칙이 아니라 리듬이라고 생각한다. 규칙은 채찍이라도 휘두를 것 같은 감독관을 연상시키는 단어다. 규칙에서는 처벌의 냄새가 나고, 적어도 아들 제이콥이 숙제할 때(크게 한숨 쉬고, "다 했다")처럼 목록에서 하나씩 소거해야 하는 것처럼 느껴진다. 반면 리듬은 다정한 정렬이고, 우리가 일상에서 이상적으로 작업을 준비할 수 있다는 걸 알려주는, 위안이 되는 패턴이다.

하루 세 장. 일주일에 닷새. 산수를 해보자. 나도 언제나 계산한다. 일주일이면 열다섯 장. 한 달이면 60장! 잠깐, 근데 나는 반년 만에 장편소설 한 권 분량의 원고를 쓴 적이 없다. 사실 2년도 빠르고, 대개는 3년 정도 걸리거나 그 이상 걸릴 때도 있다. 그렇다면 잘 만들어진 리듬에 무슨 일이라도 생긴 걸까?

무슨 일인지 말해주겠다. 실패하는 것이다. 실패하고, 방해를 받는다. 언젠가 윌리엄 스타이런(William Styron)은 이처럼 곤란한 상황을 "인생의 벼룩들"이라고 표현하면서, 이렇게 말을 이었다. "작가들이 글을 쓰기 시작하면 언제고 문제가 생기는데, 가장 큰 문제는 인생이라는 한 단어로 좁혀진다." 개를 동물병원에 데려가기로 예약이 되어 있고, 정오에 학교에서 연극이 시작되고,

독감이 유행하는 계절이 찾아오고, 눈이 온다. 긴 주말이 그렇게 많으리라고 누가 알았겠는가? 지붕에서 물이 샌다. 이웃집이 공사 중이다. 위기를 겪는 친구가 전화를 해온다. 인생은 귀중한 글쓰기 시간을 가지라며 멈추는 법이 없다. 무슨 일이 있더라도 삶은 멈추지 않고, 우리는 협상한다. 안정되거나, 보통이거나, 고정된 날 같은 건 없다. 방법을 찾으려고 시도할 뿐. 리듬을 찾는다고 해서 마법의 약을 가진 건 아니다. 당연하게도 우리는 리듬에서 벗어나게 될 것이다. 때로는 절망에 빠지고, 생산력을 발휘하지 못할 것이다. 하지만 원고 매수를 세건, 시간이나 단어를 헤아리건, 하나의 작업방식이 있다면 우리는 결국 그것으로 돌아가게 될 것이다. 이렇게 돌아가기란 쉬운 일이 아니다. 원고는 우리에게 무심하다. 아니, 더 나쁘다. 원고는 상처받은 연인처럼 등을 돌린다. 우리는 이를 견뎌야 하고, 숨은 걸 잘 구슬려서 나오게 해야 한다. 다음에 더 잘하겠다고 약속하자. 무시해서 미안하다고 사과하자. 그렇게 우리는 익히 아는 패턴에 정착한다. 세 쪽. 두 시간. 천 단어. 우리는 방랑했고, 이제 돌아왔다. 낯익음이 안겨주는 위안이 있다. 우리는 할 수 있다. 숨을 들이쉬고, 내쉬자. 한 번 더, 늘 해왔던 것처럼.

작성

우리는 대부분 작업 과정에서 어느 시점이 되면 화면에 직접 작성한다. 데스크톱과 노트북, 아이패드를 비롯한 다양한 기기에. 우리는 눈에 띄는 스타벅스에 들어가거나, 기차나 비행기 통로 끝에 있다. 우리의 얼굴은 기기가 발산하는 푸르스름한 불빛에 유령처럼 보인다. 그런데 우리 작업을 화면으로 보면 깔끔하고 단정하고 끝나지 않았는데도 완성된 것처럼 보인다. 우리는 단번에 덤벼들고, 검색하고, 재배치하고, 복사해서 붙여 넣고, 강조하고, 지우는데, 그러다 보면 하얀 스크린 전체가 변한 부분들을 집어삼켜 아무것도 변하지 않은 것처럼 보인다. 한 번도 손으로 써보지 않았다면 해보면서 어떤 일이 발생하는지 지켜보자. 당신은 x에서 온전한 문장들을 끄집어내야만 할 것이다. 동그라미와 별표, 화살표를 그릴 것이다. 삭제하려던 부분에 대해 마음이 바뀌어 여백에 '되살림 표시'를 할 것이다. 엉망진창으로 보일 것이다. 왜냐하면 엉망이니까. 이 일은 아름답고, 복잡하게 엉망진창일 수밖에 없다. 모르는 일이지만 문장 하나만 남을 수도 있다. 전체 순서가 뒤집힐 수도 있다. 이야기의 구조를 짓는 우리는 진행 상황의 로드맵을 볼 수 있을 것이다. 시인 마크 스트랜드(Mark Strand)는 캔버스 위에 예술적인 초고를 작성한다. 낙서, 끄적거림, 세로단으로 캔버스 공간을 채운 이것을 시인 조리 그레이엄(Jorie Graham)은 "온화하게 열정적인 검은 필기체"라고 불렀다.

화면에서는 볼 수 없는 열기다. 줄을 득 그어 삭제한 부분이나 두꺼운 글씨로 먼저 쓴 단어들을 덮어쓴 부분, 구름이나 낙타, 모자를 쓴 남자 따위의 공상적인 낙서처럼 — 언어의 파도를 타는 듯 보인다 — 우리 정신이 뭔가를 만들고 있단 증거, 거의 찌를 듯 펜을 점점 진하게 꾹꾹 눌러 쓴 자리 말이다. 이것이야말로 실시간 작업이고, 그것의 흉터를 내보이는 작업이다.

하지만 시를 쓰는 게 아니라면 손으로 글을 쓸 때 실용성 면에서 고려해볼 점들이 있다. 손에 쥐가 나기도 하고, 공책을 잃어버릴까 봐 겁이 나기도 한다. 나는 공책에 글을 쓰지만, 30장에서 40장쯤 쓰면 컴퓨터로 타자를 쳐서 초고를 옮긴다. 불이 날 수도 있잖아? 홍수라도 나면? 스프링제본 공책의 단단한 무게감보다 내 작업을 클라우드에 저장했을 때가 더 안전하게 느껴진다는 역설을 떨칠 수가 없다. 그렇더라도 한동안은 공책의 한 면을 온통 뒤덮은 동그라미와 구불구불한 선, x에서 나온 문장, 별표와 삽입구들은 제 목적을 수행한다. 이런 요소들은 작품이 변할 수 있다는 점을, 내가 하는 이 일에 유희가 있다는 사실을 상기시킨다. 나는 어린아이고, 손가락으로 그림을 그리는 중이다. 이 색은 어때? 안 될 게 뭐야. 종이에 펜을 가져다 댄다는 건 일이라기보다는 즐거움이고, 가능성과 발견을 감각하는 것이다.

지난 12년 동안 나는 특정 브랜드의 스프링공책을 썼다. 짙은 청색 표지에는 내가 다닌 적 없는 사립학교 휘장이 박혀 있다. 나는 이 공책에 약간 집착해왔는데, 시댁이 있는 동네의 딱 한 군데에서만 살 수 있었다. 그 동네를 방문할 때마다 사립학교 구내서점에 들러 공책들을 쟁인다. 한 아름 품고 돌아온다. 나는 이 공책이 떨어질지 모른다는, 혹은 끔찍하게도 더는 생산되지 않을지 모른다는 공포 속에서 살아간다. 하필이면 왜 이 공책이지? 겉으로 봐서는 전혀 특별한 구석이 없는데. 그 학교가 남편이 자란 동네에 있다는 것 말고는 나하고는 아무 관련이 없다. 내가 매달리는 이유는 간단하다. 그냥 이 공책에 글을 쓰기 시작했는데 작업이 잘되었던 것이다.

우리 중 많은 이가 미신을 믿는다. 하루가 올바른 방향으로 흘러가는 데에는 이유가 있다고 생각한다. 좋아하는 목걸이, 보도에서 발견한 동전 한 닢, 주머니에 넣어둔 수정구슬, 나만의 만트라—우리는 우리를 도와주는 부적에 의지하기도 한다. 하지만 화면이 딸린 기기를 이런 식으로 생각하는 작가는 본 적이 없다. 물론 기기들은 기능적이고 실용적이다. 이런 장비가 없다면 길을 잃겠지. 하지만 땅에 발 딛고 사는 기분을 느끼고 주변 세계의 냄새를 맡고 맛볼 필요가 있듯이, 고화질 꽃 사진을 보는 것과 바로 그 꽃을 손에 들고 꽃잎의 결과 손끝에 닿는 수술의 색을 느끼는 것 사이의 차이는 펜이 종이를 느릿느릿 긁는 감각에 있다.

공책을 집자. 아무 공책이라도 좋다. 그 공책에 글이 잘 써진다면 집착하게 될 것이다. 느낌이 좋은 펜을 고르자. 근사하고 비싼 만년필일 수도 있고, 오래된 BIC볼펜일 수도 있다. 손에 잡히는 느낌이 좋은 걸로 아무거나. 그게 바로 당신의 공책이고 펜이다. 무릎 위에 공책을 잘 펼치거나 책상에 놓자. 어디서 작업하건, 바로 거기서 시작하자. 귀를 기울이면 종이 위를 지나가는 펜 소리가 들릴 것이다. 이제 뭔가 써보자. 문장 몇 개를 써라. 펜으로 그어 지워보자. 몇 문장을 더 써보자.

변화

『슬로 모션』은 제이콥이 태어나기 직전 출간되었다. 이 회고록의 첫 문장에서 나는 내 삶을 전후로 양분했던 사건으로 부모의 교통사고를 언급했다. 내가 몰랐던 건—이 책을 쓰기 시작했을 때는 30대 초반이었고 결혼을 하지 않은 상태였는데 책을 마쳤을 때는 30대 중반에 들어섰고 기혼이었다—'전후'를 가르는 사건이 단 한 번뿐인 삶은 사실 행운이나 다름없다는 점이었다. "내 삶은 끝나기 전 두 번 끝났다"고 에밀리 디킨슨(Emily Dickinson)은 말했다. 아버지의 사망 이후 나는 이 말을 다이어리 뒤쪽에 오랫동안 지니고 다녔다. 삶이 끝나기 전 어떻게 두 번, 혹은 그 이상 끝날 수 있는지, 그때까지는 상상조차 할 수 없었지만, 나는 이 말에 담긴 진실을 직감했다. "고객 1인당 1회"와 비슷하다는 생각이 들었다.

그러다 제이콥이 6개월이 되었을 때, 아이는 드물게

발생하지만 대부분 치명적인 장애 진단으로 이어질 수 있는 영아연축 발작을 일으켰다. 영아 100만 명 중 일곱 명이 매년 이 장애를 진단받고, 그중 15퍼센트만이 생존한다. 대부분은 맹인이 되고, 신체장애를 겪거나 뇌손상을 입는다. 진료실에 앉아 품 안의 아기에 대한 끔찍한 통계—고통은 깊은 기억을 새긴다—를 듣는 동안, 내가 세상에서 마음을 쓰는 모든 것이 단 한 순간으로 농축되었다. 늦가을이던 그날 오후 외동아이를 내려다보며 아이가 괜찮지 않으면, 이를 이겨내는 소수의 아기들 중 하나가 아니라면, 내 삶은 끝나리라는 걸 알았다. 아이를 잃는 것은 결코 회복하지 못할 단 하나의 고통일 터였다. 진료실에서 나는 가장 가능성이 큰 결과의 어두운 핵심을 똑바로 응시하고 있었다.

그로부터 몇 주가, 캐나다에서 택배로 보낸 실험적인 약물들을 열심히 눈금으로 재고 정시마다 약을 주려고 새벽 3시에 자는 아이를 깨워 아이를 살릴지 아닐지 모를 약물을 마시게 하고 지켜보면서 지나갔다. 발작을 한 건가? 아니면 그냥 딸꾹질인가? 더는 평소처럼 살 수 없었다. 외부자의 거리를 두고 맴돌 수 없었다. 나중을 위해 세부사항들을 정리해 보관하지 않았다. 작가가 된 건 아무런 보호막이 되어주지 않았다. 로리 무어(Lorrie Moore)의 단편 「이곳에는 그런 사람들뿐이다」(People Like That the Only People Here)에서 한 외과의사가 작가인 어머니에게 아기가 빌름스종양이 있다고 말한다. ("빌름인가요, 빌름스인가요?" 그녀가 묻는다.) 작가는 이에 관한 이야기를 발표해야 하지 않겠냐고 말하는 남편과 말다툼을 벌인다. 그녀는 자신들에게 일어나고 있는 일을 "서사적 찌꺼기의 악몽"이라고 부른다.

나는 살면서 경험했던 가장 고통스럽고 어려운 상황들에서 서사를 빚어냈다. 그게 구원의 행위라는 믿음—내게는 심장박동처럼 필수적인—을 갖고 있었다. 슬픔이나 비통함에서 일관적인 서사를 빚어내는 일은 가치 있고 진정했다. 하지만 내 아이의 생존과 사투를 벌이면서 서사의 실패들이 나를 비웃는 것처럼 보였다. 존 밴빌(John Banville)은 존 디디언이 외동딸의 죽음을 회고하며 쓴 『푸른 밤』(*Blue Nights*)에 대해 이렇게 썼었다. "삶에서 가장 심각하게 공격당할 때는 아무것도 도움이 되지 않는다. 예술조차도. 특히 예술이."

날마다 브루클린의 적갈색 사암으로 지은 집 계단을 올라 3층에 위치한 작업실로 가서 멍하니 벽만 바라보았다. 나는 글을 쓰지 못하는 작가였다. 쓰는 이유를 모르는 작가. 종이 위의 글자들은 내 아이를 구할 수 없고, 나조차도 구할 수 없을 것이었다. 나는 가장 시시한 방식으로, 이야기를 꾸며내며 삶을 낭비하기로 선택한 기분이었다. 서사적 찌꺼기. 내 아이의 발작을 멎게 할 약을 발명한 연구자가 왜 내가 아닌가? 이제 그것이 중요했다. 연구자가 되어야 할 사람이 시인이 되었다면? 그렇다면?

하지만 나와 남편 둘 다 글로 먹고살았고, 우리는 융자를 갚고 치료비를 내야 했다. 나는 글을 써야만 했다. 선택의 여지가 없었다. 나는 내 안에서 가장 동요가 심했던 곳 복판에서 이야기가 형성되기 시작할 때까지—1년이 우습게 지나갔다—벽만 바라보고 있었다. 아이가 나아지면서 모성 불안에 대한 소설을 쓰기 시작했다. 또 뭐가 있었지? 나는 크고 덜덜 떠는 불안한 모성의 덩어리였다. 다른 흥미로운 주제를 다시 찾을 수 있을지 알고 싶었다. 사랑과 잠재적으로 수반되는 끔찍한 상실은 오랫동안 나의 유일한 주제였다. 나는 파국의 고비를 겪으면서 영원히 바뀌었다. 몸에 새겨졌다. 도구가 바뀌었다. 이제는 변화가 이어지리라는 걸 안다. 이전과 이후가 앞으로도 여러 번 있으리라는 것을. 맞서 싸우기란 부질없고, 불가능하다. 받아들이는 일, 심지어는 너그럽게 감싸는 일이 진정한 작업이다. 작가여서만이 아니라, 살아 있으므로.

다시 시작하기

우리는 지금 장편이나 단편, 에세이, 회고록을 절반쯤 썼거나 아주 오래 작업해온 작품의 마지막 한 문장에 다다르고 있을지도 모른다. 하지만 작업의 어느 지점에 있건 한 번도 여기, 오늘에 다다랐던 적은 없다. 오늘, 우리는 우리가 무엇을 하고 있는지 되새겨볼 필요가 있다. 우리는 인내하고, 취약한 부분을 너그럽게 받아들이고, 시간에 철두철미해야 하고, 절망을 견뎌야 한다는 점을 다시 떠올려야 한다. 우리는 무엇이 필요한지 기억하고 있다. 빈집의 고독, 숲속 산책, 목욕, 좋은 책을 읽으며 보내는 30분, 귓가에 울리는 잘 구성된 문장의 울림. 다시 시작하게 하는 건 무엇이건.

처음 명상법을 배울 때 다시 시작한다는 개념은 계시와도 같았다. 아직도 그렇다. 명상을 가르치는 섀런 솔즈버그(Sharon Salzberg)는 조그만 원숭이처럼 과거로, 미래로, 이곳이 아닌 곳으로 아무 방향으로나 냅다 달아나려는 마음을 붙잡는 법에 대해 말하면서 명상의 진짜 기술은 그저 마음이 배회하고 있었다는 사실을 알아차리는 것이라고 이야기한다. 더없이 해방적인 이 생각에 따르면 우리는 언제고 다시 시작할 수 있다. 필요하면 하루에 천 번이라도. 명상 수련과 글쓰기 사이엔 유사한 점이 많은데, 다시 시작할 수 있다는 것이야말로 강력한 유사점이다. 글쓰기는 쉽지 않다. 우리는 저항하고, 미루고, 경로에서 이탈한다. 하지만 우리에게는 다시 시작할 도구와 능력이 있다. 모든 문장은 새롭다. 모든 단락과 장, 책은 우리가 한 번도 닿지 않았던 나라다. 우리는 덤불을 제거하는 중이다. 덤불 건너편에는 무슨 일이 있는지 모른다. 우리는 이국의 방문객이다. 그렇게 우리는 한 걸음씩 나아간다. 계단을 오르면 아침 커피가 있다. 초인종이 울리고 나면 책상으로 돌아가자. 원고로 돌아가자.

절대로 쉬워지지 않는다. 쉬워지면 안 된다. 단어 다음의 단어, 문장 다음의 문장, 우리는 글을 쓰며 살아가는 삶을 짓는다. 우리는 스스로를 반복하고 싶지 않고, 주변 세계의 목격자나 통역사처럼 진화하고 싶다. 우리는 어둠을 통과하는 길을 감각하고, 멈추고, 생각하고, 숨을 들이쉬고, 내쉬고, 다시 시작한다. 그리고 다시, 그리고 다시.

틱

2층에서 작업하고 있는데 밑에서 이상한 쿵 소리가 난다. 이유를 알아보러 내려가고 싶어서 안달이 난다. 일어나서 스트레칭을 좀 하기에 좋은 구실 아닌가. 소리를 좇아 다이닝룸으로 갔는데 창문에 제 몸을 부딪는 흐릿하고 붉은 형상이 보인다. 홍관조가 유리에 비친 자기 자신을 향해 돌진하는 중이다. 다른 새와 싸우고 있다고 생각하는 걸까? 아니면 짝짓기 중이라고? 가엾은 새는 계속 부딪친다. 쿵. 그러고는 나뭇가지로 돌아간다. 틀림없이 멍해졌겠지만 아무 교훈도 얻지 못한 모양이다. 쿵. 날개가 퍼덕거린다. 검은 눈, 붉은색과 대조를 이루는 검은 부리. 쿵. 도와주고 싶지만 방법이 없다.

우리가 반복하는 일들은 우리 본성의 증거다. 신체 동작도 포함될 수 있다. 머리를 꼰다거나, 손가락을 두드리거나, 손톱을 물어뜯거나. 저녁 6시마다 와인을 한 잔 따라 마시는 것도 있다. 샤워하면서 자기도 모르게 노래하거나 혼잣말을 하기도 한다. 틱 증상이 있을 수도 있다. 눈 밑에서 근육이 꿈틀거리거나, 어깨가 비자발적으로 올라간다거나. 글을 쓰는 삶에도 이런 충동이 있다. 그리고 우리의 친구 홍관조와는 달리 면밀하게 주의를 기울인다면 자기 자신과 과정에 대해 무언가 배울 수 있다.

소설 『흑백』의 초고를 수없이 쓰고 다시 꼼꼼히 여러 번 읽어가며 완성했을 때, 책이 제작에 들어가기 전 편집자가 이런 메모를 보내왔다. "혹시 알고 계신가요?" 그녀는 이렇게 썼다. "원고에 멎었다라는 단어가 열한 번 등장합니다." 멎었다. 편집자는 이 공격적인 단어가 등장하는 페이지들을 언급했다. 소리가 멎었다. 감정이 멎었다. 어떻게 몰랐을 수가 있지? 보통 대화할 때 쓰는 단어도 아닌데. 무슨 일이었을까? 거듭 읽어봤는데 왜 몰랐지?

곱씹을수록 이해가 되었다. 다행히도 사소하지만 중요한 수정을 할 시간이 있었다. 그저 멎었다만 삭제한 게 아니었다. 나는 무의식중에 매번 이 단어를 반복했으며 주요 인물의 내면세계에 충분히 가까이 있지 않았다는 것을 깨달았다. 이 인물은 아이였을 때 자기 어머니의 뮤즈였고, 도발적인 사진들을 찍기 위해 누드로 포즈를 취해야 했고, 이 경험은 지속적으로 성인이 된 그녀의 삶을 침범하고 규정했다. 누군가가 『흑백』을 쓰는 동안 어떠한 자전적 요소가 개입했느냐고 묻는다면 나는 없다고 대답할 것이다. 하지만 나는 아동 모델이었던 적이 있다. 세 살이었던 내가 등장한 크리스마스용 코닥 포스터가 미국 전역에 내걸렸었다. 이 경험은 주요 인물에게 부여한 트라우마적 경험과는 거리가 멀었지만, 정통 유대교 아이가 크리스마스 포스터에 등장한다는 건 이상하고 혼란스러운 일이었다. 그 감정들은 내게 묻혔다. 멎었다. 원고에서 무의식적으로 반복되는 이런 요소들은 내가 더 깊이 파고 들어가야 한다는 신호였다. 멎었다는 건 뭘까? 과도하게 사용된 단어의 기저에는 무엇이 있지?

우리의 틱은 가장 깊숙이 숨겨진, 가장 예민한 상처로 향하는 로드맵이다. 남편은 내가 제이콥의 병이나 부모님의 자동차 사고를 묘사할 때마다 동일한 단어로 돌아가려는 경향이 있다고 지적했다. 아버지가 사망했다, 어머니는 80군데 골절상을 입었다. 드문 영아연축. 영아 100만 명 중 일곱 명, 오직 15퍼센트만 생존. 내가 이러는 이유는 돌아가고 싶지 않아서다. 우리 모두 그럴 것이다. 고통을 다시는 마주하고 싶지 않고, 그래서 무의식적으로 이렇게 된다. 80군데 골절상. 15퍼센트. 나는 표면만 훑고 싶고, 요점만 건드리고 싶고, 그다음으로 넘어가고 싶다. 진심이다. 하지만 우리는 관찰하는 삶을 배우는 이들이고, 깊이 파고들면서 재미를 느끼고, 쉽게 물러나는 사람들에게 매서운 눈길을 던진다. 반복되는 단어. 친숙한 표현. 이걸 단서로 생각해보자. 이런 것들이 보인다면 속도를 늦추자. 아니, 멈춰야 한다. 멍든 부위를 기꺼이 눌러보자. 멍이 있으니까. 그리고 무엇이 나오는지 보자.

구조

최근 첫 소설을 작업하는 한 작가와 길게 통화했다. 전직 저널리스트이자 방송국 프로듀서로 일했던 그녀는 심각한 상태에 처해 있었다. 아무리 해도 진척이 되지 않아 참담한 절망에 빠져 있었던 것이다. 목소리만 들어도 느껴졌다. 그녀는 압박을 느꼈고, 갈피를 잡지 못했고, 자기 소설이 반항적인 아이라도 되는 양 화가 나 있었다. 왜 말을 듣질 않지? 그녀는 문제가 구조에 있다고 말했다. 그녀는 자신의 인물들을 사랑했고, 잘 안다고 생각했다. 원고는 중반에 도달해 있었고 나머지는 개요만 작성한 채였다. 하지만 이제 막히고 말았다는 기분이라고 했다.

개요라는 단어에서 흔들리는 적신호가 보였다. 무슨 문제인지 알 것 같았다. 저널리스트나 리포터, 편집자, 사업체 운영자, 변호사처럼 간결하고 논리 정연한 사고방식을 지닌 직업을 가진 작가들에게서 흔히 나타나는 문제였다. 출발하기 전에는 당연히 목적지를 알아야 하는 법이다. 개요는 문학적인 GPS로 기능한다. 우리는 차에 타서 GPS에 주소를 입력하고 나서야 낯선 목적지로 향하고, 우측에 목적지가 있다고 말해주는 전자 음성—내 내비게이션에서는 늘 조금 발끈한 듯한 영국 여성 목소리가 나온다—에 안심한다.

창의적 글쓰기의 경우, 여기서 창의적 글쓰기란 예술가 앤 트루이트(Anne Truitt)가 "한 인간의 가장 내밀한 감성의 신경에 의지해 자기 자신을 단호하게 작업에 몰아붙이는 엄격한 규율"로 묘사한 종류의 작업을 말하는데, 개요는 필연적으로 별 도움이 되지 않는다. 우리에게는 닥터로가 말한 안개가 필요하다. 어디로 가고 있는지 지나치게 많이 안다면 가는 내내 작업은 고통받을 것이다. 눈앞에서 경련하다 죽을 것이다. 우리는 사체를 끌고 가다 마침내 지쳐서 포기하고 말 것이다.

개요는 우리가 작업을 통제하고 있으며 어디로 가는지 알고 있다는 환상을 안겨준다. 그래서 안심이 되기도 한다. 하지만 생명력 넘치는 창작 과정에는 반대급부로 작용한다. 형식에 맞추어 그림을 그린다면 새로운 것을 탄생시킬 수 있을까? 조리 그레이엄은 마크 스트랜드가 캔버스에 쓴 시를 이런 식으로 묘사한다. "실그러진 세로단들은 추상화처럼 보인다: 형태를 움직이는 것은 정신이다. 제대로 된 것이 나타나 마음이 고요해질 때까지 실수하거나 변화를 감내하거나 변주를 시도하는 정신."

실수하는 정신. 이것이 형태를 움직인다. 이 근사한 생각에 우리는 의지할 수 있다. 실수 자체가 작품을 살아있게 한다니. 구조는 중간에서 솟아나기도 하고, 머릿속에 들어오자마자 스스로 모습을 드러내기도 한다. 한참 활발할 때에, 통제를 포기하려는 순간에. 그리고, 그러고 나서야 구조는 우리에게 속삭인다. 그동안 고딕 성당을 건설 중이라고 생각했는데, 나타난 형태는 토벽 집일 수 있다. 우리는 시작이 진정한 시작이 아니었다는 걸, 우리가 있는 지점이, 165쪽이 실은 시작점이라는 걸 깨달을지 모른다. 비중 없는 인물이 한자리 꿰찼다는 걸 알게 될 수도 있다. 그 책은 이야기가 시작하기 전 50년 세월을 다룬 도입부가 필요하다는 걸. 진정한 구조가 스스로 드러날 때 늘 기쁘지만은 않다. 더 많이 작업해야 한다는 뜻이니까. 토대를 강화해야 하거나, 완전히 새로운 무언가를 건설해야 할 수도 있다는 얘기다.

남편은 스스로를 벽돌공이라고 여기는 환상을 갖고 있다. 벽돌공이 한 번에 한 장씩 쌓은 벽돌이 시멘트로 고정되기 전에는 다음을 진행하지 않는다는 생각이 너무 만족스럽다는 것이다. 그가 이 환상에 빠져드는 이유는 이것이 글 쓰는 과정과 정확히 반대여서다. 그에게 글쓰기란 늪지에 고층빌딩 세우기나 마찬가지다. 우리는 맨 위에 쌓은 벽돌을 가장 아래쪽 벽돌들이 지탱할 수 있을지 어쩔지 알 수 없다. 알아내는 방법은 단 하나, 그럼에도 불구하고 쌓아보는 것이다.

"개요 쓴 걸 그냥 창밖에 던져버려야 할까 봐." 초보 소설가가 반쯤 농담을 던졌다. 나는 환호했다. "그래야지!" 전화로 거의 소리를 지르다시피 했다. 그녀가 반쯤 정신이 나갈 정도로 겁을 주었는지도 모르겠다. 한데 그녀는 알고 싶어 했다. 이정표나 전략 없이 작업하기란 너무 무섭다고, 우리 대부분에게 그건 저주나 다름없지 않느냐고.

"주요 인물들과 연결된 기분이 들어?" 내가 물었다. 그녀는 그렇다고 대답했다. 그 인물들이야말로 자신이 이 책을 쓰고자 하는 전부라고 했다. 그녀는 그들을 뼛속까지 고안해냈고 그들의 이야기를 해야 한다는 기분이 든다고 했다.

그래서 나는 그녀에게 내가 글쓰기와 관련해 가장 좋아하는 말을 해주었다. 아리스토텔레스의 『시학』 한 구절. "행위는 플롯이 아니다." 아리스토텔레스는 썼다. "다만 감정의 결과일 뿐이다."

이는 글쓰기만이 아니라 인생 자체에 대한 충고이기도 하다. 메길라(megillah. 유대교 연례 절기를 다룬 다섯 권의 경전 두루마리 — 옮긴이) 전체, 인간 비극에 대한. 당신에게 인물들이 있다면, 당신은 그들에게 감정을 가질 것이다. 우리는 행위를 이끌어내는 감정—사랑, 분노, 질투, 슬픔, 기쁨, 갈망, 두려움, 열정—들에 고무된다. '플롯'은 사건—그것이 무엇이든—을 위한 화려한 단어에 지나지 않고, '구조'는 사건이 일어나는 과정을 포장하는 단어일 뿐이다. 플롯은 탐정소설처럼 정교할 수 있고, 작지만 중요한 관점의 변화를 경험하는 한 명의 인물처럼 단순할 수 있다. 하지만 플롯은 변함없이 우리가 페이지에서 빚어내는 인물에게서 나온다.

무언가 진짜를 창조하고 있다면, 구조는 결국 모습을 드러낼 것이다. 보자. 저기 풍경이 있다. 당신은 벽돌을 쌓는다. 순간들이 연결된다. 역사와 유산이 현재를 물결치며 통과한다. 하나의 목소리가 음악 선율처럼 피어오른다. 그리고 안개 사이로 형태가 나타난다. 기대와는 다를 수도 있다. 희망과는 다를지도 모른다. 하지만 당신 것이다.

채널

1943년 브로드웨이에서 히트한 「오클라호마!」(Oklaho-ma!)에서 드림발레 시퀀스를 연출하며 뮤지컬 극장가에 혁명을 일으켰던 애그니스 데밀(Agnes De Mille)은 평생의 친구 마사 그레이엄(Martha Graham)에게 「오클라호마!」의 성공이 이상하고 속상하다고 고백했다. 그녀는 널리 인정받지 못했던 자신의 초기 무용작품들이 더 마음에 들었다. 길게 보면 「오클라호마!」의 발레 시퀀스가 "꽤 괜찮"기는 하지만 최고의 작품이라고는 생각하지 않았다. 그녀는 그레이엄에게 탁월한 경지에 도달하기를 열렬히 갈망하면서도 그렇게 될 수 있다는 믿음이 없다고 말을 이어갔다.

후에 그레이엄은 데밀에게 이렇게 말해주었다.

너를 통해 행위로 번역되는 생명력이, 삶의 동력이, 활발함이 존재해. 너는 언제나 유일한 너이기 때문이고, 이런 표현은 고유하지. 네가 이걸 막으면 어떤 매개를 통해서도 존재할 수 없을 테고, 사라지게 될 거야. 이 세계는 들을 수 없을 거야. 이 표현이 얼마나 좋고 얼마나 가치 있는지 결정하거나 다른 표현과 비교하는 건 네 몫이 아니야. 네 것으로 분명하게, 직접적으로 갖고 있는 것, 채널을 열어두는 것이 네가 할 일이야. 네 자신이나 네 작품을 믿고 말고 할 것도 없어. 네게 동기를 부여하는 욕구들을 직접적으로 인지해야 하고 열려 있어야 해. 채널을 열어두도록 해. 마냥 즐겁기만 한 예술가는 없어. 어느 때고 무엇에건 만족할 일은 없어. 그저 이상하고 신성한 불만족만이 우리를 앞으로 나아가게 할 뿐이야. 다른 이들보다 더욱 살아 있게 해주는 축복받은 불안만이 있을 뿐이야.

나는 지난 20년 동안 책상 메모판에 마사 그레이엄의 이 말을 붙여두고 그 안에 담긴 생각을 여러 번 곱씹었다. 어느 때고 무엇에건 만족할 일은 없어. 아주 산뜻하고, 솔직하고, 엄청난 위안이 되는 말이다. 어느 때고 무엇에건 만족할 일은 없다는 말에 엄청난 위안을 받을 사람은 작가밖에 없을 것이다. 나는 위안을 받았다. 이 말은 내가 결국 이런 일에 뛰어들었다는 사실을 곱씹게 한다. 나는 결과물과 자신을 분리하는 한편, 최선을 다해 작업해야 하고 채널을 열어두어야 하는 삶과 계약했다. 내 작업인데 내가 알 바 아니라는 사실을 어떻게 받아

들여야 할까? "우리는 위대함을 달성하는 일에 완전히 관심을 꺼야만 위대해질 수 있다"고 토머스 머튼은 썼다. 만족이 목표가 되어서는 안 되며, 그럴 수도 없다.

우리가 스스로에 대한 가장 뛰어난 비평가가 아닐지도 모른다는 가능성을 고려하면, 우리에게는 자신의 작업에 직접적인 의견을 내지 않아서 생기는 엄청난 창작의 자유가 있다. 나는 10년 묵은 카디건 차림으로 여기 장의자에 앉아 독서용 안경을 쓰고 찡그린 채 컴퓨터 화면을 들여다보면서, 남은 하루를 계획(학생들 과제를 읽고, 책을 검토하고, 연설문을 쓰고, 짧은 에세이 몇 편을 생각해보고)하면서 이 충만함에, 이처럼 글을 쓰며 살아가는 삶에 깊은 인상을 받는다. 내 일은 하는 것이지 판단이 아니다. 날마다 도약하고, 구르고, 다시 도약하면서 보낼 수 있다는 건 엄청난 행운이자 특권이다. 대부분의 삶이 그렇듯 처음 시작할 때는 이렇게 될 거라고 생각하지 않았다. 대가를 톡톡히 치러야 할 수도 있다. 긴장하거나 고립되었다고 느낄 때, 확신이 부족할 때는 지치기도 하니까. 하지만 그러다가도 활력이 넘친다. 이상하고, 신성한 불만족. 축복받은 불안이다.

2막

남편과 그의 각본가 친구는 '2막의 문제'를 종종 이야기한다. 다르게 표현하면 '중반부'의 문제다. 고전 희곡에서 구조는 3막으로 나뉜다. 1막에서는 탁월한 전제가 형성된다. 3막은 전율을 일으키는 결론을 제시한다. 하지만 중반부는 오로지 실행의 기술에 달려 있다. 당신은 인물들을 얼마나 잘 알고 있나? 그들의 행동이 내면의 삶을 드러내고 있는가? 그들의 행동은 감정적으로, 심리적으로 의미가 있나? 이야기가 앞으로 나아가고 있나? 아니면 교착 상태인가? 중반부에는 형식과 의식(consciousness)이 필요하다. 답답하고 늘어지는 임의성의 진창에 빠질 위험이 있다는 말이다.

삶의 중반부에 들어서면 안목과 규율이 필요하듯 이야기의 중반부도 그렇다. 우리는 한 발짝 물러나 어디에 있는지 살펴본다. 만들고 있는 형태에 대해 생각해본다.

의도적인가? 아니면 우연히 흔들리고 있는 건가? 중반부의 진창을 능숙하게 다루면 다양한 형식을 고려한 이야기를 빚어낼 수 있을 것이다. 시작 단계 이후에 느리고 꾸준한 상승부가 이어지고, 피할 수 없는 결말을 우아하게 이끌어내며 정점을 쌓아가는 고전적 서사의 아치는 우리가 사용할 수 있는 많은 도구 중 하나에 불과하다. 작가인 우리는 시간과 유희할 수 있다. 그러니 해보는 게 어때? 안 될 이유가 있을까? 꼭 시작점에서 시작할 필요는 없다. 중반부에서 시작해 거꾸로 뒷걸음질치고 싶을 수도 있다. 아니면 끝에서 시작해서 나머지 이야기를 서막을 통해 알려주거나.

하지만 가봐야만 비로소 알 수 있다. 탁월한 전제에 힘이 빠졌다는 사실을 발견하고 괴로울지 모른다. 우리가 하고 있다고 생각했던 이야기가 재미있고 흥미진진하게 바뀌어왔다는 걸 알게 될 수도 있다. 도달한 곳에서 무엇을 알아내건, 바로 거기서부터 구조를 찾아내는 진짜 작업이 시작된다. 이야기를 어떻게 말할지, 인물들의 가장 은밀한 삶의 내막과 특정한 순간을 경험하면서 인물들 스스로 찾아낸 감정의 내막을 가지런히 배치하는 서사를 어떻게 구조화할지의 문제인 것이다. 계산적으로 보일 수도 있는 이 어떻게는 결코 기초적인 기법 문제가 아니다. 서사적 선택에는 끝이 없다. 우리는 단일시점을 고를 수도, 복수시점을 선택할 수도 있다. 독창이냐,

합창이냐. 우리는 줌인으로 한 인물의 렌즈를 통해 이야기할 수도 있고, 뒤로 물러나 넓은 각도에서 신과 같은 화자처럼 전지적으로 풀어갈 수도 있다. 연작을 쓸 수도, 존 실버(Joan Silber)의 『천국의 개념들』(*Ideas of Heaven*), 혹은 제니퍼 이건(Jennifer Egan)의 『깡패단의 방문』(*A Visit From The Good Squad*)처럼 다른 이야기와 느슨히 연결된 정도지만 효과는 큰 챕터들을 쓸 수 있고, 아니면 마이클 커닝햄(Michael Cunningham)이 『디 아워스』(*The Hours*)에서 세 명의 서로 다른 화자들을 내세워 오페라 같은 서사를 창조했던 것처럼 할 수도 있다.

지름길은 없다. 작품의 진정한 본성이 스스로 확고해질 때, 우리는 마음에 들지 않더라도 더 멀리까지 가기도 한다. 우리는 낚싯줄을 던지고, 그 곡선을 따라가고, 어디 닿는지 지켜봐야 한다. 그렇게 앉아 있어야 한다. 아이다호 새먼강에 도착했는지, 아니면 모기가 우글우글한 늪에 닿았는지 알게 되기까지는 꽤 오래 걸릴 수도 있다.

닥터 수스(Dr. Seuss)가 쓴 이야기처럼(어떻게와 누구가 놀러 나갔는데……) 들릴 위험이 있지만, 나는 이런 제안을 하고자 한다. 글을 쓰면서 벽에 부딪혔던 작가들은 다 이렇게 말할 텐데, 전제가 아무리 마음에 들더라도 중반부에서는 거친 부분들을 골라내야 한다고. 생각들이 흩어진다. 이걸로 뭔가 만들고 있다는 냉정하고 혹독한 빛과 마주할 때 모든 약속은 사라지고 만다. 중반부에서는 꾸준함과 인내심을 갖고 도전해야 한다. 때로는 그저 처절한 절망과 좌절에 불과할 이런 노력에서, 글 쓰는 과정 가장 깊숙이에 숨어 있지만 가치 있는 선물을 발견하게 된다는 점을 떠올리면서. 삶이 그러하듯이.

평범한 삶

젖먹이에게 내려진 무시무시한 진단. 아버지의 갑작스러운 사망. 어머니의 골절상. 줄리언 반스(Julian Barnes)의 소설 『예감은 틀리지 않는다』(*The Sense of an Ending*)에서 한 구절을 빌려오자. 한 인물이 누적의 문제를 생각한다. "어떤 말에 돈을 걸고, 그 말이 우승하고, 그 승리는 다음 경마에서 다음 말로 이어진다. 그런 식이다. 승리가 누적된다. 하지만 손실도 그러한가? 판돈만 잃고 말뿐인 경마장이 아니라 삶에서도 그러한가? 삶에는 다른 규칙이 적용된다. 어떤 관계에 판돈을 걸었는데, 그 관계가 실패한다. 다음 관계로 넘어갔는데 역시 실패한다. 그러면 아마도 단순히 두 번 잃은 게 아니라 걸었던 것의 곱절을 잃었으리라. 아무튼 그렇다는 느낌이 든다. 삶은 단순히 더하기 빼기가 아니다. 누적이기도 하다. 곱절로 상실하고, 곱절로 실패한다."

아버지의 사고와 아들의 병이라는 두 번의 큰 충격은 내 안에서 이미 일렁이고 있던 삶이 취약하다는 의식—누군가는 초의식이라고 할 수도 있을—의 불꽃에 기름을 부었다. 나쁜 일이 벌어졌고, 의심할 바 없이 다시 벌어질 것이다. 무언가를 사랑한다는 건 그걸 상실하게 될 수 있다는 것이다. 언제든 이런 의식이 나를 집어삼킬 것이다. 불안이 파고든다. 나는 초조하고, 통제력을 찾으려고 한다. 혹은 이 세계에서 물러난다. 그런데 오히려 이런 누적의 무게가 선물처럼 느껴진다. 나는 여기서—존디디언이 "평범한 축복"이라고 부르는—평범한 삶이 가장 귀중하다는 걸 배웠다.

우리는 인물들이 우리 앞에 나타날 때처럼 일상적으로 하는 행위를 통해 제 모습을 드러낸다. 아들의 아침식사를 준비할 때 나는 그저 달걀을 깨고 버터를 녹이고 빵을 굽는 일에 집중한다. 이보다 더 기본적인 건 없다. 시골길을 달려 제이콥을 학교에 데려다주는 동안에는 길가의 연못 수면에서 노니는 햇빛과 들판의 소들이 그려내는 실루엣에 집중하자고 다짐한다. 나는 지금 일어나는 일을 목격하기란 쉽지 않다는 걸 알게 되었다. 달걀, 소들. 하지만 나의 나날은 이런 순간들로 구성되어 있다. 내가 뭔가 특별하고 극단적이고 비범한 일이 일어나기를 기다린답시고 평범함을 내친다면 삶을 놓칠 수도 있다.

처음 글을 쓰기 시작했을 때, 나는 인물들과 그들의 상황이 어쨌거나 거대해야 한다고 생각했다. 나는 유명한 예술가에 관한 소설을 썼고, 공개적으로 모욕을 받아온 정신분석가에 관한 소설도 썼다. 이 인물들을 사랑했고, 이들은 내게 진짜였다. 하지만 평범하지는 않았다. 회고록 『슬로 모션』을 쓰고 다시 소설로 돌아갔을 때, 제이콥이 아팠던 와중에, 내 머릿속에서 뛰놀기 시작한 건 평범한 가족이었다. 아마도 인생에서 가장 위대한 계시는 일상에 있다는 걸 보기 시작했던 것 같다. 버지니아 울프는 이 점을 알고 있었다. 그녀의 댈러웨이 부인은 그저 자기 일을 보러 나가는 여성이다. 클러리서 댈러웨이를 비범하게 만드는 건 그녀 내면의 삶이다. 귀스타브 플로베르도 이를 알고 있었다. 에마 보바리와 샤를 보바리는 곤경에 처한 평범한 사람이다. 포크너는 "자신과 충돌하는 인간 내면의 문제만이 좋은 글을 생산한다"고 말했다. 박동하는 심장이라면 필히 내재하고 있을 이런 충돌을 조명하는 것 자체가 아름다움이다. 독자에게 공감하고, 하나 되는 감각을 갖고, 발견하게 해주므로. 여기서 우리는 개별성에서 벗어나 인간됨이라는 일에서 혼자가 아니라는 것을 보여주는, 문학이 주는 가장 큰 위안을 얻는다.

매럴린 로빈슨(Marilynne Robinson)은 소설 『하우스키핑』(*Housekeeping*)과 『길레아드』(*Gilead*)에서 평범하지

만 잊을 수 없는 인물들의 내면을 드러내는데, 『파리 리뷰』(*Paris Review*)와의 인터뷰에서 이렇게 말하기도 했다. "아름다움을 '아름다움'처럼 인용부호를 써서 이해해야 하는 무엇이 아니라 자기 자신을 위한 것으로 보려면 무심해질 필요가 있습니다. 네덜란드 회화를 생각해봅시다. 햇빛이 대야를 비추고, 한 여자가 아침에 일어났을 때 입고 있었던 듯한 옷차림으로 옆에 서 있어요. 평범한 대상을 무심하게 포착한 아름다움이란 이런 것이죠. 또 렘브란트(Rembrandt)의 「도살된 소」(Carcass of Beef) 같은 작품에서 단순한 고깃덩어리가 화가의 눈을 포착한 까닭은 거기 뭔가 신비로운 구석이 있어서겠죠. 에드워드 호퍼(Edward Hopper) 작품에서도 이런 면모를 찾아볼 수 있어요. 저 햇빛을 봐! 저 사람을 보라고! 이는 천재의 사례들이죠. 문화가 예술가를 귀하게 여기는 건 그들이 저걸 보라고 말할 수 있는 사람들이기 때문입니다. 그들이 보라는 건 베르사유 궁전이 아닙니다. 햇살 한 줄기가 비친 벽돌 벽이죠."

저걸 보라고 하는 것이 작가의 일이다. 가리키고, 빛을 밝히는 것. 하지만 우리의 주목을 요하는 건 이미 밝게 빛나며 손짓하는 것이 아니다. 우리는 그것이 무엇인지 목격하기 위해, 감성 — 존 버거(John Berger)의 표현을 빌리자면 "보는 법"(ways of seeing) — 을 발전시킨다. 나긋나긋한 희망과 꿈, 기쁨, 취약함, 슬픔, 두려움, 갈망, 욕망을—인간은 저마다 하나의 풍경이다. 감정을 이입해 상상하면 편의점 금전등록기 앞에서 일하는 여자를, 트럭 휴게소 화장실에서 나오는 남자를, 아이를 쫓아다니느라 비행기 복도를 오가는 어머니를 흘긋 볼 수 있고, 무엇을 보고 있는지 안다. 저걸 봐. 인간의 위기를, 누적된 평범한 축복을, 혹은 견딜 수 없는 상실을. 그리고 여전한 한 줄기 햇살을, 빨래하는 여자를, 도살된 소를. 우리를 붙드는 삶을. 우리가 아는 삶을.

비밀들

인물의 내면에 대해 말할 때, 우리는 생각은 했지만 말하지 않고 남긴 것들을 이야기한다. 인물이 행동하는 동기임에도 인물 자신에게, 어쩌면, 충분히 가능한 일인데, 작가에게조차 감춰진 채 남아 있을지 모르는 것. 적어도 이야기를 처음 발견한 순간엔 그럴 수 있다. 우리가 인물에 대해 속속들이 알고 글을 쓰기 시작하는 건 아니다. 인물에 대한 완벽한 서류를 취합하고 가계도를 꼼꼼히 작성했더라도, 우리는 앞으로 나아가야만 인물의 집착을, 은밀한 부끄러움을, 감추고 있는 죄를, 근원적인 욕망을, 가장 내밀한 갈망을 발견한다. 시작할 때는 알 수 없다. 가장 마음을 뒤흔드는 발견을 하게 될 때는 삶이 그렇듯 중반부에서다.

글쓰기에 관한 에세이인 『무법자의 마음』(*Outlaw Heart*)에서 제인 앤 필립스(Jayne Anne Phillips)는 이렇게 묻는다. "우리 중 누가 작가가 될까? 그리고 왜?" 글을 쓰는 이의 뿌리를 되짚어 시초로, 씨앗으로, 비옥한 토양 깊숙이 자리한 가냘픈 새순으로 돌아갈 수 있다면, 우리는 필연적으로 어린 시절에서 자신을 발견하게 된다. 우리가 주변세계를 이해하고자 글을 쓰는 것이라면, 어린 시절이 아닌 어디서 이처럼 알고 이해하고 제어하려는 욕구를 찾을 수 있을까? 가끔 나와 남편이 친구의 이혼이나 배신, 금전적 문제, 친구가 유산한 일 등 여느 어른의 문제에 대해 작은 소리로 대화를 나누는데 숙제하느라 바쁜 줄 알았던 아들이 자기 방에서 끼어들 때가 있다.

뭐라고? 아이가 외친다. 무슨 얘기 하는 거야?

아무것도 아니야. 우리는 대답한다.

아니잖아. 뭔데?

어른들 일이야. 그러다 여차하면 우리도 성미가 급해진다. 네가 상관할 바가 아니란다.

필립스는 앞의 에세이에서 아이들이 등장하는 자신의 소설 『피난처』(*Shelter*)를 언급한다. "그 기원은 나의 유년 시절에, 실제로 내가 겪었던 일들이 아니라 그렇다고 생각했던 것, 내가 감지했던 형언하기 어려운 암시들과 수 년 동안 들었던 이러한 암시들의 반향들에 있다. 비밀들이 있었고, 어쨌거나 그 비밀들은 내 책임이었다." 필립스는 계속해서 이렇게 쓴다. "우리 아이들은 작가가 되고, 어떤 천사 같은 스파이로 진화한다. 정보를 흡수하고, 자기 자신과 거래하고, 언젠가 상실의 역학에 개입해 이 슬픔에도 의미가 있었으리라 주장할 가능성을 기대하면서."

전쟁 보도 기사든, 어린 시절의 회고록이든, 펼쳐지는 가족사든, 가장 간단하고 생략이 많은 이야기든, 우리는 들으려고 안달복달하는 아이들이다. 우리는 아는 것보다, 이해하는 것보다 더 많은 걸 흡수하고, 그것이 무엇인지 알려고 글을 쓴다. 무엇이 진실이지? 무슨 일이 있었던 거지? 어떻게 되는 거야? 어떻게 해야 하지?

부모들은 종종 자신들의 개인사를, 심장질환을 앓고 있다는 사실을 가능한 한 오래 우리에게서 숨기려고 한다. 어머니의 첫 번째 결혼이 실패했다거나 아버지가 아름답고 젊은 신부를 잃었다는 것, 삼촌이 자살을 시도했다거나 숙모가 정신적으로 무너졌다는 건 내가 몰라도 되는 일이었다. 나는 알 필요가 없었던 이런 일들을 어떤 식으로든 흡수했다. 엿들었고, 염탐했고, 직감했다. 부모는 나를 보호하고자 했지만, 부모의 보호란 궁극적으로는 실패하기 마련이다. 최근 아들의 같은 반 아이의 어머니가 불치병 판정을 받았다. 나의 아이와 나머지 반 아이들은 이른 나이에 누군가를 잃는다는 가혹한 현실을 맨 앞에서 보게 될 것이다. 나는 비밀을 믿지 않는 사람인만큼 아들에게 고통스러운 실제 정보의 조각을 더

듬거리며 전달한다. 심장병, 암, 이혼, 테러, 감옥, 전쟁, 죽음 같은 단어는 쓰지 않는다. 하지만 내가 꺼리는 이 단어들을 내 사전에서 없애더라도 어떤 부분들이 삭제된 서류가 만들어질 수밖에 없다. 검은 부분들이 도드라진다.

속삭임을 엿들었건 섬뜩한 이야기를 심야 뉴스로 전해 들었건 우리 천사 같은 스파이들은 음지에서 퍼져나가는 이끼처럼 안에서 커져만 가는 지식들로 어린 시절을 살아냈다. 작가가 된 우리는 이런 암시들의 울림에, 느낄 수도 직감할 수도 있었지만 알 수는 없었던 것의 울림에 이끌린다. 이야기를 쓰기 시작할 때, 우리의 내면은 그 음지로 다시 진입할 수 있는 유일한 도구가 된다. 두 눈이 적응한다. 우리가 모든 걸 볼 수는 없다. 필립스는 우리가 "부분적으로 파악되는 침침하거나 영광스러운 그림자 속에서 살아간다"고 썼다. 우리는 비밀스러운 삶을, 우리의 책무를 파고 들어간다. 이것이 우리가 하는 일이다.

수련

나는 어퍼웨스트사이드에 위치한 아파트 복도 맞은편에 빌린 작은 방에서 첫 소설을 썼다. 두 번째 소설은 바짝 말랐었고 외로웠고 나쁜 사람과 짧은 결혼생활을 했던 시기에 어퍼이스트사이드의 현대적인 고층빌딩에서 썼다. 세 번째 소설은 여러 아파트들을 거치면서, 새그하버의 집에서 요크셔테리어 한 마리만 옆에 두고 작업에 완전히 몰입해서 써냈다. 첫 회고록의 몇 챕터를 썼을 때 남편을 만났다. 주말에 그에게 읽어달라고 일부를 넘겨주고 해변가 오두막 침대에 누워 옆방에서 종이가 바스락거리는 소리를 들으며 그가 무슨 생각을 할지 초조했던 기억이 난다. 다음 소설을 썼을 무렵에 엄마가 되었고, 이어 제이콥이 병에 걸리면서 두려웠다. 나는 브루클린의 적갈색 사암 집에서 그 책을 시작했고, 코네티컷 시골로 이사를 온 뒤에 퇴고했다. 그 후로 내 책들 전부는 똑같은 코네티컷 시골마을에서 쓰였다. 초원. 석벽. 개들. 고요.

처음 이 동네에 이사 왔을 때, 찾아오는 사람마다 집을 보고 우리가 어디서 음식을 사는지, 제이콥에게 같이 놀 만한 꼬마 친구가 있는지, 대체 종일 뭘 하는지 질문을 하지 않을 수 없었고, 친구들은 판돈을 걸었다. 너희는 돌아올 거야. 그들이 말했다. 우리는 도시쥐들이었던 것이다. 우리가 처음 이 집에 이사 왔을 때, 나는 혼자 있고 싶지 않았다. 기분이 이상하고, 고립된 것 같았고, 위험하다고까지 느껴졌다. 스티븐 킹(Stephen King) 소설과 브라이언 드 팔마(Brian De Palma)의 영화 속 장면들이 머릿속에서 재생되었다. 한밤중에 곰들이 쳐들어와 차고 깡통들 사이를 긁어대는 상상을 했다. 아침에 잠에서 깨면 적막이었다. 고요. 뉴욕에서 세계란 돌진하는 흐름이었다. 뭘 해야 좋을지 모를 때마다 그 도시는 아주 많은 아이디어를 제공했다. 아무런 결심을 하지 않고도, 움직이지 않고도 움직이면서 흐름의 한 순간에 몸을 맡길 수 있었다.

이 시골에서 문을 열면 눈에 들어오는 유일한 생명의 표식은 파랑새와 허공을 선회하는 매, 흰꼬리사슴이었고, 가끔 여우가 있었다. 홀로 남겨진 나는 뭘 해야 좋을지 알 수가 없었다. 내가 빚어내지 않는다면 시간도 형태가 없을 것이었다. 시골로 이주하기 전 몇 년 동안은 가까스로 글을 쓰기 위한 틀을 유지하고 있었지만, 이제는 그것이 한데 묶인 일련의 습관들이었다는 것을 알 수 있었다. 실천이 아니라.

실천은 규칙과도 연결되지만 인내심과 더 밀접한 관련이 있다. 나와 남편이 도시를 떠났을 때, 나는 마흔 살을 앞두고 있었고, 생산성을 발휘하는 일련의 기술에 숙달해 있었다. 작업하기에 좋은 카페 찾는 법을 알았고, 하루치 글쓰기에 방해가 될까 봐 친구들과 점심식사 모임을(혹은 어림도 없지만 조식 모임을) 피했다. 저 아래쪽 길에서 울려대는 착암기 소리를 차단하려고 이어폰 쓰는 법도 익혔다. 하지만 카페와 소음, 근처에 사는 친구들이 갑자기 사라지자 내 낡은 습관들은 더는 나를 구하지 못했다. 전부 처음부터 다시 생각해야 했다. 오로지 공간과 침묵만 주변에 남게 되자 그때까지 내가 팽이처럼 사람이나 적신호나 상점 유리창처럼 아무데나 슬쩍 부딪히며 방향을 바꿔가면서 도시 생활의 즉각적인 산만함에 반응해왔다는 걸 알 수 있었다. 그래, 나는 작업을 마쳤어. 그런데 어떤 대가를 치렀지?

불교 철학의 한 토대는 다르마(dharma)라는 개념이다. 다르마란 산스크리트어로, 느슨하게 번역하자면 가르침, 지혜, 혹은 삶의 길을 의미한다. 실천은 한 사람의 다르마와 관련이 있다. 우리의 진정한 자아를 날마다 발화하고 표현하기. 내게 글쓰기는 다르마를 실천하는 행위로 여겨진다. 우리가 인내한다면, 스스로를 가능성의 길목에 정초한다면, 우리는 어느 도시의 길보다도 강하게 돌진하는 흐름에서 자기 자신을 찾을 수 있을지 모른다.

삶이란 나날들로 구성된다. 나날들은 시간으로, 분으로, 초로 구성된다. 그 사이사이에 우리는 선택하고, 이런 선택들은 실천일 수 있다. 글쓰기 실천의 경우, 우리에게 추진력을 제공하는 건 산만함이 아니라 우리를 페이지 위에서 자기 자신과 조우하게 하는 인내심—열린 마음, 기꺼이 하고자 하는 마음—이다. 우리를 둘러싼 것들에게서 벗어나 우리 이야기를 발견하도록.

"수련하세요." 위대한 요가 지도자 파타비 조이스(Pattabhi Jois)는 인도 마이소르의 자기 샬라(shala. 산스크리트어로 '집'이라는 뜻—옮긴이)에 모인 수련생들에게 말했다. 그는 여든 살이나 아흔 살이었는데, 나는 분명 그가 다른 훌륭한 선생들도 그렇듯 자기 자신에게도 말한 것이라 생각한다. "수련하세요. 그러면 다 됩니다."

상속

아버지는 규모가 어마어마한 브루클린 묘지에 묻혔다. 머리 위로 고가 전철이 덜거덕거리고 밤이면 들개들이 돌아다니는 곳이다. 나는 성묘를 갈 때마다 길을 잃고, 비석들 사이를 헤매고 나서야 아버지 묘를 찾아내고는 한다. 아버지는 그의 조부와 부모, 형제, 그리고 몇몇 사촌들에 둘러싸여 있다.

그녀의 묘비를 보았을 때, 나는 깜짝 놀랐다. 샤피로라는 이름 바로 아래 괄호 안에 그녀의 짧은 생애가 적혀 있었다. 아버지의 첫 번째 아내는 뉴저지 어딘가 매장되었다. 이복자매와 그 장례식에 갔던 기억이 있다. 그의 세 번째 아내인 내 어머니는 해변 근처, 어머니가 자라난 뉴저지 양계장 근처에 매장되었다. 어머니는 자신의 가족묘에 묻혔는데, 임종을 앞두고 브루클린 묘지에 묻히고 싶지 않다는 의견을 분명히 했다. 어머니는 40년 이상 혼신을 다해 싫어했던 그 사람들과 영원을 보내고 싶지 않았다. 네게는 미안하구나. 어머니는 숨을 거두는 순간 눈을 빛내며 말했다. 부모를 찾아가려면 묘지 두 군데를 들러야 할 테니.

우리 집 지하에, 피아노와 우쿨렐레, 빈백 의자, 하다만 보드게임이 바닥에 흐트러져 있는 제이콥의 놀이방과 벽 하나를 사이에 둔 그곳에 나는 우리 가족이 살았던 부스러기들을 모아두었다. 그냥 던져둔 것이나 마찬가지여서 온통 뒤죽박죽이다. 상자 대다수는 어머니의 죽음 이후로 거의 10년 동안 열린 적이 없다. 어떤 상자들에는 어머니가 손으로 쓴 라벨이 붙어 있다. "페루", 아니면 "민감함", "중요한 서류들!" 어머니가 1957년 두 번째 결혼에서 입었던 웨딩드레스는 몸통이 프랑스제 레이스로 되어 있고 발목까지 내려오는 연한 푸른색 망사로 만들어졌는데, 응당 그래야 하는 것과는 달리 좀약으로 포장된 대신, 내 젊고 근사한 어머니 유령이 다시 나타나 입고 한 번 더 춤추기를 기다리듯 와인 저장고 옆 벤치에 던져져 있다. 이런 엉망진창인 상황—남편은 비가 오는 주말에 정면으로 나서서 해결보자는 의견을 꾸준히 내고 있다—에 더해 아이가 없었던 숙모의 반백 년 묵은 골프채들, 숙부의 의학학위 액자, 럿거스 대학 농구선수들이 NCAA 챔피언십에서 우승했을 때 팀의 전담의사였던 숙부에게 사인해준 농구공 따위가 있다.

“고통은 어디로 가는가?” 도나 마시니(Donna Masini)는 자신의 시 「두개골의 눈」(Eye of the Skull)에서 이렇게 묻는다. 시인은 막 충치 하나를 때우고 치과에서 나오는 길이다. 그녀는 감각이 둔해진 입으로 길을 걷다가 뒤에 미친 여자가 있다는 걸 깨닫는다. “한 나이든 여자가 / 어린 여자애처럼 옷을 입었다. 좋은 학교에 다녔겠지 / 멋진 것들을 좋아했고. 소유하기도 했겠지. 그랬을 거야. / 그녀는 허공에 대고 혼자 소리를 질러댄다. 천박한 것들을, 누가 듣거나 말거나 외쳐대고 있다. / 나는 그걸 볼 수 있어.”

인식의 충격을 느끼면서 이 시를 읽었던 기억이 난다. 아버지와 할머니, 숙부 두 분을 1년도 되지 않아 연달아 잃고 얼마 지나지 않았을 때였다. 어머니는 재활센터에서 지냈다. 남은 친척들은 서로 말을 섞지 않았다. 나쁜 피가 표면으로 끓어올랐다. 내 관계는 끝났다. 나는 마시니의 시를 읽고 나를 입에 감각이 없어진 시인과 미친 여자 두 사람 모두와 동일시했다. 나는 고통이 어디론가 간다는 걸 알았고, 그 안에서 마구 동요하고 있었다. 그리고 그것이 두려웠다. 이 모든 상실들이 누적되고, 거대해지고, 내가 그걸 그대로 느끼도록 스스로를 놔둘까 봐, 그 미친 여자가 될까 봐 두려웠다. 결코 회복하지 못한 채 돌아오지 못할 곳으로 가게 될지도 몰랐다. “뼛속까지 묶인 것은? / 두개골의 / 경련을 일으키는 두 부위를 연결하는 / 톱니 이빨 / 골수 안에서 구부러지고 말려 있는 건? / 바로 그때, 고통이 표면으로 올라왔는가? 그 모든 / 감각 없는 고통이 한달음에 나타났는가?"

나는 걱정할 필요가 없었다. 글쓰기란 자신의 고통과 지속적으로 대화하는 것이다. 고통에게, 고통과 함께, 고통으로부터 외치는 것이다. 고통을 냉정하게 아는 것. 우리가 에이브러햄 링컨 전기를 쓰건, 철학 논문을 쓰건, 소설을 쓰건, 우리는 자신의 악마들과 마주하고 있다. 그들이 거기 있기 때문이다. 한 공간에 자기 자신과 머릿속을 채우고 있는 내용물들하고만 있다는 건 실은, 의도와는 관계없이, 거기로 간다는 것이다. 최근에 나는 정신분석가이기도 한 작가 친구를 만났다. 그녀는 어느 저녁 파티에서 했던 대화를 웃으며 말해주었다. 옆에 앉아 있던 남자에게 트라우마 분야에서 박사후 연수 과정 중이라고 말하자 그가 "그런 걸 하고 싶어요?"라고 물었다는 것이다. 누가 그런 선택을 한다는 사실에 당혹스러운 얼굴로.

제이콥의 놀이방과 벽 하나를 사이에 둔 공간에 신성하고 엉망진창인 상황이 기다리고 있다는 걸 잘 아는 나는 그것이 내 안의 신성하고 엉망진창인 상태를 재현한 것에 불과하다는 것도 안다. (그 모든 물건이!) 혼란 속에서 분노한 채 죽은 어머니의 유령. 아직도 내가 날마다 말을 건네는 아버지의 유령. 숙부와 숙모가 이 물건들이 어떤 의미를 지닐 최후의 사람에게 남긴 골프채와 의학박사 학위들. 골수 안에서 구부러지고 말려 있는 건?

엉망진창은 신성하다. 우리는 상속받은 것, 그리고 상속받은 것을 이해하게 되는 방법을 연구해봐야 한다. 거기에 아름다움이 있다. 나는 매일 작업하려고 앉으면서 이 장소들을 여행한다. 내가 가학적이어서가 아니다. 과거를 살아가고 있어서가 아니다. 다만 나의 언어가 나의 곡괭이이기 때문이고, 나는 이 도구로 아직도 알아야 할 것들의 거친 표면을, 그것이 무엇이건, 조금씩 깎아내고 있기 때문이다.

늘 그렇지는 않아

불교 선생인 잭 콘필드(Jack Kornfield)는 언젠가 삶의 전부를 다음의 세 단어로 요약할 수 있다고 말했다. 늘 그렇지는 않다. 우리가 하루를 특정한 방향으로 이어지도록 결정할까? 늘 그렇지는 않다. 친구나 친척 들이 늘 그랬던 것처럼 행동할 것 같나? 늘 그렇지는 않다. 패턴이 존재하지만, 패턴 자체를 복잡하고 재미있게 만들어 패턴의 형성을 방해하는 빠진 코가 있는 것이다.

이야기란 패턴이 망가질 때 어떤 일이 벌어지는지에 대한 것, 빠진 코에 관한 것이다. 일상의 리듬에서도 어떤 시를 찾아볼 수 있지만, 결국 이야기가 되는 건 대개 하나의 전환, '늘 그렇지는 않은' 움직임이다. 이 순간은 왜 다를까? 뭐가 바뀌었을까? 그리고 왜 지금? 작업할 때마다 자주 하는 질문이다. 이런 변화는 거대할 수도 있고(여기서 나는 바로 우주의 리듬이 문제시되는 디스토

피아 소설들을 생각하는 중이다: 더 이상 해가 동쪽에서 뜨지 않거나 서쪽으로 저물지 않는 경우, 유성이 지구를 향해 돌진해오거나 바다가 솟구치거나), 아니면 가족과 휴가 중인 아홉 살 소년이 처음으로 가혹하고 말없는 시간의 흐름을 인지하는 이야기인 스티븐 밀하우저(Steven Millhauser)의 단편 「더 가까이」(Getting Closer)처럼 미묘하고 내면적일 수도 있다.

우리는 어째서 유독 이런 시간들에 대해 쓰는 걸까? 스타일 면에서, 구조적으로, 언어학적으로 그 안에 들어가려면 뭘 해야 할까? 어떻게 해야 어느 시점에 도달한 인물의 내면을, 동요하는 진실을 드러낼 수 있을까? 인물에게 이런 구석이 없다면 이 이야기를 할 가치가 없는지도 모른다. 밀하우저의 단편은 고작 몇 분 동안의 시간 안에서 흘러간다. 이야기는 아홉 살 주인공의 싹트기 시작한 의식을 한 겹씩 펼쳐낸다. 이 이야기에서 행동은 그해 여름 처음으로 물에 발가락을 담근 소년과 관련이 있다. 외적인 행위 측면에서, 플롯의 측면에서 행동은 이게 전부다. 다른 일은 일어나지 않는다. 밀하우저가 이 이야기를 쓰는 동안 어떤 작업을 하고 계신지요?라는 질문에 어떻게 대답할지 상상할 수 있는가?

하지만 「더 가까이」에서 내부적으로 벌어지고 있는 일은 독자가 숨이 턱 막힐 때까지 눈을 못 떼게 한다. 이 인물의 내면세계 깊은 곳으로 인도된 우리는 이 아이로

분할 때까지 투사해서 생각하고 또 생각한다. 여기서 문학이 제 소명을 다한다. 표면을 침투하고, 평범한 것을 해체하고, 빠진 코를, 우리—우리 모두—가 이처럼 '늘 그렇지는 않은' 순간들로 구성되어 있으며, 이런 순간들이 삶의 전환점을 표시한다는 것을 보여줌으로써 말이다.

횡재

장의자 위에서 다리를 꼬고 노트북을 얹은 쿠션을 허벅지에 올려놓고 있다. 아침, "인생의 벼룩들"로 인해 산만해지기 전 가장 먼저 하는 일인 글쓰기에 맞춤한 시간이다. 집에는 아무도 없다. 아무것도 나를 작업하지 못하도록 막지 않는다. 내가 좀처럼 차분해지지 못하고 불안에 빠지지 않는다면 말이다. 나는 금방이라도 방해를 받게 된다. 인터넷이 손짓한다. 다음 주까지 넘겨야 할 책 리뷰가 갑자기 압박으로 다가온다. 서재 곳곳에 쌓인 교정지와 원고 들이 내 이름을 외치고 있다. 의식의 저변에서는 간밤의 꿈이 내 균형을 무너뜨리며 뒤숭숭하게 떠돌고 있다.

중요한 걸 잊어버리기는 너무나 쉽다. 평정심을 갖고 중심을 잡으며 하루를 시작할 때는 나 스스로가 확고부동하게 느껴진다. 하지만 이처럼 위태로이 불안하게 시작하면 경로를 쉽게 이탈하고 만다. 한 번 이탈하면 돌아가지 못한다. 고로 스스로를 꽉 붙드는 정신을 길러야 한다. 가시덤불로 휙 뛰어들려는 제 욕망을 지켜보다가 해야 할 일로 다정하게 다시 끌어당기는 정신을. 이런 평정심을 타고나진 않았을지 모르지만 습관으로 길들일 수는 있다. 나는 젊은 작가였을 때 도널드 홀(Donald Hall)의 회고록 『인생작』(*Life Work*)을 처음으로 읽었는데, 그가 조부모에게서 상속받은 뉴햄프셔 농장에서 보내는 "최고의 날"을 묘사하던 방식을 아직도 기억한다. "오늘 아침에는 글을 바라던 것보다 많이 썼고, 오전 10시가 되자 피곤해졌다. 기상 후 다섯 시간 반째였고 지난 네 시간 동안 하루치 일을 다 했다. 오전 10시, 남은 하루는 횡재다."

도널드 홀은 이처럼 이상적인 날의 나머지 시간—횡재—에 하는 일들을 대단히 세세히 묘사한다. 그는 원고에서 바뀐 부분들을 구술하고, 구술을 녹음한 테이프들을 전날 저녁에 있었던 보스턴 레드삭스 경기를 보며 취합하고, 이를 그의 타이피스트(그럼 그렇지)에게 모두 전달한다. 그는 면도한다. 친구의 원고를 읽는다. 색인 교정을 본다. 이제 점심식사를 할 시간이다. 시인이자 아내인 제인 케니언(Jane Kenyon)과 낮잠을 자고, 그가 우리에게 공공연히 알려주는 바에 따르면, 그들은 섹스를 한다. 그 후 그는 개와 함께 오랫동안 산책한다. 집으로 돌아와 그날 도착한 우편물(오랜 친구와 지인 들이 보낸 편지, 그가 대부분 정중히 거절하는 요청과 초대)을 읽는다. 자질구레한 일들을 한둘 하기도 한다. 힘들 건 없고, 그저 식료품점에 다녀오거나 자동차 연료를 채우는 일 따위다. 그러다 타이피스트가 깨끗한 원고를 넘겨주면 몇 시간 더 작업한다. 그날은 저녁식사와 또 다른 레드삭스 경기로 끝나고, 그는 경기를 보며 치실질을 하고 다시 원고를 구술한다.

자신을 구할 수 있는 유일한 길은 작업이라는 것을 받아들이고 이해하는 작가의 눈부신 본보기다. 그의 어조는 당면한 작업에 내내 집중하고 있다. 상냥하고 고요하지만 확고부동하게. 그는 (적어도 최고의 날에는) 안팎의 압박에 굴복하지 않는 작가이고, 이에 더해 자신이 "몰두"(absorbedness)라고 부르는 것이 유일한 답이라는 걸 알고 있다. 삶의 그 모든 변화와 전환 — 인생의 벼룩들 — 에도 불구하고, 그는 조부모가 아무도 기다리지 않는 땅으로, 수확으로 돌아가던 것과 같은 방식으로 작업으로 돌아간다. 그는 단련된 위기의식으로 작동한다. 그의 딸이 아이를 낳는다. 나이 든 어머니가 병에 걸린다. 그는 간에 종양이 있다는 진단을 받는다. 그의 아내는, 이 책이 나온 뒤 세월이 지나 읽게 된 우리는 알고 있지만, 비극적이게도 젊은 나이에 백혈병으로 사망할 것이다. 그래도 여전히 이 하루가 있고, 해야 할 일이 있다. 심장이 냉정해서 몰두하는 것이 아니다. 정확히 그 반대다. 몰두는 필멸, 우울, 수치, 불운, 무기력을 불러일으키는 슬픔에 대한 대비책이다. 마법의 약은 아니지만, 냉혹한 진실이라 할 수 있다. 도널드 홀은 암을 진단받고 이렇게 쓴다. "작업은 죽음을 해독하지 않고, 죽음에 대한 거부도 아니다. 죽음은 작업하게 하는 강력한 자극제다. 할 수 있는 일을 해라." 오직 그뿐이다. 아침에 일어날 때마다 이 말을 떠올리면 좋겠다. 할 수 있는 일을 해라. 그러면 남은 하루는 횡재나 마찬가지다.

동굴

한 번은 조이스 캐럴 오츠(Joyce Carol Oates)의 친구에게서 이런 이야기를 들었다. 조이스는 프린스턴 집에서 남편 레이 스미스(Ray Smith)와 함께 아침식사를 하고 있었다. 신문을 읽던 레이가 조이스의 신작 리뷰를 보게 되었다. 그가 그녀에게 보고 싶으냐고 물었다.

"아니." 그녀가 대답했다.

안 보고 싶다고?

"좋은 리뷰라면 오늘 하루 글을 못 쓰게 될 거고, 나쁜 리뷰라면 오늘 하루 글을 못 쓰게 될 거야. 어느 쪽이건, 나는 글을 쓰면서 하루를 보낼 생각이야."

진짜인지는 모르겠지만 어쨌거나 마음에 드는 이야기다. 이런 흥분을 받아들이면, 기분 좋은 쪽이건 아니건 작업 자체가 불가능해진다. 사람을 온통 들뜨게 해버리니까. 들뜬 상태는 쓸모가 없다. 한참 작업 중인 작가는 야외용 의자에 앉아 담요로 몸을 감싼 채 차 한 잔을 들고 마의 산을 응시하는, 쇠약하고 잘 놀라는 19세기 신경쇠약 환자를 자처하기 십상이다.

나도 다른 사람들처럼 흥분을 좋아한다. 어쩌면 다른 사람들보다 더. 하지만 쉽게 과도한 자극을 받는 나는 너무 많은 일이 벌어지면 뇌가 정지하는 기분이 든다. 별일도 아닌데. 좋은 소식이나 근사한 리뷰, 갈망하던 청탁, 멋진 초대 따위일 뿐이다. 그런데 갑자기 온 정신이 흐트러지는 것이다. 바깥 세계가 반짝이는 새 장난감처럼 빛을 발한다. 나는 자신에 대한 감각을 전부 잃어버린 채 가늘게 뜬 눈으로 장난감을 바라보면서 두 살배기 아이의 마음이 되어 그쪽으로 아장아장 걸어간다. 그걸 조금이라도 맛보면 조금 더, 조금 더 원하게 되어버린다. 그때까지 하던 일에 대한 시야를 모조리 잃어버리고 만다.

글을 쓰는 삶에서 가장 이상한 점 하나는 동굴 안팎 오가기와 같다는 것이다. 우리가 한창 작업하는 중이라면 우리가 속하는 유일한 장소는 동굴이다. 당연히 현실적으로 고려해야 할 사항들도 있다. 예컨대 끼니 거르지 않기, 아이 숙제 도와주기, 아니면 쓰레기 내다버리기 따위. 하지만 작가는 뭔가 쓰고 있을 때 집중력을 잃지 않을 방법을 찾아야 한다. 작가는 동굴에서 불쑥 나와 좀 놀다가 춤추러 갔다가 다시 냉큼 동굴로 들어가지는 못한다. 우리는 작업에 온전히 주목해야 하고, 깊이 집중해야 하고, 최선의 자아가 되어야 한다. 우리가 한창 작업하는 중—만들고 있는 배에서—이라면, 밝고 빛나는 것들이 우리를 산만해지게 놔두면 안 된다. 밝고 빛나는 것은 신기루나 환상에 불과하고, 우리에게는 아무짝에도 쓸모가 없다.

밝음이 필요한 시간이 있다면, 그건 끝났을 때다. 책을 다 쓰고 퇴고를 시작했을 때. 안에 있는 모든 것을 전부, 그러고도 더 많은 걸 다 쏟아 부었을 때. 동굴이 비었을 때. 구석구석을 샅샅이 헤집었을 때. 바위벽마다 당신만이 이해할 수 있는 상형문자들, 당신이 어둠 속에서 자기 자신에게 쓴 노트들로 뒤덮였을 때. 하지만 당신이 나방과 노래기 틈바구니에서 힘겹게 작업하는 동안 뭔가 재밌는 일이 일어났을지도 모른다. 동굴 생활에 순응하고 나면 빛을 향해 더듬더듬 나아가는 일에서 별 매력을 느끼지 않을지도 모른다. 반짝이는 것들이 진부하게 보이는 것이다. 동굴 밖 반짝임과 삶의 활기가 동굴 안쪽으로 깊숙이 물러나 있는 것보다 어째서인지 덜 진짜처럼 보인다. 은자가 느낄 법한 즐거움을, 예상하지 못했던 풍성한 평화를 만끽하자. 얻기는 어렵지만 잃는 건 순식간이다. 동굴 안에는 내가 이제껏 알아온 중에서 가장 커다란 만족감이 있다.

통제

"아침나절 내내 시 한 편 교정을 보았고 쉼표 하나를 삭제했다." 오스카 와일드(Oscar Wilde)가 이렇게 썼다. "오후에는 다시 넣었다." 우리 대부분이 완벽주의자라는 사실을 받아들이자. 우리는 어떤 구절을 완벽하게 손볼 수 있는 방법을 찾으며 하루하루를 보낸다. 우리는 상당한 시간을 들여 고민한다. 잘 고치는 일에 우리 말고 또 이렇게 많이 신경을 쓰는 이들이 있을까? 고요함을, 방해받지 않는 시간을, 특별한 머그잔을, 제일 아끼는 펜을 필요로 하는 이들이 또 있을까? 우리는 단어 하나하나를 숙고하고, 큰 목표를 잡고, 음악적인 면과 의미를 모두 추구하고자 노력한다. 둘 중 하나만 없어도 둘 다 아무것도 아니게 된다는 걸 우리는 잘 안다. 하지만 우리는 통제하고 있지 않고, 아마도 고요함과 고독, 머그잔, 그리고 펜은 우리가 어떤 우주도 소유하지 못했다는 사실을 알려주는 하나의 방식일 것이다. 우리가 창조해낸 우주의 주인조차 아닐지도 모른다. 애니 딜러드는 이러한 통제력 없음을 구조적인 수수께끼로 돌린다. "가끔 책의 어떤 부분이 그저 일어나서 걸어간다. 작가는 그 부분을 강제로 제자리에 돌려놓지 못한다. 그것은 헤매다 죽어버린다."

이런 일이 언제 일어날지 알지 못한다. 우리가 쓰는 책이나 이야기가 저절로 일어나 우리 앞에서 변화한다. 우리가 살아 있는, 진정한 예술작품을 창조하고 있다면, 창의력을 갖고 열린 마음으로 접근하고 있다면, 이런 일이 일어날 수 있을 뿐만 아니라 일어나고 만다. 딜러드가 말하는 구조적 수수께끼는 과정의 일부다. 그렇다면 우리는 어떻게 우리가 사용하는 모든 단어가, 모든 문장이 편집 과정에서 바닥에 팽개쳐질지도 모른다는 걸 알면서 평안을 유지할 수 있는 걸까? 그걸 알면 평화로울 수 없겠지. 우리는 의도적으로 무시한다. 우리는 작업하는 과정의 리듬—아는 것과 모르는 것 사이의 춤사위—을 찾아내고, 그 길에서 작업을 그 자체로 명확하게 볼 수 있는 최선의 방법을 발견한다.

가능한 한 빠르게 죄다 늘어놓는 식으로 써야만 하는 작가들이 있다. 아마도 순서 없이, 대개 손으로 갈겨쓰고 또 갈겨쓰면서 직접 편집하는 과정을 거치지 않고 글자들을 페이지에 풀어놓으면서 무의식으로 접근하는 통로를 발견하는 이들이다. 내 친구 몇몇은 이런 작업방식을 토하기라고 표현하기도 한다. 나는 보다 우아한 용어를 찾고 싶지만, 찾을 수 없을 것 같다. 아마 내가 질투하는지도 모르겠다. 나는 이런 유의 작가가 아니다. 이렇게 토하는 이들은 아침에 일어나 침대도 정돈하지 않고 싱크대에 접시들을 쌓아둔 채로 집을 나설 수 있는 사람들일 거라고 추측한다. 나는 그렇게 생겨먹지 않았다. 나는 일어나자마자 침대를 정리한다. 베개를 부풀리고, 시트 모서리를 반듯하게 접어 안으로 넣는다. 행여나 내가 설거지거리를 잔뜩 쌓아둔 채 집을 나선다면, 아마도 종일 신경성 경련에 시달리겠지. 말하자면 나는 강박적이고 정돈된 사람이고, 내 작업방식에도 이런 성향이 반영되어 있다. 나는 한 번에 한 문장씩 손톱만큼만 앞으로 움직인다. 몇 문단을 다시 읽어보고, 만족했을 때에만 앞으로 나아간다. 물론 신기루에 만족했을 수도 있다. 그러면 몇 달 후에 단락 전체를 없애버리거나, 더 나쁘게도 한 챕터 전부 삭제해야 한다는 걸 깨닫기도 한다. 하지만 그 순간에 나는 문장이 빛나도록 다듬고, 단어 하나하나에 윤을 낸다.

이 과정은 자기만의 방식을 찾기 위해 애쓰는 작가들만큼이나 다분히 복잡하다. 당신에게 맞는 작업방식을 찾고, 해야 하는 것들을 제거하는 것이 중요하다. 남편은 각본을 쓰다가 중간을 불쑥 건너뛰고 앞으로 등장하리라고 생각되는 장면을 쓸 때가 종종 있는데, 그 순간 그 장면이 그에게 나타났기 때문이다. 나는 절대로 그러지 않는다. 나는 비선형적 작품을 쓸 때도 순차적으로 써야 한다. 한 발 앞에 다른 쪽 발을 둬야 한다. 남편은 시작에서 중간으로, 그리고 끝으로 다시 돌아오면서 조각들을 다가오는 대로 조립하며 장대높이뛰기를 한다. 그는 한밤중에도 작업할 수 있다. 내 뇌는 해가 지면 꺼져버린다. 밤에는 한 번도 작업이 잘된 적이 없고, 주위 모든 사람이 깨어 있는 걸 아는 마음 편한 낮 시간을 좋아한다. 토하는 사람들(그냥 갈겨쓰는 사람들이라고 하자)은 가는 대로 형태를 잡고, 이야기를 폭발시키며 나아갈 때 통제하고 있다고 느낀다. 내 남편처럼 뛰어넘는 사람은 즉각적인 본능을 따를 때 통제하고 있다고 느낀다. 그리고 나는, 나는 써나가면서 다듬는 사람이다. 이때 나는 통제하고 있다는 환상을 느낀다. 곧바로 포기하더라도.

자신을 읽어내기

쓰는 삶에서 맞닥뜨리게 되는 가장 큰 역설은 신중하게, 심사숙고해서, 집중력을 발휘해, 진심으로 고른 단어들이 페이지에 한 번 기입되고 나면 눈앞에서 죽어버리는 것처럼 보인다는 점이다. 언어는 우리가 문장을 빚어내고, 이런저런 요소들을 움직여보고, 구두점을 두고 고심하고, 소리 내어 읽어볼 때, 입술로 느껴볼 때만 우리 것이다. 우리가 듣고 만지고 볼 수 있게끔 빚어낼 때 장면은 살아서 숨을 쉰다. 우리는 화가들처럼 언어의 내부에 있다. 템페라(tempera. 그림물감의 일종—옮긴이), 가느다란 선, 캔버스 위 마르지 않은 물감 등으로 작업하는 화가들처럼, 여전히 과정 중에 있고 여전히 살아 있는 도구로 작업 중이다.

하지만 우리가 실행에 옮기고 나면, 언어가 페이지 위에서 물감처럼 마르고 나면, 그걸 보는 게 거의 불가능해진다. 이거야? 우리는 홀로 생각한다. 우리의 가장 밉살스러운 평론가가 망토를 펄럭이며 솟아나온다. 정말로? 이런 허접한 걸? 문장들은 다른 언어로, 퀴퀴한 냄새가 나는 우리 정신세계의 저 밑바닥 깊숙이 처박혀 있던 악몽의 언어로 쓰인 것 같다. 그 의미를 파악하려고 시도하는 건 거울에 비친 얼굴을 보는 것 같다. 단번에 보이지 않을 정도로 너무나 익숙하고, 너무나 내밀해서 우리는 당혹하며 부끄러움에 고개를 돌리는 것이다.

우리가 정말로 자기 자신을 볼 수 있을까? 자기 자신을 읽을 수 있을까?

쓴 것을 새롭게 보는 능력이 없다면 꼭 필요한 작업을 할 수 없기에 이는 난제일 수밖에 없다. 작품 내부에 문제가 있는지 없는지 어떻게 알 수 있을까? 그 안으로 들어갈 수 없다면 말이다. 우리에게는 냉정함이 아니라 명철함이 필요하다. 집착이 아니라 열린 마음이 필요하다. 우리는 낙관주의를 원하는데, 그러려면 안목이 있어야 한다. 우리에게는 응원해주는 사람도, 흠 잡는 사람도 필요하지 않다. 우리는 평정심을 지니고 자기 자신을 읽어내고 싶다.

어떻게 해야 할까? 나는 오랫동안 스스로 내 작업에 접근하는 법을 익혀보려고 온갖 방법을 동원해왔다. 낯선 환경에서, 평상시와 다른 시간에 촛불에 의지해서, 아니면 해변에서, 지하철에서, 평소처럼 읽는 버릇을 깨보려고 노력하며 원고뭉치를 들고 다니며 읽어보았다. 원고 폰트를 바꿔보았다. 가라몽 체와 타임스 뉴 로만 체의 대결. 나는 온종일 글을 쓰며 하루를 보낸 끝에 와인을 한 잔 따라서 원고뭉치와 빨간 색연필을 손에 들고 조용히 앉았다. 이런 방식들이 가끔 효율적일 수 있겠지만(다시 말해 와인 한 잔이 여러 잔으로 이어지지 않는다면), 내가 지닌 최고이자 최상의 비밀무기는 이것이다. 다른 사람인 척하기.

여기서 "다른 사람"이란 그냥 아무나가 아니다. 자기 작품을 읽어줄 독자들을 고를 때처럼 다른 사람인 척 할 때도 신경 써서 골라야 한다. 당신은 친절하면서도 솔직한 사람을 찾는 중이다. 똑똑하고, 당신이 탐구하는 세계에 흥미를 보여야 한다. 예컨대 SF소설을 쓰는 사람이라면, H. G. 웰스(H. G. Wells)를 싫어하고 스타트렉 에피소드를 한 편도 보지 않았으면서 SF소설을 읽은 척하는 이를 독자로 선택할 수는 없다. 우리는 스스로를 진심으로 흥미가 있고, 영혼은 관대하며, 문학적 감각이 있는 비평가적 태도를 지닌 독자로 여겨야 한다. 너그럽고 현명한 이가 되어야 한다.

이 방법이 미심쩍다면, 당신이 단편이나 에세이 등의 원고를 누군가에게 읽어달라고 보낸 직후에 벌어질 일을 상상해보자. 문학잡지에 원고를 보냈거나, 편집자에게 초고를 보낸 다음이라고. 항상 원고를 보내자마자 뭔가 바꾸고 싶은 부분이 눈에 들어오지 않는지? 원고를 한 번 공유하면, 원고는 전과 다르게 읽히기 시작한다. 발송 버튼을 누르거나 우편함에 봉투를 투입한 직후에 방금 그걸 보낸 사람이 되어 자기 원고를 다시 읽게 되기 때문이다. 작품의 반경이 갑자기 더 넓어진다. 원고를 똑바로 읽어볼 여유가 이제 조금 생겼는데, 당신은 송고했다. 너무 늦었다.

그러니 대신 조용한 장소를 찾아보자. 원고뭉치를 내려놓고 잠깐 앉자. 눈을 감고 배우들이 역할에 익숙해지려고 할 때처럼 다른 사람이 되어보자. 준비되었는가? 눈을 뜨면 눈앞의 단어들은 더는 당신 것이 아니다. 생생하고, 변할 수 있고, 새롭다. 자신의 악필을 읽고 있는 당신 또한 더는 (당신의 모든 내적 오류가능성 속에서) 당신이 아니다. 대신 당신은 명철하고 다정한, 가능성들에 마음을 연 낯선 사람이다. 낙관적이고 깜짝 놀랄 준비가 된 다른 사람이 된 것이다.

우매함

우리는 지능지수가 높은 사람일지도 모르고, 온갖 인상적인 학위란 학위를 죄다 갖고 있을 수도 있다. 세 가지 언어의 동사변화를 구사하거나 입자물리학을 이해할지도 모른다. 아이비리그 대학에 다녔고, 멘사 회원일지도 모르겠다. 한데 이런 종류의 영리함은 페이지 위에서 문장 한 줄을 따라갈 때 별 도움이 되지 않을 것이다. 실은 이런 영리함이 문제일 때도 있다. 지적이고 박식한 유형의 작가 몇몇을 아는데, 그들이 너무나 영리한 나머지 그들의 작품이 고생한다. 로켓 과학자나 신경외과 의사가 될 정도로 영리한 건 아녀도, 작가가 되기엔 너무 영리한 것일 수 있다.

스토리텔링에 관해서라면 (장르불문이다) 나는 종종 학생들에게 동물처럼 우매해져야 한다고 말한다. 스토리텔링이 원래 원초적인 것이다. 모닥불에 둘러앉아 암

송을 하건, 이스트빌리지 술집에서 큰 소리로 낭독을 하건 상관없이, 스토리텔링은 우리가 주변세계를 이해하는 방식이다. 그러니 우리 이야기를 하기 위해 지성 너머의 무언가를 활용하는 건 당연하다. 이로써 우리는 의도해서 파고들 때보다 더 깊게 이해한다. 복잡하게 생각하는 우리 정신은 어지러이 움직이며 좌고우면한다: 이쪽으로 가야 하나? 아니 저쪽인가? 단어들이 점점 얽히고설켜서, 생각하는 과정이 이미 우리가 싸지른 혼란을 풀려는 시도처럼 느껴질지도 모르겠다. 장애물을 만든 것은 우리고, 장애물을 해결하려고 하는 것도 우리다. 우리의 정신은 빛을 가리는 거미줄을 자아낸다. 우리는 뒤늦게 예측하고, 제한된 의식의 늪에서 길을 잃고 만다.

이야기의 길을 통과하고 있다고 느낀다면 심오한 내면의 논리를 따라가고 있는 것이다. 단어가 우리를 앞선다. 우리는 단어를 듣고 옳다고 느낀다. 내가 그걸 어떻게 했지? 글쓰기를 마치면, 물감이 마르면, 초고를 고치고 다시 쓰고 또 쓰는 작업을 하고 나면 우리는 이렇게 자문한다. 대답 중 하나는 당연히 '열심히 작업했으니까'가 된다. 우리는 의자에서 일어나지 않고, 집중할 수 있는 환경을 꾸미고, 읽고, 조사하고, 배우고, 탐구했다. 하지만 다른 무언가가, 설명할 수도 이해할 수도 없는 것이 있고, 그래서 우리는 조금쯤 속임수를 썼을지도 모르겠다고 생각하게 된다. 속임수가 아니라면, 그건 그것이다. 내가 그걸 어떻게 했지?

우리는 귀가 쫑긋하고 눈을 크게 뜬 동물이다. 우리는 부드럽고 눅신한 대지에 한쪽 발굽을 내려놓고 다음 발굽을 내민다. 바스락거리는 잎사귀, 부러지는 나뭇가지, 지나가는 실바람. 우리는 모퉁이를 돌면 무엇이 나타날지 고민하느라 멈추지 않는다. 우리는 모른다. 있는 것이라곤 새둥지, 아기 사슴, 고목의 옹이진 뿌리 아래 똬리를 튼 뱀뿐이다. 우리의 숨소리만 들릴 뿐이다. 맥동하는 우리 몸. 우린 여기 있다. 생생하게, 기민하게, 몸을 떨면서. 우리는 혈거인이다. 날카롭게 간 화살촉으로 그림을 그린다. 소년을. 곰을. 달을.

규칙 깨기

어쩔 수 없이 나는 창의적 글쓰기 101가지 비법 유의 기초적인 조언을 학생들에게 하는 중일 것이다. 부사를 적게 쓰라거나 느낌표는 최소한만 쓰라거나 말줄임표도 마찬가지라면서. 그러면 그들은 부지런히(어머나, 부사를 썼네) 공책 위로 몸을 숙인 채 내 말을 진정한 복음인 양 받아 적겠지. 이제 나는 이런 규칙들을 깨뜨린, 내가 좋아하는 책들을 예로 들기 시작할 것이다. 앤드루 숀 그리어(Andrew Sean Greer)는 『맥스 티볼리의 고백』(*The Confessions of Max Tivoli*)에서 서사의 구조적 관습에 얽매이지 않고 챕터가 이어질수록 화자의 나이가 점점 어려지게 설정했다. 매리언 위닉(Marion Winik)은 자신이 알았던 망자들에게 바치는 퍼즐과도 같은 비가이자 짧지만 매우 예리한 회고록인 『글렌 록 부고』(*The Glen Rock Book of the Dead*)를 썼을 때, 규칙을 깼다. 다

죽었다고? 근데 왜 신경 써야 하지? 조 브레이너드(Joe Brainard)가 쓴 회고록 『나는 기억한다』(*I remember*)의 모든 문장은 나는 기억한다로 시작한다. 작가의 머릿속에는 반복을 피해야 한다는 글쓰기 선생의 목소리가 없는 것이다. 컬럼 매캔(Colum McCann)이 『거대한 지구를 돌려라』(*Let the Great World Spin*)를 썼을 때, 그는 독자들에게 수많은 화자들의 스토리라인이 연결될 때까지 따라갈 의지가 있냐고 묻지 않았다. 그러지 않았다. 이들 중 누구라도 내면의 검열관이 덮치게 놔두었더라면 이런 책은 쓰지 못했을 것이다. 세상에 이 작가들이 없었을 것이다.

최근 내 마음에 든 문학작품들은 위험을 감수한다. 예측할 수 없고, 기대에서 벗어나며, 그릇된 행동을 하는 인물이 넘쳐나고, 계획을 따르지 않는다. 삶은 대부분 결코 계획대로 되는 법이 없다. 그러니 문학에서 그럴 필요가 있을까? 매우 조심스러운 소설 말고 기막히게 엉망진창인 소설을 보여달라. 나는 역동적인 산문을, 심각한 결함이 있는 비범한 인물을 원한다. 숨도 못 쉬게 여러 페이지에 걸쳐 이어지는 문장을 원한다. 제니퍼 이건의 『깡패단의 방문』처럼 파워포인트 프레젠테이션 형식으로 쓰인 장을 원한다. 아니면 『여자들이 새였을 때』(*When Women Were Birds*)에서 마주치는 것처럼 연달이 이어지는 빈 페이지들을. 이 책은 테리 템페스트 윌리엄스(Terry Tempest Williams)가 불치병에 걸린 어머니의 일기장에 대해 쓴 명상록인데, 어머니는 자신이 죽고 난 후에 일기장을 보라고 말했단다. 그리고 일기에는 아무것도 없었다. 우리는 빈 첫 페이지에 다다르고, 다른 걸 찾아보려고 페이지를 넘기고, 또 넘기다가 템페스트 윌리엄스가 어머니의 빈 일기를 마주했을 때 겪었을 법한 경험에 진입한다. 숨을 멎게 하는 순간, 선명한 순간이 아닐 수 없다.

이처럼 대담한 창의력을 마주하는 은혜로운 순간들. 이런 순간에 우리는 자기만의 방식에서 빠져나온다. 이들은 규칙을 아름답게 깨부순다. 이런 순간은 팡파르를 울리지 않고 도착하지만, 알아차리지 못할 수가 없다. 이런 순간은 우리의 망설임, 반발심, 할 수 없고 하면 안 되고 하지 않을 수밖에 없는 온갖 이유를 가볍게 지나친다. 이런 순간에는 거의 아이다운 전율이 동반된다. 안 될 게 뭐야, 전 우주가 이렇게 속삭이는 것 같다. 왜 지금이면 안 되지? 왜 네가 아니지? 일어날 수 있는 최악의 일이 뭐기에?

물론 잘 안 될지 모른다. 당신이 지금 하는 불가능한 작업이 무엇이건, 빈 페이지건, 파워포인트건, 반복이건 완전히 실패할 것이다. 하지만 그 일의 위험을, 아슬아슬함을, 예리한 질문을 감수하지 않는다면(할 수 있을지?), 스트렁크와 화이트가 쓴 작문 책과 더불어 모든 워크숍

규칙을 창밖으로 집어던지는 즐거움을 모른다면, 당신, 그리고 우리는 무슨 일이 일어날 수 있을지 모를 수밖에 없다.

침 뱉기

얼마 전 쿤달리니 요가 수업에서 강사가 수강생들에게 호흡을 연습해보자고 했다. 우리는 모두 손을 턱 밑에 조그만 그릇 모양으로 둥글게 쥐었고⋯⋯ 그리고⋯⋯ 침을 뱉었다. 우리는 숨을 들이쉬고, 침을 뱉었다. 숨을 들이쉬고, 침을 뱉었다. 끝날 것 같지 않았던 대략 5분 동안, 우리는 숨을 들이쉬고 침을 뱉었다. 강사는 기억 속 가장 후미진 곳에서부터 가능한 한 모든 고통스러운 것을 전부 퍼 올리라고 말했다. 모든 슬픔과 후회, 부끄러움, 죄책감을 전부. "좀 지저분해질 거예요." 그녀가 말했다. "하지만 약속하죠. 아무도 보고 있지 않아요."

우리 중 몇십 명은 수련원 바닥에 매트를 깔고 앉았다. 서쪽으로 난 창으로 늦은 오후의 햇살이 들어오고 있었다. 침 때문에 턱이 축축했다. 둥글게 쥐었던 손도 침이 흥건해 끈적거렸다. 방 안에는 다 같이 모여 침을 밸는 이상하고 민망한 소리로 가득했다. "멈추지 마세요!" 강사가 다그쳤다. 비현실적으로 아름답고 담담한 인상의 금발 여성인 그녀는 이 수업을 위해 머리끝부터 발끝까지 하얗게 차려입고 있었다. "뭘 하건 멈추지 마세요!"

밷고, 밷고, 밷고. 한동안 속이 좋지 않았다. 메스꺼웠다. 나는 둥글게 쥔 손바닥을 계속 들여다보았다. 슬픔과 후회, 부끄러움, 죄책감이 그 안에 고여 있었다. 손바닥 안에서 어머니가 보였다. 평생의 모습처럼 활기찬 여성이 아니라 사망하기 몇 달 전부터 그랬듯 노쇠하고 머리가 벗어지기 시작했지만 여전히 머리털이 빽빽한 존재로. 밷고, 밷고, 밷고. 자동차 사고 이후 중환자실에 의식 없이 누워 있던 아버지가 보였다. 밷고. 어쩔 수 없이 소원해진 이복자매도 보였는데, 놀란 듯한 그녀의 표정에는 경멸이 담겨 있었다. 밷고. 경련을 일으키는 갓난쟁이 아들. 밷고. 참석했던 모든 장례식. 밷고. 같이 잤던 유부남. 밷고. 내가 배신한 친구. 밷고.

"30초 더!" 강사가 외쳤다. 하지만 계속할 수 없을 것 같았다. 나만 그렇게 느꼈을까? 나는 애써 방 안을 둘러보고 싶은 마음을 떨쳤다. 마침내 그녀가 자비를 베풀어 그만하라고 말했을 때는 위장이 뒤틀리고 있었다. 방이 기울어진 것 같았다. 나는 곧바로 구역질이 나서 토했고, 내부가 싹 비워졌다.

골수 안에서 구부러지고 말려 있는 건? 정신이 나가지 않고서야 대체 누가 이런 연습을 시킨단 말인가? 이 문제에서 왜 명상이, 치료법이, 끝없는 자기반성이 필요한가? 세상에, 방 안에 온통 침 뱉는 사람들로 가득하다니! 화창한 오후에 달리 할 만 한 게 없나? 하지만 당혹스럽고 딱히 기분이 좋지 않은 와중에도 작가 친구들과 내가 가끔 말하듯 작업에 쓸 만한 일이라는 감이 왔다.

"스스로를 뼛속까지 알아라." 헨리 데이비드 소로(Henry David Thoreau)가 말했다. "물어뜯고, 파묻고, 파내고, 또 씹어라." 물론 이 강력하고 지혜로운 말은 이렇게 시작한다. "네가 사랑하는 일을 하라." 우리는 목수건, 법률구조 변호사이건, 응급의건, 소설가건, 사랑하는 일을 하려면 가능한 한 자기 자신부터 깊이 알아야 한다. 스스로를 뼛속까지 알아라. 자신에 대한 앎은 엉망진창일 수 있다. 뱉고, 뱉고. 하지만 이렇게 씹고 파내는 행위는 우리 삶의 한가운데를 차지한다. 여기에는 결코 끝이 있을 수 없다. 우리의 가장 내밀한 이야기—우리의 뼈—는 가장 좋은 스승들이다. 또 씹어라.

담배 타임

담배를 피우던 시절에는 문장을 쓰다 막히거나 좀 쉬어야 할 때마다 말보로 레드 담뱃갑에 손을 뻗었다. 담배를 멀리 둔 적이 한 번도 없었다. 담뱃갑은 늘 오른쪽 팔꿈치 근처, 앙티브곶에 위치한 캡에덴록 호텔에서 집어온 책상 위 도자기 재떨이 바로 옆에 놓여 있었다. 재떨이에는 언제나 담배꽁초들이 수북했다. 웨스트72로에 빌린 방에서 나는 글을 쓰고 담배를 피웠다. 담배를 피우고 글을 썼고. 흡연이라는 선택지가 없으면 나는 절대로 글을 쓸 수 없을 것처럼 둘은 긴밀하게 연결되어 있는 듯했다. 난관에 봉착하면 어쩌지? 담뱃갑에서 담배 한 대를 빼내는 의식 없이 어떻게 나 자신에게서 떨어져 나올 수 있을까? 입술 사이에 담배를 물고, 성냥개비를 당기고, 불을 붙이고…… 연초 끝이 빨갛게 타들어가는 의식이 없다면? 성냥에 입김을 불고, 책상 앞 의자에 기대어 빨아들이고, 내쉬고, 천장을 향해 연기 고리를 조준하지 않는다면? 마지막으로 담배를 피우고 20년 넘게 지났는데도 이 글을 쓰는 지금, 폐에 반갑게 들어차던 거친 연기가 느껴진다. 오른손 검지와 중지 사이에 끼운 담배의 감촉도.

첫 소설의 초고를 끝냈을 무렵, 담배를 끊었다. 아버지는 돌아가셨고, 어머니는 훨체어 신세를 지고 있었다. 어느 날 오후에 콜럼버스가(街) 애완동물가게 유리창에서 조그만 요크셔테리어 한 마리가 내 눈을 사로잡았다. 그냥 잠깐 강아지와 놀고 싶다는 생각으로 가게에 들어갔다. 한 시간 후에 나는 상자 하나, 강아지용 사료, 그릇들, 목줄과 목걸이, 그리고 강아지 한 마리와 함께 가게에서 나왔다. 강아지 이름은 거스(Gus)로 정해졌다. 당시 플로베르를 많이 읽고 있었으므로 귀스타브(Gustave)에서 따온 이름이었다. 아침마다 강아지를 데리고 센트럴파크에 갔다. 그러던 어느 날 아침, 햇살에 따스해진 바위에 앉아 거스가 풀밭에서 뛰어노는 동안 담배를 피우다 살고 싶다는 말이 머릿속을 스쳤고, 마지막이 된 담배를 비벼 껐다. 살고 싶다.

한데 소설의 두 번째 초고를 작업하면서 더는 흡연자가 아니게 된 나는 곤경에 빠졌다. 살고 싶었지만 글도 써야 했다. 담배 타임은 내게 의례적으로 몽상하는 시간을 제공했다. 흡연은 글쓰기를 도와주었다. 담뱃갑을 뜯고, 성냥에 불을 붙이고, 뒤로 기대어 담배를 피우는 행위는 아무것도 하지 않고 오로지 담배만 피우며 아래쪽 안뜰에 시선을 고정한 채 생각을 정리하는 얼마간의 시간—3분? 5분?—을 처방해주었다.

작가에게는 이처럼 의식적으로 몽상하는 시간이 필요하다. 우리에게는 저마다 방법과 요령이 있다. 몇몇은 담배를 피운다. 어떤 친구들은 펜을 씹거나 낙서를 한다. 책상에 둔 단지에서 젤리빈을 꺼내는 친구들도 있고, 해가 중천인데 목욕을 하는 이들도 있다. 나와 남편은 최근 피스타치오의 능력을 발견했다. 피스타치오 껍질 벗기는 게 이상하게도 만족스러운 것이다. 우리를 계속해서 작업하게 하는 것, 몰두하게 하는 것, 다른 걸 하고 싶은 욕구에 저항할 수 있게 하는 건 무엇이건 상관없다.

집에서 멀지 않은 카페에서 이 글을 쓰는 동안에도 거의 매순간 다른 걸 하고 싶은 욕구가 생긴다. 하필이면 오늘 뭔가 자꾸 불편함이 치고 들어온다. 모르던 바는 아니지만 그럴 수 있음을 아는 것만으로는 충분하지 않을 때가 있다. 조금 전까지 이메일을 세 번 확인했다. 쓰고 있는 잡지용 원고를 도와주는 친구에게 관련 메시지를 보냈다. 남편이 내 마음에 들 거라고 생각하는 자동차 사진을 보내 왔다. 페이스북에도 한 번 접속했다. 문자메시지 두 건을 받았다.

뭐, 이 정도야 괜찮다고 생각할지도 모르겠다. 인터넷

을 잠깐 몇 번 확인한다고 뭐가 나쁠까? 이메일이나 트위터, 친구들의 페이스북 업데이트를 잠깐 들여다보는 건 결국 21세기판 담배 타임 아닌가?

여기서 여러분께 내가 할 수 있는 가장 중요한 조언을 한마디 하겠다. 인터넷은 담배 타임과는 전혀 다르다. 오히려 그 반대다. 이 연결의 시대에 작가들이 실생활에서 직면한 가장 어려운 도전과제는 우리 대부분이 글을 쓸 때 활용하는 도구가 바로 외부 세계로 이어지는 통로라는 점이다. 언젠가 론 칼슨(Ron Carlson)이 컴퓨터로 글을 쓴다는 건 놀이공원에서 글을 쓰는 것과 마찬가지라는 말을 한 적이 있다. 순간 막혔다? 왜 그런 기분이 들지? 자판 하나만 누르면 우리는 스스로를 삭제하고 대신 플룸라이드를 탈 수 있는데.

작업하던 원고로 돌아올 때쯤이면, 결국 돌아온다면, 우리는 가장 깊은 충동에 가까이 다가갔기는커녕 아주 멀리 있게 될 것이다. 내가 어디 있었지? 아, 그래. 막혔었지. 불안하고 길을 잃은 기분이었다. 그래서 지금은 어디 있지? 더 막힌 상태다. 더 불안하고, 더 길을 잃은 기분이다. 우리는 몽상의 시간에서 깨어나며 아무것도 얻지 못했다. 생각들이 자유로이 부유하는 대신 이런저런 밝고 빛나는 것들 사이에서 튀어 다녔던 모양이다.

내가 담배를 끊던 즈음에 인터넷이 널리 사용되었더라면 작은 셋방에서 뭘 하고 있었을지 눈에 선하다. 하루 종일 인터넷을 돌아다니며 빈둥빈둥 시간을 보냈을 것이다. 평생 많은 책을 쓰고 제법 괜찮은 습관들을 갖고 살아왔는데도 나는 여전히 인터넷의 꼬드김에 저항하기를 어려워한다. 하지만 최고의 날들에, 문자메시지나 트위터, 페이스북 메시지들이 없는 곳으로 돌아간 스스로를 상상해본다. 온갖 소음과 늘 가득 찬 메일함에 조건반사적 흥분을 느끼지 않는 곳. 나는, 조부모의 농장에서 새벽이 오자마자 일어나는 도널드 홀 옆에, 블룸즈버리 작업실에 있는 버지니아 울프 옆에, 침대 안의 프루스트 옆에, 아침마다 수도원처럼 생긴 브루클린의 적갈색 사암 스튜디오로 걸어가는 폴 오스터 옆에 나란히 선다. 그러고 그 방으로 돌아간다. 흰 벽, 텅 빈 안뜰, 창밖으로 나선을 그리며 피어오르는 가느다란 한 줄기의 담배 연기가 있는 그 방으로. 어디에도 매이지 않은 채 부유하는 내 정신의 드넓고 광대한 세계로.

인물

나이 든 사람이라고 늘 주름이 많거나, 거칠거칠하거나, 구부정하거나, 잘 잊어버리거나, 현명한 건 아니다. 10대도 마냥 반항적이거나, 불평불만이 많거나, 얼굴이 여드름투성이인 건 아니다. 아기도 항상 천사 같지만은 않고, 항상 귀여운 것도 아니다. 주정뱅이의 말도 늘 불분명하지는 않다. 인물은 유형이 아니다. 인물을 만들 때는 예상 가능한 요소들을 피해야 한다. 언어를 다룰 때와 마찬가지로 우리는 클리셰를 조심할 필요가 있다. 인물의 경우, 우리는 진실하면서도 늘 그렇지는 않은 것을, 인물을 독특하고 미묘하며 잊을 수 없게 만드는 것을 찾는다.

이러한 특수성은 당연히 주요 인물들에게 적용되지만, 조연들을 만들 때도 마찬가지다. 바 끝에 앉은 남자, 병원 접수대의 직원, 길에서 쇼핑백을 들고 있는 여자. 이들은 주인공을 A 지점에서 B 지점으로 나아가게 하려고 존재하는 것이 아니다. 이들은 들러리가 아니고, 부분적 색채를 조금 더하려고 거기 있는 것이 아니다. 삶에 들러리나 부분적 색채가 없는데, 페이지 위에 있을 리가 없다.

스스로 질문해보자. 이 인물은 어떻게 걸을까? 어떤 냄새가 나지? 뭘 입고 있지? 어떤 속옷을 입고 있지? 어디 억양이 배어나지? 배가 고플까? 목이 마를까? 성욕을 느끼나? 최근에 읽은 책은 뭐지? 전날 저녁으로 뭘 먹었을까? 춤을 잘 추나? 펜으로 십자말풀이 퍼즐을 풀까? 어려서 동물을 길렀나? 고양이를 좋아하는 사람일까, 아니면 개를 좋아하는 사람일까?

물론 우리는 이 모든 세부적인 사항들을 거의 넣지 않아도 된다. 하지만 이런 것들에 대해 잘 알고 있어야 한다. 글쓰기 수업에서 인기깨나 있는 방법이 유전학, 습관, 신체적 특징 등을 동원해 인물에게 완벽한 서류를 만들어주는 것이다. 나는 이 방식이 딱히 마음에 들었던 적이 없다. 아마도 이런 목록과 전사(backstory)를 바탕으로 한 글쓰기가 정작 글을 쓰는 과정에서 발생하는 마법을 걸러낼지도 모른다는 믿음 때문일 것이다. 하지만 우리가 상상 속에서 인물과 충분히 오랫동안 깊이 있게 지낸다면 가족들에 대해 아는 것처럼 인물에 대해서도 알게 된다. 그러면 뭐가 되었건 쩔쩔매지 않게 된다.

좋아하는 음식? 알레르기 유발 원인? 내밀한 부끄러움? 짜증나는 습관? 우리의 인물들은 한 번 형태를 갖추고 나면 우리가 깨어 있건 꿈을 꾸고 있건 우리 의식의 일부를 차지한다.

우리는 누구도 클리셰가 아니다. 우리는 우리 이야기의 총합이다. 어떤 유형, 특정 범주에 속하는 사람으로 보일 수는 있다. 다시 말해, 불그레한 안색에 실크 포켓 스퀘어를 장식한 감색 블레이저에 하얀 바지를 입고 양말 없이 스웨이드 로퍼를 신었으며 젊은 금발 여성을 팔에 안은 남자로 보일 수는 있다. 클릭, 클릭, 클릭. 당신은 머릿속으로 빠르게 판단을 내린다. 트로피 아내(trophy wife)를 얻은 부유한 사업가로군. 그런데 그 남자가 방금 전립선암 선고를 받았다면? 팔에 안은 젊은 금발 여성이 수술을 앞둔 그를 찾아온 딸이라면? 최근에 아내를 잃었다면? 버니 메이도프(Bernie Madoff. 월스트리트 역대 최대 규모의 폰지사기꾼 — 옮긴이)에게 전 재산을 잃었다면?

인간은 본능적으로 찰나의 첫인상에 근거해 편견과 투사를 동원해서 즉시 어떤 가정을 내린다. 하지만 우리는 더 깊이 들여다봐야 한다. 우리가 얼마나 많은 그림을 놓치고 있는지 지속적으로 관심을 기울일 것. 보는 것마다 공감적인 상상력을 발동할 수 있도록 연마할 것.

거리

오랫동안 코미디 작가로 활동하며 성공적인 커리어를 이어온 한 친구가 어떻게 하면 그렇게 웃긴 것을 만들 수 있는지 묻는 사람들이 종종 있다고 말한다. "나는 먼저 웃어." 그가 말한다. "그러고는 거기서부터 뒤로 돌아가는 거야. 마냥 앉아서 '오, 정말이지 이건 사람들을 다 쓸어버릴 거야'라고 생각만 하는 작가에게서 지속적이고 시간을 초월한 예술작품이 나온 적은 한 번도 없다고 생각해." 다 쓴 원고에서 유머가 나오건 비애감이 나오건(둘 사이에는 뜻밖에 연관성이 있다는 논쟁이 벌어질 수 있다), 쓰는 도중에 이런 감정을 느낀다면 뭔가 잘못된 것이다. 다이앤 키튼(Diane Keaton)은 「사랑할 때 버려야 할 아까운 것들」(Something Gotta Give)에서 성공한 극작가를 연기하는데, 컴퓨터 앞에 앉아서 명랑하게 글을 쓰다가 초조하게 고개를 흔들고 울다 웃다 한다.

하지만 현실에서 이런 식으로 행동하는 작가라면 처방약을 바꿔야 하나 고민해봐야 한다. 슬픔과 기쁨, 즐거움과 분노, 이 모든 것이 우리의 작업 수단이다. 이런 감정들을 느끼는 동시에 만들어낼 수는 없다. 내가 다이어리 파일에 넣어 갖고 다니는 한 신문기사에는 극작가 에드워드 올비(Edward Albee)가 한 말이 실려 있다. "분노와 울분이 미학적으로 작동하려면 작가는 이에 거리를 두고 프랭크 오하라(Frank O'Hara)가 「내 감정들의 기억」(the memory of my feelings)에서 언급한 것처럼 써야 한다. 분노는 일관적이지 않다. 관찰된 분노는 일관적일 수 있다."

재능을 타고난 요가 선생인 한 친구는 언젠가 내게 올비의 이 말을 떠올리게 하는 명상을 시키며 수업을 마무리했다. 눈을 감고 매트에 앉아 있는 우리에게 미첼은 불붙인 성냥이나 밝게 타오르는 향을 떠올려보라고, 그러고는 불꽃이 꺼지는 모습을 상상하라고 말했다. 끝부분이 빨갛게 타들어가고, 연기가 피어오르고, 허공으로 솟아오른다. 그리고 마침내 차가운 재가 남는다. 나는 그때부터 창작 과정에 적절한 은유처럼 보이는 차가운 재의 이미지를 늘 갖고 다닌다. 우리는 일관적이지 않은 불꽃으로부터 글을 쓰지 않는다. 연기로부터도 마찬가지다. 우리는 재가 식을 때까지 기다린다. 재 안에는 불꽃과 연기를 만들어낸 물질이 그득하다. 그걸 만질 수 있는 건 오직 지금이다. 우리는 그 안으로 손가락을 넣을 수 있다. 우리는 마음대로 형태를 빚을 수 있다. 이제 우리는 관찰할 수 있다. 이제 우리 것이다.

테두리들

음악가이자 작가, 그리고 암 투병자인 조슈아 코디(Joshua Cody)는 회고록 『원문 그대로임』(*Sic*)에서 이렇게 쓰고 있다. "내게는 작곡에서 가장 중요한 것이 테두리에, 프레임에 맞서 쓰는 것이다. 삶에 관한 무언가에, 아무것에나, 예컨대 암이라는 프레임을 씌워보자. 그러면 심지어 바라지도 않았는데 이미 어딘가에 도착해 있다."

잠깐, 이게 무슨 뜻이지? 나는 구조가 글쓰기 자체에서 솟아나온다는 생각을 고집해오지 않았던가? 그런데 이 프레임 어쩌고 하는 말은 뭐람? 내가 자기모순적인 걸까? 글쎄, 꼭 그런 건 아니야! 나는 대답하고 싶다. 내가 대답을 준비하는 동안 당신도 이 문제를 눈여겨보고 있어서 아주 기쁘다. 프레임은 구조가 아니다. 구조는 프레임 내부에서 발생할 수도 있지만, 프레임은 아니다. 프레임은 당신에게 일관성을 부여하고, 당신이 이야기에서 엇나간다고 알려준다. 코디의 표현을 빌리자면 프레임, 즉 테두리에 맞서 글을 쓴다는 건, 패치워크 이불의 한 조각을 명확하게 할 때 큰 도움이 된다. 우리가 딛고 선 대지 한 조각에. 우리 지형도의 정밀하고 독특한 한 부분에. 우리 세계에.

동시대 회고록의 맥락에서 명확함을 고찰해보자. 토바이어스 울프(Tobias Wolff)의 『이 소년의 삶』(*This Boy's Life*)에서 이야기를 둘러싼 프레임은 유년 시절이다. 프랭크 매코트(Frank McCourt)의 『안젤라의 재』(*Angela's Ashes*), 프랭크 콘로이(Frank Conroy)의 『시간 멈추기』(*Stop-Time*)도 마찬가지다. 수재너 케이슨(Susanna Kaysen)의 『처음 만나는 자유』(*Girl, Interrupted*)나 마사 매닝(Martha Manning)의 『암류』(*Undercurrent*)에서 프레임은 정신질환이다. 캐럴라인 냅(Caroline Knapp)의 『드링킹, 그 치명적 유혹』(*Drinking*)이나 피트 해밀(Pete Hamill)의 『마시는 삶』(*A Drinking Life*), 데이비드 카(David Carr)의 『총의 밤』(*The Night of the Gun*)에서 프레임은 중독이다. 루시 그리얼리(Lucy Grealy)의 『서른 개의 슬픈 내 얼굴』(*Autobiography of a Face*)과 에밀리 랩(Emily Rapp)의 『위탁 아동』(*Poster Child*)에서 프레임은 상처다. 패트리샤 햄플(Patricia Hampl)의 『버진 타임』(*Virgin Time*)과 메리 매카시(Mary McCarthy)의 『가톨릭 소녀 시절의 추억』(*Memories of a Catholic Girlhood*)

에서 테두리는 영적 허기로 규정된다. 캐서린 해리슨(Kathryn Harrison)의 『키스』(*The Kiss*)에서는 근친상간이다. 비비언 고닉(ViVian Gornick)의 『사나운 애착』(*Fierce Attachment*)에서는 어머니와 딸의 유대관계다.

프레임은 이야기를 가늠하는 척도를 제공한다. 무엇이 이런 척도인지, 테두리인지 모른다면 그 안에 닥치는 대로 던져 넣을 위험이 발생한다. 싱크대처럼. 모든 게 속하지는 않는다. 모든 게 동일한 호소력을 갖고 있거나 울림을 주지 않는다. 픽션을 쓰건, 논픽션을 쓰건 이는 진실이다. 프레임은 강제적으로 분별을 요구한다. 저것이 아니라 이것. 이질적인 것과 무절제한 것, 과잉된 것들이 떨어져 나간다. 코디의 말을 빌리자면 프레임은 "바라지도 않았는데 이미 어딘가에 도착"하게 한다. 이 말은 예컨대 중독에 관한 이야기에 어린 시절이 담기지 않는다는 뜻이 아니다. 어머니와 딸의 유대관계가 프레임인 이야기가 영적 여행에 관한 이야기는 아닐 수도 있다. 하지만 우리가 자신의 프레임을 알고 틀을 만들어낸다면, 자기 이야기를 말하는 어떤 규칙이 만들어질 것이다. 이 프레임은 창의적인 결정을 하라고 요구할 것이다. 무엇보다도 우리가 이 이야기를 하고 있다는 점을 깨닫게 할 것이다. 여기 창문이 있다. 창밖을 보자. 뭐가 보이나? 아, 다른 창문들도 많은 집 안에 서 있다면, 나중엔 그 창문들을 통해 봐도 된다. 하지만 여기서 잠시, 이 창문 앞에

서보자. 볼 것이 너무나 많다.

월요일들

월요일 아침은 대개 힘겹다. 주말은 오로지 가족과 친구들, 잔뜩 쌓인 집안일들에 바쳐진다. 장을 보고, 운동화를 사고, 식료품 저장실을 정리한다. 서류작업. 수업. 보험금 청구. 프린터에 새 토너를 넣어야 한다. 텔레비전 리모컨 배터리가 다됐다. 쓰레기봉투가 동났다. 곧 다가오는 시어머니 생신과 관련된 이메일들이 쌓여 있다. 가정생활의 시시콜콜한 사항들—대개 기분 좋은 것들이다—에 깊이 몰입할수록 내가 작업 중이던 장소와 점점 더 멀어진다.

월요일 아침이면 가끔 그 장소로 돌아가는 여정이 끝나지 않는 것 같다. 글 쓰는 사람들은 자기 안에 일종의 분할화면을 갖고 있다. 한쪽에는 작업. 다른 쪽에는 작업을 제외한 모든 것. 한쪽에 있다 보면 다른 쪽은 사라지는 것처럼 보인다. 작업 중에는 나머지 삶이 뒤로 물러난다. 아이를 침대에 눕히고, 세금 관련 영수증을 정리하는 등의 자잘한 일거리들을 처리하느라 분주한 동안에는 상상의 세계가 시야에서 미끄러진다. 우리는 두 세계에 동시에 존재할 수 없다. 하지만 그렇다고 해서 작가들은 피조물과 갈등을 빚어야 한다거나, 늘 무언가를 포기해야 한다거나, 가족이나 건강을 무시해야 한다거나, 예술의 제단에 일상생활의 즐거움과 평범한 행복을 제물로 바쳐야 한다는 의미는 아니다.

가정생활과 일, 가족과 예술, 일상의 의무와 상상의 생명력 사이의 거리를 우리만의 출퇴근 시간 버전으로 생각해보자. 우리는 집에서 사무실로 가는 길에 승강장에 서 있거나 전철에 타거나 사람들을 어깨로 밀치며 나아가지 않는다 — 이것은 두 세계를 가로지르는 저들만의 완충지대를 만드는 의식이다. 그래도 우리는 여행 중이다. 혼자 걷는 길이고, 무심한 관찰자에겐 우리가 어딜 가는 것처럼 보이지도 않을 것이다. 예를 들어 우리는 늘 같은 자리에 앉아 있을지도 모른다. 잘 때 입었던 옷을 그대로 입고 있거나, 실은 샤워했는데도 달라진 게 없어 보일지 모르겠다. 하지만 이런 건 중요하지 않다. 우리는 내면으로 출근하는 중이다. 그리고 월요일 아침, 혹은 긴 휴가나 여름휴가처럼 원고에서 멀어져 있던 시간이 끝난 후라면, 이 출근을 보다 신경 쓸 필요가 있다. 우리는 너무 작아서 잘 보이지 않지만 자유로이 거닐며 즐길 수 있는 내면의 장소로 여행하고 있다. 그러니 전기회사가 기다리게 놔두자. 메일이 쌓이게 내버려두자. 핸드폰 알람을 끄자. 주변 목소리들이 조용해지다 사라진다. 우리는 자동차에 타고 있을 때처럼 NPR을 들으며 탄탄한 받침대에 커피가 담긴 머그잔을 올려놓고 여행한다. 글을 쓰고 있던 그 장소로 돌아가면, 그곳은 확장되어 우리를 위한 공간이 만들어진다는 걸 우리는 잘 안다. 그리고 그곳은 이 세상보다 넓다.

몰입

얼마 전 아들이 직접 작곡한 곡을 제법 규모가 있는 청중 앞에서 피아노로 연주하며 노래했다. 나중에 나는 아이에게 공연할 때 기분이 어땠는지 물어봤다. 아이가 초조했거나 남의 시선을 의식했는지 궁금했다. 나는 다른 사람들 앞에서 피아노 연주하는 일에 절대로 익숙해지지 않았다. 손가락이 떨리고 무대 공포증 때문에 몸이 후들거리는 것이다. 속속들이 아는 곡이라도 사정은 다르지 않다. 내가 대부분의 시간을 어떤 공연 무대가 아니라 방 안에서 평생 홀로 보내와서 다행이다. 무대였다면 결코 살아남지 못했을 테니까.

"거기 누가 있는지 잊어버렸어." 연주회가 끝나고 제이콥이 말했다. "나는 그냥 음악 안에 있었어." 내가 아이를 지켜보며 생각했던 것이 바로 이거였다. 제이콥은 편안해 보였다. 완벽하게 편한 상태였다. 남의 시선을 신경 쓰지 않았다. 이는 내게 가장 좋은 소식으로 다가왔다. 아이는 청중만 잊어버린 게 아니라 자기 자신조차 잊고 있었다. 그 애는 헤어스타일이 어떻게 보일지 궁금하지 않았고, 실수할까 봐 겁먹지도 않았다. 자기 자신을 잊는 — 순간 음악 속에서 자신을 잃는 — 유의 몰입은 모든 창의적 노력의 중심에 있는 듯하다. 늘 즐거움을 느끼지는 않더라도 이는 가장 심오한 즐거움일 수 있다. 꼭 그런 건 아니겠지만.

미하이 칙센트미하이(Mihaly Csikszentmihalyi)는 최적의 경험에 대한 심리학을 다루는 『몰입Flow』에서 "한 사람이 어떤 어렵고 가치 있는 일을 성취하려고 자발적으로 노력하며 자신의 신체나 정신을 한계 너머로 확장" 할 때 이런 순간이 발생한다고 설명한다. 하지만 곧바로 그는 이것이 언제나 즐겁기만 하지는 않다고 경고한다. 우리가 한창 최적의 경험을 하는 도중에 반드시 순전한 즐거움을 느끼는 건 아니다. 이를 유예된 기쁨이라 생각하자. 작업 자체는 신체적으로, 또 정신적으로 고통스러운 지점에 도달할 정도로 힘겨울 수 있다. "나는 글 쓰는 게 싫어. 쓴 글이 좋아." 도로시 파커(Dorothy Parker)가 말한 적이 있다. 발을 내딛을 때마다 허벅지에 타는 기분을 느끼는 육상선수. 외견상으로는 답이 없어 보이는 방정식과 씨름하는 수학자. 우유와 루(roux)의 정확한 균형을 찾으며 직접 만든 베샤멜소스를 맛보는 요리사.

그리고 작가는? 글쎄, 코네티컷 시골집에 혼자 있는 고독한 작가는 장의자에 파묻혀 있고, 힘을 쏟아붓느라 근육이란 근육은 죄다 긴장해 있다. 그녀는 작업 한복판에 있다. 붉고 뜨거운 정점에. 이것이 그녀가 계약한 일이다. 그녀는 육안으로 육지가 보이지 않는 대양 한가운데서 배를 만드는 중이라는 걸 기억하고 있다. 그녀는 이 일에 온 신경을 쏟아야 한다. 옆에 놓인 그녀의 커피가 점점 차갑게 식어간다. 그녀의 노력을 감지한 개가 슬그머니 방에서 나간다. 그녀는 노력하고 있다. 정말이지, 제대로 해내기 위해 대단히 노력하고 있다.

"발이 빠르다고 달리기를 이기는 것은 아니며,
강한 자가 전투에서 이기는 것도 아니다…….
시간과 기회만이 그들 모두에게 나타난다."

전도서 [구약]

가장 좋은 부분

당신이 모습을 드러낸다면, 혼자 많은 시간을 보낸다면, 일상적으로 내면의 검열관과 전투를 벌이는 중이라면, 견딘다면, 한 문장이 당신의 집을 반쯤 가로질러 뻗어나갈 정도로 길게 이어질 때까지 한 단어씩 쓰고 있다면, 두 걸음 앞으로 나아가고 세 발짝 물러난다면, 절망과 무기력에 맞서 한바탕 격돌한다면, 끝이 그리 멀지 않았다는 감각이 곧 찾아올 것이다. 이런 감각은 고요하게, 하지만 확고한 자신감을 가져다줄 것이다. 우리는 의혹과 회의적인 마음, 아마도 그간 자신을 기만해왔을 두려움을 떨쳐버리게 된다. 자기 자신에게 절대로 안 될 거라고 말할 필요가 없어진다. 되어가고 있으니까. 호흡이 깊어진다. 시야가 넓어진다.

한껏 빠져들자. 시간을 갖고.

여기가 가장 좋은 부분이다.

시작부가 이유 없는 믿음을 주고, 중간부가 애를 태우고, 몰입하게 하고, 낙하문이며 잘못 들어선 길과 막다른 골목이 무수히 많을 때, 끝이 다가오고 있다는 느낌은 우리에게 보상이 되어준다. 책이 팔리는 것보다 낫다. 좋은 리뷰를 받는 것보다 낫다. 최종단계에 접어들면 온 우주가 우리를 도와주려고 뻗어나가고 있는 것처럼 보인다. 이런 일은 중간보다 더 갔을 때 벌어진다. 장편이건 단편이건 회고록이건 끝을 내기 위해 무엇이 더 필요하더라도 당신이 얼마나 열심히 작업했으며 얼마나 열심히 노력했는지 잘 아는 어느 문학의 신이 칙령을 공표하는 것 같고, 이제 당신은 휴식을 취할 수 있겠지. 길에서 들려오는 음악 선율. 대화 몇 토막. 자기 자신도 미처 알지 못했던 문제에 대한 답을 내어주는 자동차 안 라디오 인터뷰.

당신은 확고하게 발을 디디며 앞으로 나아간다. 어디로 향하고 있는지는 잘 모를 것이다. 안다고 할 수 없을 것이다. 하지만 이제 당신이 깃든 풍경은 데자뷔의 속성을 갖는다. 깊숙한 상상 속 어딘가, 언젠가 가봤던 곳. 당신은 그것이 빚어지는 것을 인지한다. 당연해. 당신은 생각한다. 바로 이거야. 글을 쓰고 있는 건 당신이 아니다. 딱히 그렇지 않다. 당신이 어둠 속에서 빚은 이것, 몇 번이고 실패하고 있을지도 모르겠다고 느꼈던 그것이 이제 상냥한 거인처럼 당신을 이끈다. 끝이 어떨지는 모르지만 느낌은 있다. 거기에는 음색이 있다. 아마 하나의 이미지가. 당신이 한 문장을 쓰고 말문이 막힌 채 가만히 들여다보는 순간이 있을 것이다. 오늘이나 내일, 3주 혹은 두 달 뒤에. 당신은 그런 순간에 부지불식간 사로잡혀왔다. 그런 순간을 망루에 올라 찾을 수는 없다. 바라고 강제할 수 없고, 그럴 필요도 없다. 필연적으로 느껴질 것이기에. 다 그렇게 되어 있다.

노출

거의 말로 나오기 전에 그것이 어떤 언급일지 알아차릴 때가 있다. 언급이라기보다는 질문이다. 공기가 잠잠해지고 온 신경이 임박한 위험을 감지하며 대비 태세를 갖춘다. 자기 자신에 관해 그렇게 많이 드러낸다는 건 어떤 거죠? 이렇게 말하는 사람들은 '이게 사실이고 실제다'라는 증거나 단서를 찾으려 내 얼굴을 살핀다. 단어들을 더듬더듬 고르고, 이 이상한 대화에 고개를 끄덕이고, 어떤 경우에는 희미한 혐오감조차 감돈다. 그러고는 마침내 이렇게 말한다. 어떻게 그럴 수 있나요? 노출된 기분이 안 드시나요?

나는 오랫동안 이런 대화의 방향을 바꾸어 내게 아무런 흔적도 남기지 않는 법을 익혔다. 그래서 이런 말이 더 나오지 않고, 다른 말들에 달라붙지 않고, 잔여물을 만들지 않을 수 있도록. 노출에 관한 질문을 맞닥뜨릴 때마다 회고록 작가 프랭크 매코트가 어느 저녁식사 모임에서 방금 만난 여성과 대화를 나누던 모습을 지켜보던 때가 떠오른다.

여성: 당신에 대해 전부 다 아는 기분이에요.

매코트: (눈 하나 깜박이지 않고) 아, 아가씨. 그건 그냥 책이랍니다.

그냥 책일 뿐이다. 그는 완벽한 타이밍에 더할 나위 없이 다정하게 이 말을 내뱉었다. 그런데…… 글쎄…… 이 말에 여성은 말문이 막혔다. 하지만 우리가 자신이 쓴 책에 노출되었다는 기분을 느끼는 건 사실이다. 마치 우리가 그런 일이 벌어지도록 놔둔 것처럼 말이다. 회고록 작가만 그런 기분을 느끼는 게 아니다. 소설은 회고록보다도 많은 것을, 그러니까 내면세계로 안내하는 지도를, 잠재의식의 내적 작동을, 작가의 집착과 두려움과 은밀한 기쁨을 노출한다. 그렇게 작업을 마칠 때, 내밀하고 고독한 과정의 끝에 도달할 때, 저 넓은 세상 속 사람들이 우리를 어떻게 생각할지 궁금하다면, 나는 노출을 아주 다르게 생각하는 방식이 있다고 제안하고자 한다.

당신은 발가벗지 않았다.

당신은 일기를 써온 게 아니다.

그 반대다.

가장 내밀한 감정들을 페이지마다 온통 흩뿌려놨고, 미처 모르는 사이 이제 눈에 띄게 되었고, 공항에서 옷속까지 투시하는 보안검색기계 앞에서 사지를 펼치고 있다는 생각과는 반대로, 오히려 당신은 단어 하나하나를 선택해왔다. 모든 문장에 공을 들이고, 무엇을 넣고 뺄지 결정해왔다. 당신은 이야기의 틈을 조금씩 조금씩 메워왔다. 전에는 아무것도 없던 곳에서 무언가를 창조하기. 이 이야기는 당신의 역사를, 유산을, 잠재의식을, 생각을, 트라우마를, 걱정을 선택하고 빚어냈다. 그리고 당신이 작업을 끝냈을 때, 이 이야기는 가공되지 않은 자료들을, 시끄러운 합창을 뭔가 화합을 이루고 보람찬 것으로 바꾸어냈다.

업다이크의 표현을 빌리자면 문학이란 "인간에게 알려진 중에서 가장 절묘한 자기반성 도구"인데, 이는 작가가 한 가닥의 보편에 사로잡혀 자신을 칭칭 동여맸을 때에만 그러하다. 가장 진실하고 정교한 자기 폭로는 자아가 예술에 복속되었을 때 가능하다. 자아는 한낱 운반수단이 된다. 예술은 나를 봐라고 하지 않는다. 어쨌거나 예술은 너 자신을 보라고 말하는 우리 자신을 비춘다.

물론 당신을 잘 안다고 생각하는 사람들이 눈썹을 치켜뜨고 슬그머니 미소를 지으며 당연하다는 듯 친밀하게 구는 일이 이제 없을 거라고는 말하지 못한다. 이런 순간이 얼마나 짧건 당신이 바로 그런 질문 때문에 노출된 기분을 느끼고 불편하며 불쾌하기까지(역설 주의

보!) 하다는 사실을 그들이 느낄 거라고 말하진 못한다. 하지만 얼마나 깊숙하게 개인적이건 관계없이 책을 쓴다는 것은—그게 문학이라면, 스스로 갈등을 일으키는 인간의 마음을 조명하는 대단한 일을 수행해왔다면—당신을 노출하는 것과는 정반대일 것이라고 말할 수 있다. 책 쓰는 일이 당신을 연결해줄 것이다. 타인에게. 주변세계에. 자기 자신에게.

위험

작가 발레리 마틴(Valerie Martin)은 기질에는 세 가지가 있다고 말했다. 좋은 기질, 나쁜 기질, 그리고 작가의 기질. 이 단순한 문장을 기억하는 건, 작가 기질 혹은 예술가 성향이 특정 성격들의 융합을 요구하기 때문이다. 만약 이들 특성 가운데 하나라도 빠지면, 섬세한 장치 전체가 결국 산산이 부서지고 만다.

물론 욕구나 표현에 대한 갈망과 똑같지는 않지만 구분할 수 없는 재능이라는 게 존재한다. 욕구가 없어도 재능이 있을 수 있다. 재능이 없는데 욕구만 있을 수도 있다. 전자는 행복하고 만족스러운 삶으로 이어질 수 있다. 나는 전도유망한 젊은 작가들이 따스한 여름날 저녁 둘렀던 덮개를 떨쳐내듯이 자기 재능을 내던지는 모습을 보아왔다. 그들은 개의치 않는다. 그들은 재능을 원하지도, 필요로 하지도 않는다. 하지만 후자는 고통스러운 상황이다. 가르칠 수도, 살 수도, 생겨날 수도 없는 재능 없이 자기를 표현하고자 하는 갈망. 이런 이야기는 보통 원망과 욕구불만으로 끝을 맺는다. 그런데 테드 솔로터로프(Ted Solotaroff)의 표현에 따르면 견디기가 있다. 냉정하고 고독한 삶에서, 모욕과 수모를 견디고 끝날 줄 모르는 고통스러운 거절을 겪으며 오래 인내하는 능력이다. 견디는 능력이 없다면 재능이나 갈망 따위는 아무것도 아니다. 견디는 능력이란 재능이나 갈망과는 다른 자질이고, 이 능력이 없다면 아마도 작가로서 살아가기가 어려울 것이다.

작가가 맞닥뜨린 장벽에 관한 『뉴요커』 카툰 이야기가 기억나는지? 카툰의 오른쪽 프레임에는 "절필감: 영구함"이라는 제목이 붙어 있고, 작가는 자기 이름이 내걸린 생선가게 앞에 서 있다. 이 카툰은 작가의 장벽에 대한 오래된 고민과 위험회피를 다루고 있다. 생선가게 주인이 된 작가는 존 그레고리 던(John Gregory Dunne)이 "신경의 패배"라고 불렀던 것에 굴복했다. 나는 만화 캐릭터에 불과한 이 작가를 종종 떠올린다. 그의 체념한 태도, 즐거운 기색이 싹 가신 눈으로 중경을 응시하는 그의 시선을.

글을 쓰는 삶에는 위험이 가득하다. 기꺼이 다시 또다시 처절히 실패하겠다는 의지에서 비롯되는 창작의 위험이 있고, 한편으로는 현실적인 위험도 있다. 잘 풀리지 않을지도 몰라 같은. 아주 열심히 노력한다고 해서 적립금이 쌓이는 건 아니다. 이런 삶에 희망을 두면 마음속 알맹이들에 우리 미래가 저당잡힌다. 그리고 우리의 창작 능력과 창작을 계속하려는 능력에도. 우리가 가진 건 이뿐이다. 은퇴 이후를 위한 401(k)나 IRA 같은 퇴직연금 계획도, 아무 계획도 없다. 신은 아실까? 우리는 끝을 모르는 불확실함과 살아가는 삶을 받아들여야 한다. 탄탄하지만 화려하지는 않은 경력을 쌓아온 재능 있는 저널리스트 친구는 자신만의 안전성 평가에 근거해 여러 선택을 해왔다. 이 청탁은 받고, 저건 거절하고. 이런 책 제안. 저런 잡지 계약. 그가 노인이 됐을 때, 자신과 아내가 더는 열심히 일하지 못할 때, 자녀가 대학 입학을 앞두었을 때 무슨 일이 벌어질지 두렵다고 말할 때마다 나는 그의 의도와 관계없이 공황에 빠진다. 내가 그동안 해온 선택들을 하나씩 예리하게 재보지만, 이제 중년에 접어든 일상이 계속될 뿐이다.

위험에 관한 한 어중간한 건 없다. 위험이란 다음 책이 무엇인지 모르고 다음 고료가 어디서 언제 나올지 모르는 채로 앞으로 1년, 2년, 혹은 10년이 전망되지 않는데 아무런 계획도 없을 때의 숨이 턱 막히는 느낌, 속이 뒤틀리는 느낌이다. 작가가 책임을 지지 않는 어린아이란 뜻이 아니다. 나는 매달 어떻게든 융자를 갚고 건강보험료를 납부한다. 남편과 내게는 소박한 저축과 의지가 있다. 하지만 우리의 재정상태는 내 저널리스트 친구에게 심근경색을 일으킬지도 모른다. 우리는 언제나 잠재적인 재앙을 피하는데…… 또 다른 재앙이 기다리고 있다. 건강에 적신호가 켜지고. 지붕 위로 나무가 쓰러지고. 장애가 생기고. 그다음에는?

이런 생각을 하면 밤에 잠들지 못한다. 남편과 나는 불확실함이 밝힌 길을 걷고 있다. 우리는 늘 새로운 상황에 적응하는 중이다. 다음 날 무슨 일이 생길지 절대로 알 수 없는 채로. 우리의 삶은 다른 이들의 의견과 결정에 영향을 받는다. 우리는 위에서부터 아래로 고층건물을 건설하고 있다. 때로는 돌무더기만 쌓고 끝난다. 가끔은 빛나는 탑이 세워진다.

아들은 우리의 즐거움과 실망 맨 앞좌석을 차지한다. 어느 해에 우리 셋은 파리에서 나의 회고록 『헌신』(*Devotion's*)이 전혀 예상 밖으로 『로스앤젤레스 타임스』(*Los Angeles Times*) 베스트셀러 목록 상단에 오른 말도 안 되는 일을 축하하려고 늦은 저녁식사를 하러 나갔다. 또 어느 해에는 투자자가 이미 제작 준비단계에 들어간 영화에서 철수하는 바람에 창백해진 얼굴로 초조해하는 제 아버지를 아이가 보기도 했다.

나는 제이콥이 자기 부모를 자신들이 좋아하는 일을, 해야만 하는 일을 하는 사람으로 보기를 바란다. 하루하루가 다르다. 놀라운 일들이 벌어진다. 우리 집에서는 축제 아니면 기근이다. 이 모든 일들이 아이가 커서 생선가게 주인이 되고 싶다고 생각하게 할지도 모른다. 아이는 간절히 안심과 일관성을 바랄지도 모른다. 그렇다고 해도 누가 아이를 탓할 수 있을까? 하지만 아이가 예술가라면, 재능과 갈망, 견디는 능력, 무엇보다도 위험을 감수하고자 하는 의지를 융합할 수 있다면, 아이에게는 선택의 여지가 많지 않을 것이다. 이 삶이 우리를 선택하니까.

결정권을 쥐고

어머니와 나의 평생에 걸친 싸움이 언제 시작했는지는 모르겠지만, 끝난 순간은 안다. 어느 아름다운 늦봄의 저녁, 현관진입로에 차를 댄 나는 현관 앞 포치에 서서 핸드폰을 들고 있던 마이클을 보았다. 차창을 내리자 그가 나를 바라보았고, 나는 어머니가 돌아가셨다는 것을 알아차렸다.

우리 관계의 마지막 몇 년은 오랜 기간 서로 소원하게 지냈던 것으로 특징지어진다. 제이콥이 아팠을 때 나는 어머니의 이기적인 행동과 갑작스러운 화를 견딜 수 없었다. 아이의 병조차도 어머니가 손에 쥔 무기가 되어 내게 상처를 주는 데 쓰였다. 내가 나를 지키기 위해 물러날수록 어머니는 더욱 공격에 나섰다. 나는 전화, 편지, 팩스, 메시지, 택배에 응답하지 않게 되었다. 내 안에 있는 모든 것, 내가 주어야 하는 모든 것은 아들에게 향했다. 제이콥의 상태가 안정되고 어머니가 폐암 말기 선고를 받았을 때에야 나는 비로소 어머니에게 딸 노릇을 하려고 노력했다. 어머니가 사는 도시로 찾아갔고, 손을 잡고 의사에게 진료를 보러 갔고, 코네티컷 집으로 모셨다. 어머니의 의식이 오락가락하는 동안 침대 옆에 앉아 있었다. 친구들은 이번 기회에 끝을 보라고 했다. 어머니와 내가 마침내 끝장을 볼 때까지 얘기를 해보라는 거였다. 하지만 나는 끝장을 본다는 말을 믿지 않는다. 어머니와 나의 관계는 한때 살아 있었던 것처럼 죽게 될 것이었다. 잃어버린 기회와 슬픔 속에 영원히 빠져 지독히 고통스럽고 애타게.

이제까지 썼던 글들 중 가장 어려웠던 건 어머니를 위한 추도문이었다. 나 말고 다른 자녀는 없었다. 친구도 없었다. 다른 가족도 없다시피 했다. 나는 어머니에 대해, 그분의 활력과 강력한 생존 의지에 대해 진실하고 싶었지만, 나 자신에게도 진실하고 싶었다. 무슨 말을 할지 고민을 거듭하다 뭔가 심오한 것을 깨달았다. 나는 살아 있고 어머니는 돌아가셨으므로, 남은 평생 결정권(last word)을 가진 이는 나인지도 몰랐다.

어머니는 병마에 시달리기 전까지 목소리가 있었고, 그걸 사용했다. 내가 쓴 글의 어떤 대목에서 화가 치미거나 부당한 취급을 당했다고 느낄 때마다 내게 뭔가를 써서 보내거나 전화해서 고함을 질러댔다. 어머니는 신문사에 편지를 쓰고 서점에 항의했다. 나인티세컨드 스트리트 와이(92nd Street Y. 뉴욕 맨해튼 소재의 비영리 문화단체 — 옮긴이)에 유대인 문학에 나타난 모녀 관계에 대한 강의를 하게 해달라고 제안했다. 우리가 멀어져 지내는 세월 동안, 어머니는 내 낭독회에 불쑥 나타나 뒷자리에서 나를 노려보았다. 나의 글쓰기 인생으로 보자면 어머니의 분노가 우리 대화의 일부였다. 나는 썼고, 어머니는 불평을 외쳐댔다. 한데 그러다 어머니가 돌아가셨다. 사라져버렸다. 어머니는 다시는 싸움을 걸어오지 못할 것이다. 나는 어머니에게 상처를 입힐지도 모른다는 두려움 없이, 어떤 영향을 끼칠지도 모른다는 두려움 없이, 원하는 대로 쓸 수 있을 것이었다.

그렇겠지?

글쎄, 그렇지 않다. 딱히 그렇지 않았다. 결정권이란 아주 무거운 짐짝과 같이 주어진다는 걸 알아냈기 때문이다. 누군가 세상을 떠나고 나면, 우리가 그들에 관해 쓰는 모든 건 일종의 추도문이 된다. 이는 이 세상에서, 그저 한 무리의 독자 사이에서조차 그들의 정체성과 명성을 확장하고 팽창시킨다. 문학은 페이지 속에서 살아가는 인물들보다 좀 더 영구하다. 그렇게 격투가 시작된다. 우리는 창의적인 충동에 맞서 책임감을 저울질한다. 우리는 그저 단순히 알고 있는 것만으로 충분하다면, 위해를 가하기보다 자신을 방어하는 것만으로 충분하다면 어떨지 궁금해한다. 우리는 궁극적으로 우리 산 자가 무엇과 더불어 살 수 있을지 결정한다. 작가건 아니건 우리 모두에게는 결정권이 있기 때문에. 우리가 여기 있고, 이 대지를 걷고, 뼈무더기 위를 걷고, 재를 호흡하기 때문에. 우리는 기억한다. 기억은 의식의 일부다. 우리가 작가라면, 우리 의식으로 작가가 하는 일을 하면 된다: 페이지에 펜을 가져다 대고 무엇이 분출하는지 본다. 우리는 무사태평한 태도가 아니라 오히려 엄중히 염려하며, 용기와 연민을 품고, 불편한 마음으로 그렇게 한다. 마음속 풀리지 않는 문제들과 더불어. 어느 날 우리도 세상을 떠난다는 걸 안다. 이 결정권이 찰나만 유효하다는 것. 이 결정권이 실은 결정권이 아니라는 것. 하지만 이것이 우리가 가진 전부다.

부족

이 글을 쓰는 동안 나는, 당연하게도 혼자다. 하루가 중턱에 도달했고, 택배 기사가 포치에 두고 간 책들과 원고들이 가득 들어찬 봉투 몇 개를 가지러 갔던 걸 제외하면 밖에 나가지도 않았다. 오늘 아침 7시 이후로 누구와도 말하지 않았다. 전날 밤 입고 잤던 너덜너덜한 티셔츠를 그대로 입고 있다. 집은 고요하다. 서재 창문 바깥에서 까마귀들이 깍깍댄다.

이 고독한 나날들이 내 구명줄이다. 아마 글 쓰는 사람 모두의 구명줄일 테다. 우리는 우리의 고독을 놓치지 않고, 이처럼 허허로운 날들을 치열하게 보호한다. 하지만 동시에 공동체를 갈망한다. 우리에게는 탕비실이 없다. 사내 소문도 들려오지 않는다. 금요일 밤 퇴근 후 술자리도 없다. 주말 소프트볼 시합도 없다. 우리는 추방자이며 홀로 지내는 사람이고, 무리에 속하기보다 떨어져 나왔을 때 편안하다. 굳이 밝히자면 우리 중 대부분은 대학 시절 여학생 클럽이나 남학생 클럽에 가입 서약을 한 적이 없을 것이다. 여간해서는 동아리에 가입하는 일이 없다. 테마가 있는 파티나 임신을 축하하는 자리, 남자들만의 밤 외출에 갈 때면 두려움 비슷한 감정이 인다. 브루클린에 살던 시절, 우리 집은 작가들이 북적북적한 동네에 있었다. 모퉁이 잡화점에 잠깐 다녀온다는 건 두루마리 휴지를 사러, 슬쩍 담배 한 대를 피우러 나온 작가 친구와 마주친다는 의미였다. 지금 사는 시골 언덕에서는 그런 만남에 대해 감상에 빠지기 쉽지만, 당시 종일 글을 쓰다 나와서 그렇게 마주치면 나와 상대방 모두 어떤 불편함을 느꼈다고 기억한다. 물론 우린 서로를 좋아했다. 어쩌면 그날 저녁에 술 한잔하려고 만날 계획이 있었을지도 모른다. 그냥 그 순간엔 상대방의 존재를 굳이 떠올리고 싶지 않았다. 우린 작업 중이었다.

이 까칠하고 과민하고 교류에 서툰 사람들이 내 부족이다. 당신이 작가라면 당신의 부족이기도 하다. 이런 이유로 나는 작가들 사이의 경쟁과 질투라는 걸 한 번도 제대로 이해한 적이 없다. 우리는 다른 이가 아닌 자기 자신과 경쟁하고 있다. 낭독회나 컨퍼런스나 온라인에서 서로를 만날 때 우리는 우리 자신과 우리 모두가 공유하는 낯선 존재를 희망을 갖고 인지한다. 우리는 우리가 같은 종족의 구성원이며 살아남으려면 다른 이가 필요하다는 걸 깨닫는다. 비록 혼자서 글을 쓰지만, 궁극적으로 우리가 하는 모든 행위는 일종의 협업이다. 당신이 이제껏 읽어온 모든 좋은 책에는 온통 다른 작가들의 지문이 묻어 있다. 원고를 마칠 때 우리는 누구에게 의지할 수 있을지, 누가 도와줄 수 있을지 생각하는 자신을 발견하고는 한다. 누가 너그러운 마음으로 지성을 발휘해 사려 깊게 도와줄 것인가. 내가 앉아 있는 곳에서는 서재 바닥에 널린 원고 뭉치와 교정지 들이 보인다. 학생들, 전에 가르쳤던 학생들, 가르치는 동료들, 친구들, 그리고 모르는 사람들이 추천사를 써달라며, 혹은 에이전트를 구하는 데 도움을 달라며, 혹은 어떤 다른 이유들로 보내온 책들이다. 나는 할 수 있을 때 도와주려고 노력한다. 작품이 좋다면 기꺼이 그것을 세상에 내보내는 데 협력한다. 근사한 글보다 나를 흥분하게 하는 건 없다. 좋은 글은 나를 고양시키고 무엇이 가능한지를 보여준다. 그리고 커다란 작가 공동체에 연결되어 있다는 느낌을 선사한다.

아주 오래전, 나는 초기 소설의 원고—진짜 원고 뭉치—를 내 우상이었던 팀 오브라이언(Tim O'Brien)에게 보냈다. 그의 소설 『그들이 가지고 다닌 것들』(*The Thing They Carried*)은 내가 가장 좋아하는 책 중 하나다. 나는 친구에게서 그의 주소를 입수해 쪽지 한 장과 함께 원고를 우편 봉투에 넣었다. 그만한 위상에 도달한 많은 작가는 추천사를 써준다는 일이 변질되었으며 자신의 기력을 쇠하게 한다는 믿음(내가 가끔 공유하는 입장)에서 더는 추천사를 쓰지 않는다는 걸 알고 있었다. 실은 그로부터 얼마 전에 잘 알려진 미국 작가에게 추천사를 쓰지 않는 자신의 정책을 설명하는, 타자기로 행간 여백 없이 다섯 장을 꽉꽉 눌러 쓴 편지를 받기도 했다. 팀 오브라이언과 나는 공유하는 사람이 없었다. 그는 내 친한 친구가 캠프에서 만난 친한 친구의 사촌이 아니었던 것이다. 그래서 나는 아무런 기대 없이 원고를 보냈다. 몇 주가 지나 나는 얇은 편지를 받았다. 나는 아파트 건물 로비에 서서 봉투를 찢었다.

친애하는 대니 샤피로 씨께. 편지는 이렇게 시작했다. 이제 새벽 3시가 되었습니다.

나는 울기 시작했다.

그리고 막 당신의 아름다운 책을 다 읽었습니다.

흰색 무지 타자용지에 손으로 쓴 검은색 잉크 글씨가 아직도 눈에 선하다. 기쁜 마음으로 추천사를 쓰겠습니다.

팀 오브라이언이 내 원고를 읽으며 새벽 3시까지 깨어 있었던 것이다. 그는 봉투를 열고, 읽기 시작했고, 계속 읽어나갔다. 그러다 마음이 움직여 귀한 응원의 말과 더불어 내게 답장을 보냈다. 20년이 지난 지금까지도 나는 팀 오브라이언을 만난 적이 없지만, 그는 내 공동

체의 일원이다. 나는 영원히 그에게 감사할 것이다. 그가 젊은 작가에게 베풀어준 너그러운 행동 때문만이 아니라, 내가 살면서 따라야 할 교훈을 주었기 때문이다. 나는 그게 무엇인지 잊지 않는다. 나는 할 수 있을 때 손을 내민다. 그게 작품 때문임을 날마다 떠올린다. 나는 여기 코네티컷에 있다. 당신은 몬태나 미줄라나 뉴멕시코 터오스나 오레곤 포틀랜드에 있을 수 있다. 카페에 있거나, 작가 컨퍼런스에 있을 수도 있고, 아니면 주방 테이블에 앉아 있을지도 모른다. 오늘은 단어들이 쉽게 다가왔을 수도, 머리가 터지기 직전일 수도 있다. 누구나 당신의 이름을 알 수도 있고, 어둠 속에서 노역 중인지도 모른다. 나는 여기 있고, 당신은 거기 있다. 우리는 함께 이 일을 하고 있다.

인내심

아직도 그녀가 생각난다. 내 학생들 중 발군의 재능을 보였던 축에 속했던 그녀는 사랑스럽고 유약했다. 자신을 내 날개 밑에 품어달라고 고집하는 유형의 젊은 여성이었다. 나는 그녀를 받아들였고, 선이란 선은 죄다 넘었다. 수업시간에 국한하지 않고 그녀의 작품을 읽고 수정했으며, 만나서 커피와 술을 마셨고, 추수감사절에는 집으로 불렀다. 그녀는 바들바들 떠는 피조물이었다. 손이며 다리, 목소리까지 떨지 않는 데가 없었다. 가장 기억에 남은 것이 그녀의 손가락인데, 손톱을 바짝 물어뜯은 흔적이 있는 그녀의 손가락은 온통 불그스름하고 거칠었다. 그녀의 산문은 질주하는 야생마 같았다. 길들여지지 않았으며 근사했다. 그녀는 신성과 평범함 사이를 빠르게 오갔고, 간결한 방백에 온갖 박학다식함을 집어넣었고, 여러 겹의 세계를 창조해냈다.

첫 소설을 절반 정도 썼을 때 그녀는 에이전트를 구하는 편이 어떨지 내게 물었다. 나는 기다리라고 했다. 먼저 소설을 끝내라고 다그쳤다. 어둠 속에서 글 쓰는 시간을 좀 더 가지라고. 인내심을 가지라고 조언했다. 그녀는 고개를 끄덕였고, 몸을 떨었다. 손톱 주위의 피부를 물어뜯었다. 그녀는 좋은 작가들이 넘치는 석사과정 글쓰기 워크숍에 출석하고 있었다. 그들은 모두 나이가 어리면서도 그렇게 어리지는 않아야 한다는 생각에 빠져 있었고, 초조해했다. 조숙하게 받아들여지지 않는 나이가 되기까지는 몇 년이나 남았을까? "35세 이하 작가 35인"이나 "40세 이하 작가 20인" 따위의 목록에 들어가려면 몇 년이나 남았을까?

겨울방학이 끝나고 수업에 나온 그녀가 내게 에이전트를 구했다고 말했고, 나는 놀라지 않았다. 그 에이전트가 그녀의 미완인 첫 소설과 더불어 아직 쓰이지 않은 두 번째 소설까지 출간 계약을 성사시켰을 때, 이게 상당한 사건이라 『뉴욕 매거진』(*New York Magazine*)에 실리기까지 했는데도 놀라지 않았다. 그녀는 드물고 고유했다. 하지만 나는 여전히 그녀가 기다려야 했다고 생각했다. 책이 준비되지 않았는데 그녀에게 마감일이 생겨버렸다. 그녀에게는 편집자가, 출판사가, 그리고 두둑이 받은 선인세가 있었다.

경악에 휩싸인 학생들로 가득한 내 수업에서, 이 소식

을 어찌 받아들였을지는 뻔하다. 내 사무실을 찾은 학생들이 눈물을 흘렸다. 그들은 이 일로 자기들이 끝났다고 확신했다. 글쓰기가 마치 달리기 시합이라도 되는 것처럼. 젊은 작가 한 명의 성공이, 왜인지 모르겠지만, 다른 이를 강도질한 결과인 것처럼. 그들은 그녀가 커다란 성공의 기회를 움켜쥐었다고 믿었다. 정말로 큰 기회라고. 창의력과 야망, 인내심과 초조함, 사적인 것과 공적인 것 사이의 섬세한 균형이 틀어져 있었다.

나는 이 젊은 여성이, 그녀의 원숙한 영혼, 고집스러운 구석, 크나큰 마음이 좋았다. 그래서 그녀의 이야기가 잘 굴러갔다고 말할 수 있다면 좋겠다. 그녀의 학우들이 믿었듯이 그녀가 미리 맺었던 출간 계약이 평생 이어질 문학적 성취와, 심지어는 개인적인 만족을 예고하는 것이었다고 말이다. 하지만 그녀는 압박 속에 소설을 완성했고, 책은 소박한 팡파르를 울리며 출간되었다. 리뷰들은 오락가락했다. 비평가들은 그녀의 재능을 높이 사면서도 그 소설이 만족스럽지 않고, 통제되지 않았고, 고르지 못하다고 지적했다. 두 해 만에 소설은 절판되었다. 그녀는 모습을 감추었고, 표면적으로는 두 번째 소설을 열심히 작업 중이라고 했다. 그녀와 연락할 수 없었지만 나는 새 책이 나오는지 주시했다. 새 책은 결코 나오지 않았다.

그녀는 여기저기서 가르쳤다. 내가 아는 바에 의하면

그녀는 그 후로 아무것도 출간하지 않았다. 단편소설 한 편도, 에세이도, 서평조차도 발표한 적이 없다. 한 번은 브루클린의 한 식당에서 그녀를 마주쳤는데, 여전히 떨고 있는 피조물이었지만 전에는 없던 성마름과 산만함이 느껴졌다. 수년 후, 나는 제목에 그녀의 이름이 적힌 이메일을 받았고, 그녀가 죽었다는 걸 알았다. 그녀는 마흔 살의 나이에 이스트빌리지의 잡화점에서 심장마비로 세상을 떠났다.

보자. 여기 앉아서—내 눈은 그녀에 대한 기억으로, 그녀를 잃었다는 상실감에 젖어들었다—달라질 수는 없었는지 추측해보기란 어렵지 않다. 서사에서 한 가지를 바꾸면 다른 모든 것도 변화한다. 그녀가 기다렸더라면, 한 권의 책을 빚고, 깊이를 더하고, 가장 최선의 모습이 될 수 있도록 시간을 좀 더 가졌더라면 어땠을까? 그녀가 어둠 속에서 글을 쓰는 시간을 좀 더 길게 가졌더라면?

그녀의 학우 중 많은 이가 글 쓰는 삶을 이어갔다. 그들은 소설가이고, 단편 작가이고, 편집자이고, 교수다. 몇 명은 졸업 이후 자리를 잡기까지 5년, 10년, 12년이 걸렸다. 여기 단편 하나, 저기 단편 하나. 거절 통지서로 가득한 서랍. 옷장 속에 버려져 파묻힌 소설들. 의심할 바 없이 수없이 많은 날이 무기력함과 후회로 채워졌을 것이다. 내 연구실에서 눈물을 흘렸던 이 작가들은 이제 창작하는 삶을 살기 위해 무엇이 필요한지 알고 있다. 날마다 잠에서 깨어 새로 시작해야 한다는 것을. 모욕을, 거절을, 불확실함을 떨쳐내야 한다는 것을. 단계를 뛰어넘고 초조함에 굴복해 작품을 미처 준비되기도 전에 내보내고 싶은—마약에 손대는 것과 같은—충동을 피하는 법을. 그들은 횡재수란 없다는 걸 체득해왔다. 어떻게 될지 우리는 결코 알 수 없다는 것을. 가장 빠른 사람이 경주에서 이기는 게 아니라는 것을. 나는 그들이 그녀를 생각할지 궁금하다.

당신의 것

나는 뉴저지 출신 유대인 여성이다. 내가 다른 곳 출신이기를 바란 적이 있을까? 나를 기른 토양이 뉴저지가 아니기를 말이다. 필립 로스가 이곳 출생이기는 하지만 미시시피(포크너! 웰티!)나 뉴잉글랜드(비숍! 디킨슨! 소로!), 아니면 네브래스카(카터!)처럼 위대한 문학적 풍경으로 알려진 동네는 아니다. 하지만 헤라클레이토스는 "지리학이란 운명이다"라고 말했다. 유년 시절도 그렇다. 내가 어려서 호흡한 분위기는 아직도 내 안에 남아 있다. 이는 내 재료의 근간이다 — 찰흙, 대리석, 팔레트. 내가 가진 것.

외동아이, 나이 지긋한 부모, 말다툼이 많은 결혼 생활, 정통 유대교, 종교적 갈등, 교외의 양육, 아동 모델, 반항적인 10대, 비극적인 사고는 그저 나열된 목록에 불과하지만, 함께 엮이면 마디와 매듭을, 직물의 질감을 만들어내기 시작한다. 작가라면 누구나 직물이 있다. 우리 삶에서 가장 강렬한 순간들이 예리해지고 마치 점자처럼 솟아나는 것처럼 보인다. 여기서 우리의 주제들이 자리를 잡기 시작한다. 충분히 깊이 탐험하면 당신은 페이지 위에서 악전고투하는 이상하고도 놀라운 질문들을 찾아낼 것이다.

우리는 이런 직물을 블루밍데일 백화점에서 둘러볼 때처럼 고르지 않는다. 그리고 이렇게 말하지도 않는다. 안녕하세요, 저 작가의 인생 환경이 정말로 마음에 드네요. 저기 남부 고딕 어린 시절로 해야 할 것 같아요. 엄마는 알코올 중독자에 미쳤고, 헛간에서 총기사고가 일어나고요. 그런 식으로는 되지 않는다. 우리에게 할당된 우주의 조그만 구석이 마음에 들건 말건, 우리가 가진 건 이게 전부다. 우리에게 주어진 것을 제어하려고 하면, 자아의 훼방으로 우리가 가령 서정시인이나 정치 풍자가, 아니면 잘 팔리는 미스터리 작가, 또는 쿨하고 중요하고 재밌다고 여겨지는 것이라면 무엇이든 되고 싶어 하면, 글쎄, 반드시 막다른 길에 봉착해 두통에 시달리게 된다. 내가 글쓰기와 인생에 대해 알고 있는 진정한 교훈은, 우리는 늘 다른 누군가가 아니라 우리 자신의 소명을 향해 움직여야 한다는 점이다.

그래서인지 나는 조용히 작업할 때, 커다랗고 늘어진 모자를 쓰고 정원용 장갑을 끼고 목 뒷덜미에 땀방울이

송골송골 맺히고 팔에 주근깨가 난 어머니가 보이는 것 같다. 뉴저지 턴파이크 고속도로를 따라 늘어선 정유 회사들이 풍기는 냄새를 맡을 수 있다. 차고 문이 열리고 아버지가 시내에서 일을 마치고 돌아오는 소리가 멀리서 들리는 것 같다. 워후. 아버지가 어머니를 부를 것이다. 바닥에 놓인 아버지의 서류 가방. 느슨해진 넥타이. 워후, 나 왔어! 청록색 물속에서 뱀처럼 휘휘 도는 수영장 청소 기계가 내는 쉭, 쉭 소리. 고요한 안식일 점심식사 시간에 접시를 긁는 우리 셋의 포크질. 내가 온전히 이해할 수 없는 슬픔, 억눌린 분노. 아버지의 약병. 디자이너 의상들로 채워진 어머니의 옷장. 혼자 떠나는 여행. 각자의 잠자리. 나의 아름다운 부모, 그들의 손아귀에서 천천히 미끄러지는 실현되지 않은, 모호하기 짝이 없는 꿈들. 서로에 대한 그들의 가망 없는 사랑. 말해지지 않은 것들로 두터운 공기.

말해지지 않은 것들.

나는 그걸 말하려고 인생을 바치고 있다.

그것은 내 것이다.

메아리

한 작품이 완성을 앞두고 있을 때, 우리는 느슨한 끝을 전부 단단히 동여매고 싶은 욕망을 느낀다. 모든 인물과 상황을 깔끔하게 해결하고 예쁜 띠로 꾸러미를 묶고 싶다고. 인물들의 딜레마와 내면의 삶 안에서 수백 시간을 보낸 우리는 이들과 자주 사랑에 빠졌다. 모든 일이 잘될 거라는 걸 알고 싶고, 독자들도 알았으면 한다. 모든 인물의 운명을 시청자가 볼 수 있게 미래를 갑자기 내보내는 텔레비전 영화(made-for-television movie. 필름으로 촬영하지만 영화관이 아니라 텔레비전으로 방영한 영화 — 옮긴이)의 결말들처럼, 우리는 억지로 해결을 쥐어짜내고 싶다는 유혹에 빠질 수도 있다.

하지만 잠깐만 인생에 대해 생각해보자. 페이지 위에 하나의 세계를 창조하는 데 있어서 우리가 깃들어 사는 삶에 대한 무언가를 조명하고자 거울을 들어 인간성을 비추고자 시도하는 중이라면, 우리 이야기가 깔끔하고 만족스럽게 끝나는 경우가 얼마나 자주 있을까? 없다. 우리에게는 느슨한 결말만이 남는다. 다음에 무슨 일이 벌어질지는 모른다. 우리는 이미 벌어진 일을 이해하려고, 내재한 혼란을 이해하려고 노력한다. 어둠 속에서 전진하려고. 이는 우리가 해야 할 일의 일부이며, 문학이 응당 해야 할 일이다.

결말을 고심할 때면 나는 음악을 생각한다. 특히 공연이 끝나갈 무렵 콘서트홀에 앉아 있는 경험을. 음악이 절정을 지나면, 연주 내내 만들어온 두드러진 연결은 끊어져간다. 하지만 끊어짐은 단번에 일어나지 않는다. 마지막 소리가 날 때, 이 음들은 머문다. 음악은 끽 소리를 내며 급정거하지 않는다. 그럴 수가 없다. 청자 또는 독자인 우리는 이를 받아들여야 한다. 허공에 걸려 있는 동안, 사라지는 동안 음과 만나야 한다. 마침내 기억으로만 남게 될 때까지.

그 모든 소리! 음악을 연주하는 바이올린, 비올라, 첼로, 플루트, 바순, 프렌치호른, 드럼, 심벌즈 등의 주자로 가득한 교향악단은 살아 있다. 정말 많은 일이 있었다! 많은 것이 발명되었고, 느껴졌고, 경험되었다. 마지막 음들이 연주되고, 마지막 페이지가 넘어가고, 그러면 메아리가 생긴다. 메아리는 콘서트홀 안에서 진동한다. 청중 또는 독자는 기다리고, 기다리면서 참여한다. 이 메아리에는 혼돈과 후회, 말해지지 않은 기쁨, 상실, 우연, 그리고 가능성이 포함되어 있다. 메아리에는 미래의 형태가, 그리고 결코 그것을 알 수 없으리란 불가능성이 존재한다. 메아리는 이어질 모든 것에 대한 갈망이다. 이보다 인간적인 건 없다.

휴식

우리가 글을 쓰며 세월을 보내는 동안 아이들이 태어난다. 사랑하던 이들이 세상을 떠날 수도 있다. 살던 집을 떠나 이사하거나 건강에 위기가 닥치거나 배신을 겪거나 이혼하게 되어 충격에 빠질 수도 있다. 그리고 당연하게도 더 작은 "인생의 벼룩들"이 있다. 하지만 우리는 어떻게든 계속해왔다. 안개 너머를 비추는 전조등을 따라왔다. 주변 공기가 젤리처럼 요동치던 나날을 그럭저럭 버텨왔다. 우리는 모습을 드러냈다. 그러기가 무엇보다 하기 싫었을지라도. 그리고 이제, 끝처럼 보이는 수상쩍은 지점에 다다르고 있단 느낌이 들면서, 우리가 손에 무엇을 쥐고 있는지 궁금해진다. 이 버거운 건 뭐지? 잘 엮인 이야기이긴 한가? 다른 사람들은 말할 것 없고 우리 자신에게라도 의미가 있나? 뭘 해온 거지, 우리는?

이쯤에서 속도가 느려질지 모른다. 순간을 만끽하고

있어서가 아니라, 극도의 공포를, 진실로 제 모습을 위장한 공포의 번쩍임을 경험하고 있어서다. 아무런 의미가 없는, 혹은 충분한 의미가 없는 걸 하느라 삶의 대부분을 소모해왔다는 강렬한 느낌이 든다. 세상으로 나갈 길을 절대로 찾을 수 없거나, 더 나쁘게는 고루 조롱당하거나, 더 나쁘게는 무시당할 것 같다고. 창의적인 도약을 할 수 있으리라 생각했던 우리는 대체 누구였을까? 대체 어떤 광기로 우리는 눈앞에서 먼지 티끌처럼 떠도는 이미지며 사고, 소리, 문단, 기억, 그리고 아이디어 들을 긁어모아 다른 이들에게 들려줄 이야기로 빚어냈을까?

그래도 좋은 소식이 하나 있다. 문은 잠겨 있지 않다. 탈출할 수 있다. 눈앞의 불가능한 일을 하느라 여러 달을(혹은 몇 해를!) 낭비해왔다는 은밀한 확신에 온몸의 근육이 긴장한 채로 모니터나 노트북 앞으로 몸을 숙이고 있다면, 여기서 발을 빼고 싶은 스스로를 발견한다면, 발을 빼라. 끝이 가까워졌다면, 페이지에 이미 쏟아부은 것이 무엇이건 그걸 잃을 위험은 없다. 그간의 작업의 기세—의자에 앉아 보낸 나날—가 당신을 받쳐줄 것이다. 시작이 불굴의 용기를, 중반부가 체력을 필요로 한다면, 애니 딜러드의 표현을 좀 바꿔 말해 당신의 작업물이 서재라는 우리에 갇힌 사자라면, 날마다 찾아가 당신이 통제하고 있음을 알아듣게 해야 하는 야생동물이라면, 끝은 당신에게 한 발만 물러서라고 권한다. 하루쯤 쉴까? 이틀? 사흘? 긴 산책을 다녀올까? 시골길 드라이브? 목욕은 어때? 친구와 독주라도 몇 잔 걸칠까? 이걸 전부 다 해봐? 나는 그러라고 말하겠다. 필요하다면 휴식을 취하자. 정신 사나운 마음을 내려놓고 나중에 원고로 돌아오자. 낮잠을 잤던 야생동물은 당신 서재 구석에 만족스럽게 앉아 깔개를 씹고 있다. 당신은 끝낼 것이다. 당신은 한 세계를 만들어냈다. 유쾌하고 놀라운 세계를. 맥박이 뛴다면, 그건 정확히 당신이 느껴야 할 기분이다. 당신은 뭘 해냈지? 아직은 모른다. 준비되면 앉아서 새로 시작하라. 알게 될 테니.

춤

도시에서 시골로 이사한 뒤에 나는 인구 3124명의 조그만 우리 동네가 희한하게도 널리 알려진 두 무용단의 본거지라는 걸 알게 되었다. 두 무용단 사이에는 서로 복잡하게 얽힌 역사가 있었다. 배척당한 연인들, 배반자들, 적들, 마지못해 찬사를 보내는 이들. 무용수들이 카페에서, 동네 시장 통로에서, 차에 연료를 넣는 모습이 눈에 띄었다. 그들은 몸이 가늘었고, 핏줄이 도드라진 팔에 근육질이었고, 이두박근이 튀어나와 있었고, 쇄골은 얼음이라도 자를 수 있을 것 같았다. 물렁물렁하고 배가 불룩한 뉴잉글랜드 주민들 사이에서 그들은 순전히, 미친 듯이 아름다웠을 뿐 아니라 우아했다.

리허설에 초대받아 갔을 때, 나는 그들이 무대를 만들어가는 모습과 내 반응에 심취했다. 내가 하루를 보내는 방식과는 기술적으로 아무 관련이 없었지만 리허설 무대에서 펼쳐지는 장면에 강렬하게 몰입했던 것이다. 나는 기력이 없을 때가 많고, 대부분 혼자 있다. 종일 글을 쓰는 날이면 가끔 창문에 비친 내 모습을 흘긋 보고 내게도 물리적인 형태가 있다는 데 깜짝 놀랄 정도다. 늘 움직이고 있는 이들 무용수는 짜릿하게, 그리고 당연히 신체적이고 현재적이었다. 아직도 나는 그들에게 동류의식을 느낀다. 우리가 하는 일—형상이건, 문장이건, 춤이건, 소설이건 무엇이든 빚는—의 본질은 추락하겠다는, 실패하겠다는 동일한 의지에서 나온다. 굴복하겠다는 의지.

그해 길고 더웠던 여름 내내 나는 춤이 만들어지는 모습을 보며 매일을 보냈다. 예술감독 중 한 사람이 에밀리 디킨슨을 읽고 있었다. 어째서? 그 책에서, 시인이 고르고 고른 단어들 속에서, 정동석처럼 오래되고 깊이 묻혀 있던 춤의 시작이, 몸짓이 발견되었나? 내가 질문하자 그는 어깨를 으쓱하며 아직 모르겠다고 말했다. 맨발이 단단한 마룻바닥을 때릴 때 부드럽게 쿵 하고 울리는 소리를 듣고 있는 나도 거기서 뭘 하고 있는지 모르기는 매한가지였다. 공간을 훑고 지나가는 몸들의 묵직한 바람. 안간힘을 쓰느라 헐떡이는 흉곽의 오르내림. 땀으로 젖어 빛나는 팔다리. 이 몸들과 서로의 신체에 대한 관계는 한동안 나의 시였다.

리허설을 치르는 무용수들을 지켜보며 오후를 보내

거나, 석벽에 앉아 지는 해를 바라보거나, 체호프(Chekhov) 단편을 읽으며 주말을 통째로 보내도록 스스로 허락한다는 것은, 우리가 하고 있어야 하는 일을 지금 하고 있음을 안다는 것은, 창작하며 살아가는 인생에서 가장 심오한 형태의 허락이다. 영국의 작가이자 심리학자 애덤 필립스(Adam Phillips)는 이렇게 썼다. "우리는 사랑에 빠졌을 때와 마찬가지로 영감을 받았을 때 자기 자신조차 이해하지 못하지만, 동시에 자기 자신을 진정으로 느낄 수 있다." 내 생각에 이 느낌은 우리 모두가 갈구하는 일종의 초현실적으로 꿈을 꾸는 상태다. 우리는 에밀리 디킨슨을 읽는다. 우리는 무용수들을 바라본다. 우리는 잘 알려지지 않은 역사 한 조각을 집착하다시피 조사한다. 우리는 사랑에 빠진다. 이유는 모르지만, 이런 순간들은 우리의 모든 언어가 솟아나는 원천을 형성한다.

배신

시인은 무대 위에서 인터뷰를 하고 있었다. 그녀는 최근 널리 알려진 주교였던 자기 아버지에 관한 회고록을 출간했다. 그녀는 주교의 딸이었고, '주교의 딸'은 그녀가 쓴 회고록의 제목이기도 했다. 그녀의 아버지는 바이섹슈얼이었다. 이를 에워싼 비밀이 그녀의 어린 시절과 성년 초기를 두꺼운 망토처럼 덮고 있었고, 그녀의 내면세계에서 상당한 부분을 차지하는 우울, 불안, 알코올 의존증과 더불어 본인의 성 정체성까지도 그 안에 엉망진창으로 뒤섞여 있었다. 그래도 나쁘지 않게 지나갔던 5년 동안 그녀는 책을 작업했다. 기억을 탐사하는 동시에 전파하고 조사하면서. 그러는 과정에서 그녀는 아버지가 가장 사랑했던 남자를 찾아냈고 만났다. 그녀의 회고록은 글쓰기와 살아가기가 빚어낸 역작이었다. 자기 자신의 특별한 진실을 단호하게 고통을 감수하며 파헤치는 일. 그녀에게는 당연히 자신의 진실을 말할 권리가 있었다. 그렇지 않은가?

나는 청중 사이에 앉아서 내 친구인 그 시인, 어너 무어(Honor Moore)를 염려하고 있었다. 그녀를 차에 태워 행사장에 데려오는데 그녀는 내내 떨고 있었다. 그 책은 그녀의 가족들 사이에서 엄청난 파장을 불러일으켰다. 그녀가 씻을 수 없는 죄를 짓기라도 한 모양이었다. 수십 년간 비밀로 감춰져온 이야기를 하기 위해 그녀는 대열에서 빠져나왔다. 회고록을 발췌해 실었던 『뉴요커』에 그녀의 형제자매들 중 몇 명이 분노를 표하는 서신을 보냈다. 이 편지들에 유해하기 짝이 없는 온라인 댓글들이 눈사태처럼 이어졌다. 다정한 시인이자 글쓰기를 가르치는 그녀는 이제 논쟁의 중심에 피뢰침처럼 서 있었다. 이렇게 될 줄 예상했어야 한다고 말하는 사람들이 있었다. 그녀의 책이 시인들은 대개 누리지 못하는 유형의 홍보 효과를 노리고 계산된 입찰이었다고 쑥덕대는 사람들도 있었다. 어느 쪽이건 그녀는 이 순간 배신의 표상이었다.

"선생님 가족들이 이 책에 대해 어떻게 반응하셨는지 얘기해볼까요?"

어너는 발목까지 내려오는 검은색 스커트에 흐르는 듯한 블라우스 차림이었다. 단화는 그녀를 땅에 붙박이게 하는 닻 같았다. 그녀의 잿빛 머리카락이 스포트라이트를 받아 빛을 발했다. 그녀는 마냥 어린 여성이 아니었다. 많은 일을 겪어왔던 것이다.

"나는 우리가 자신의 이야기를 선택할 수 없다고 생각합니다." 그녀가 앞으로 몸을 숙이며 입을 열었다. "이야기가 우리를 선택하는 거죠." 그녀는 말을 멈추고 물을 한 모금 마셨다. 손을 떨지 않았다. "그 이야기들을 하지 않는다면, 우리는 어째서인지 약해지고 맙니다."

약해진다. 이 단어가 머릿속을 번개처럼 때렸다. 나는 지니고 다니는 작은 공책을 꺼내서 그녀가 방금 발견한 기도문을 적었다.

그랬다. 그거였다. 나는 영지주의 복음서에서 가장 좋아하는 구절을 생각해냈다. 우리 내부에 있는 힘을 불러낸다면, 그 힘이 우리를 구할 것이다. 우리가 내부의 힘을 불러내지 않는다면, 그 힘은 우리를 파괴할 것이다. 바가바드기타에서 다르마에 관해 말하는 구절도 생각났다. 다른 이의 다르마가 완벽하게 수행되는 것보다 자기 자신의 다르마를 불완전하게라도 수행하는 것이 낫다.

나는 진실함을 구하려는 노력에 대해 알고 있었다. 어찌할 수 없을 정도로 부서진 것을 한데 모으기 위해 단어들을 찾아내는 일. 나는 상실했던 것 전부를 내 품 안에 모으고 싶었다. 다름 아닌 나의 세계를 구축하고 싶었다. 무엇이 되었건 자신의 주제를 두려워하는 작가는 실체 없는 것에 사로잡혀 얼어붙은, 약해진 피조물이다.

"그건 내게 꾸준히 이런 이야기를 하게 하네." 세이머스 히니(Seamus Heaney)가 「교차점들」(Crossings)이라는 시에서 이렇게 썼다. 어너는 자신에게 꼭 필요했던 이야기를 썼다. 그녀는 글쓰기와 악마, 두려움, 오류를 범할 가능성과 마주했다. 그녀가 자기 이야기를 하려면 자신의 어머니, 아버지, 형제자매, 연인 등 타인을 포함시킬 수밖에 없었다. 진공 속에서 살아오지 않았으니까. 자신의 서사에서 중심인물은 그녀였지만 다른 조연들도 반드시 등장해야 했다. 내 어머니의 목소리가 귓가에 어른거렸다. 무슨 권리? 감히 네가 어떻게? 내가 첫 회고록을 출간한 뒤로 이모는 한 번도 냉랭한 태도를 누그러뜨린 적이 없었다. 숙부는 자기 아내 이름이 잘못 표기되었으니 앞으로 나올 판본에 오기사항을 삽입하라고 요청하라며 딱 한 번 언급했다. 폴란드에서 명상을 수련하던 이복자매는 그녀가 등장하지도 않는 내 두 번째 회고록을 두고 사람들이 갑론을박하는 걸 어쩌다 듣고는 끼어들어 이렇게 알렸다고 한다. 내가 그 악마 같은 이복자매예요.

재닛 맬컴(Janet Malcolm)은 저널리즘이 도덕적으로 변호의 여지가 없다고 했다. "이 분야의 일이란 절도범, 무장강도 노릇이고, 당신의 어머니에게 기쁨을 주지 않는다." 존 디디언은 글쓰기를 은밀한 괴롭힘 전략이라

언급한다. 우리는 해야만 하는 일을 할 것이다. 재료는 우리 인생이다. (어머니는 언젠가 『뉴욕타임스』에 실렸던, 어머니가 내 눈앞에서 코셔 방식으로 조리되지 않은 음식인 베이컨 치즈버거를 처음으로 주문했던 내용의 에세이를 정말로 책에 넣어야겠냐고 물었다. 물론 그래야 했다. 그래서 그렇게 했다.)

내가 무자비한 폭로를 편하게 느낄 날이 과연 올까? 당신은 어떤지? 아마 딱히 그렇지 않을 것 같다. 우리는 이런 불편한 존재로 살기로 선택했다. 어쩌면 우리가 선택된 것인지도 모른다. 하지만 그렇더라도 나는 우리가 괴물이라고 믿지 않는다. 우리는 남에게 상처를 줄 가능성이 있는 본질적인 것과 남에게 상처를 줄 가능성이 있는 불필요한 것 사이의 경계를 찾으려고 한다. 우리가 지닌 힘을 인지하고 현명하게 쓰려고 노력한다. 조준하지 않고 아무렇게나 쏘는 사격을 영리하다고 말하지는 않는다. 다른 사람들을 대가로 우리 자신을 돋보이려고 하거나 복수를 위해 펜을 드는 것. 잃을 것이 너무 많다. 잃을 것이란 사랑, 그리고 명예와 도덕적 의무다. 우리는 자문한다. <u>어째서</u>, 어째서 이 이야기일까? 하필이면 이 순간에? 꼭 필요할까? 방심하지 않는다면 우리는 다른 이들을 배신하고 있을 때와 자신을 약해지게 할 위험에 처해 있을 때를 구분할 수 있을 것이다.

다친 손가락

위대한 재즈 기타리스트 장고 라인하르트(Django Reinhardt)는 열여덟 살에 왼손에 심각한 화상을 입어 중지와 약지를 쓸 수 없게 되었다. 다시는 기타를 연주할 수 없을 거라는 말을 들었지만, 그는 솔로 연주에서는 다치지 않은 손가락 두 개를, 코드를 잡을 때는 다친 손가락들을 사용했다. 그렇게 그는 자기만의 음악 스타일을 만들어냈다. 약점을 파고들었고, 이해했고, 상쇄해냈다. 그리고 약점으로 인해 더 강하고 풍부한 것을 발전시킬 수 있었다.

누구나 다친 손가락이 있다. 장고 하인라이트가 사용할 수 없었던 것이 그가 연주하는 방식을 알려줬듯이, 부재하는 것 또는 닿지 않는 것이 우리에게 목소리를 줄 것이다. 우리는 얼마간 쓰지 못할 것 같다는 긴장 속에서 글을 쓴다. 이런 긴장감이 우리를 어두운 구석으로 몰아가는데, 우리는 거기서 후디니(Houdini. 탈출 곡예 전문 마술사 ― 옮긴이)처럼 원래 능력을 넘어서서 탈출에 성공해야 한다.

남편이 가장 최근에 참여한 영화는 사구 위로 현대적인 고층건물들이 절벽처럼 솟아 있는 플로리다의 길게 뻗은 모래톱에서 진행될 예정이었다. 그가 배역을 정하고, 자금을 확보하고, 일할 사람들을 고용하는 등 감독 일에 대해 고심하는 동안, 그의 머릿속에서 이야기는 항상 진한 푸른색 바다와 불타는 듯한 오렌지색 황혼이 내리는 플로리다 서부 해안가를 배경으로 펼쳐지고 있었다. 해안선을 따라 늘어선 발코니 딸린 콘도미니엄들의 여닫이 유리문에 바닷가가 비치는 곳. 하지만 예산에 제약이 생기면서 다른 장소에서, 해안선을 따라 늘어선 고층건물들도 없고, 빛도 황혼도 다른 주(州)에서 영화를 촬영해야 한다는 것이 분명해졌다. 변경된 계획 탓에 악전고투하는 남편을 나는 지켜보았다. 그가 노스캐롤라이나로 촬영지 답사를 갔다가 전화를 걸어왔다. "콘도가 아니라 가정집에서 촬영해야 할 것 같아." 그가 말했다. "모르겠어. 내 그림하고는 다른데."

나는 장고 라인하르트의 다친 손가락들을 생각했고, 왜소증 환자이지만 걸쌈스러운 기수가 된 친구 딸을 떠올렸다. 안장에 앉은 그녀는 크고 우아했다. 나는 작업 중인 책이 끝나갈 때마다 내가 선택한 서사 구조 때문에 제약이 생겼다는 걸 느꼈다. 우리는 언제나 우리의 한계 혹은 세계가 우리에게 부여한 한계와 마주할 수밖에 없다.

우리가 예술가라면, 어쨌거나 예술가인 우리의 삶이 무엇을 가져다주건, 화상을 입거나 유전적 변이를 갖고 태어나거나 아기가 아프거나 사고가 일어나지 않았더라면 존재하지 않았을 무언가 새로운 것을 만들어내는 것이 우리가 하는 일이자 의무, 어쩌면 신성한 소명이다. 우리의 시야 주변을 흐리는 두려움과 불안, 무기력, 절망을 끝장낼 수 있도록 믿음의 행위에 스스로 뛰어드는 것 또한 그러하다. 우리는 멈추지 않는다. 전에 이미 누군가 했던 적이 있는지는 중요하지 않다. 멀쩡한 손가락 두 개로 블루스 기타리스트가 되고, 왜소증을 갖고 태어나 장애물 뛰어넘기 시합에 나가고, 노스캐롤라이나를 플로리다로 바꿀 수 있다. 무엇이 가능했는지 우리를 놀라게 하면서 펼쳐지는 미래는 이러한 도약 속에 있다.

관리자

글을 쓰면서 사는 삶을 지키려면 어떤 규칙들에 맞추어 생활할 수밖에 없다. 초창기에는 이걸 이해하지 못했다. 오랜 친구가 전화를 걸어 와 점심이나 더 나쁘게는 아침을 같이 먹자고 하면 나는 책상에서 한두 시간 빠져나와 현실의 사람들과 현실의 식사를 하는 세상에 합류할 기회를 덥석 물고는 했다. 잠깐 외출했다가 아마도 더 활기차고 상쾌해진 기분으로 다시 책상 앞에 돌아올 수 있을 만큼 나 자신이 엄격한 사람이라고 스스로 확신했다. 그래서 나는 원대한 희망—빨리 점심 먹고 다시 작업하는 거야!—을 한가득 품고 집을 나섰고, 그러고는 한두 시간 후에 그날 하루가 완전히 끝나버렸다는 사실을 깨닫고는 했다. 그날 하루를 대화와 웃음, 탄산수나 생수를 가져다주는 웨이터들로 망쳐버린 것이었다. 누군가와 현실의 점심식사를 하는 것 따위로 외출했다 돌아온 것만으로 하루는 엉망진창이 되었다. 나는 잔뜩 흥분해서는 떠돌이 야행성 동물처럼 햇빛에 눈을 찡그린 채로 뉴욕의 길목들을 어지럽게 배회하고는 했다. 상점 탈의실에서 실크 블라우스를 입어보고 있거나 다른 친구에게 전화해 같이 차를 마시는 식이었다. 이미 나가 있었던 것이다. 그냥 종일 이렇게 쏘다니다 저녁까지 먹고 들어갈까? 새로 산 실크 블라우스 입고 연극이나 보러 갈까? 취침용 모자를 하나 살까? 에이미 헴펠(Amy Hempel)이 아이를 갖지 않기로 한 이유에 대해 쓴 근사한 에세이 한 편이 떠오른다. 그 글에서 그녀는 문득 아이 낮잠을 재워놓고 기저귀를 사러 나갔다가 잠든 아기는 홀딱 잊어버리고 영화를 본 후 비행기를 타고 파리로 날아가는 장면을 상상한다.

휴일도 문제다. 해마다 독립기념일, 전몰장병 추모일, 마틴 루서 킹 기념일이 차례대로 다가오고, 다른 사람들이 뭘 하건 나도 해야겠다고 마음먹는다. 하지만 우리가 하는 일은 휴일을 모른다. 우리가 하는 일은 우리가 규칙들을 꼭 지키기를 요구한다. 우리에게 불만이 있는 친구나 가족 들이 남몰래 생각하듯 우리가 융통성이 없거나 자기밖에 몰라서가 아니라 그럴 수밖에 없기 때문이다. 우리가 이야기 깊숙한 곳에, 다른 세계에, 우리가 창조한 세계에 있다면 우리는 당분간 거기서 살아야 한다. 그 세계를 우리 스스로에게, 궁극적으로는 다른 이들에게도 진짜로 만들어 보이고 싶다면 말이다.

나는 정상적인 삶을 정상적인 리듬으로 살지 못하는 내 무능력에, 그리고 내가 작가라는 사실에 스스로 화를 내고는 했다. 하지만 나는 예술가를 포함한 모든 사람에게 정상성이라는 것이 과대평가되었다고 믿게 되었다. 내가 『헌신』을 쓰던 때 반드시 해야 할 일 대부분이 지워지듯 사라졌다. 머리카락이 심히 길게 자랐고, 해마다 받던 유방조영술도 건너뛰었다. 개의 발톱도 잘라주지 못했고, 창문도 닦지 않았다. 친구들과의 연락도 뜸해졌다. 하지만 나는 가족들만큼은 보살폈고, 책을 써냈다. 이것만이 내가 가까스로 할 수 있었던 전부였다.

작업이 끝나갈수록 자신이 이기적이라는 기분이 든다. 결승선이 점점 가까워질수록 자신의 도구를, 다시 말해서 스스로를 보호하기 위해 가능한 모든 걸 하고 싶을 것이다. 작업이 어떤 가능성에 도달하려면 당연히, 그리고 반드시 그래야 한다. 당분간은 이기심을 포용하자. 공기로 만든 누비조각보처럼 이기심으로 스스로를 감싸자. 가장 사랑하는 이들만 빼고 아무도 그 안에 들이지 말자. 있어야 할 곳을 떠나지 말자. 자신의 재능을 잘 다루는 훌륭한 관리자가 되자. 이 말은 시인 제인 케니언이 남긴 빼어난 조언 중 하나로, 내가 서재 게시판에 붙여둔 목록에서 맨 위를 차지하고 있다.

자기 시간을 지키자.

내면의 삶에 자양분을 공급하자.
지나친 소음을 피할 것.
좋은 책을 읽고, 귀를 좋은 문장들로 채우자.
가능한 자주 혼자 있도록 하자.
걷기.
전화기를 내려놓자.
정해진 시간 동안 작업하기.

친구들과의 점심식사도, 이메일이 수북이 쌓인 메일함을 열어보는 일도 그만두자. 고요한 명상이 당신을 풍요로 이끌 것이니, 침대 옆 테이블에 좋은 문학작품을 올려두고 자기 전에, 예컨대 「매드 맨」(Mad Men) 시즌 5 3화를 보다 곯아떨어지지 말고 몇 분이라도 읽어보자. 글 쓰는 공간에, 자동차 안에, 아무도 없는 집 주방 테이블 위에 고독을 가꾸도록 하자. 피가 돌게 하자. 대지에 선 발을 느끼자. 우리 정신은 우주를 유영하는 것이 아니라 신체에 연결되어 있다. 케니언은 앞선 말을 인터넷이 크랙코카인처럼 마수를 뻗치기 전에 썼다. 그래서 나는 "인터넷을 끄자"는 말을 덧붙이고 싶다. 리듬을 찾자. 이 말은 너무 이른 나이에 세상을 떠난 시인이 남긴 지혜다. 그녀와 나는 모르는 사이였지만, 그녀는 내가 아는 그 누구보다도 많은 도움을 주었다.

워크숍

나는 20년 동안 글쓰기 워크숍에서 가르쳤다. 염소 소독약 냄새를 풍기는 YMCA 건물 지하 깜박거리는 형광등 아래서, 먼지가 풀풀 날리는 콜로라도 탄광촌에서, 도시에 위치한 대학교 강의실에서, 뉴잉글랜드 지역 대학들의 녹음이 우거진 사각형 안뜰에서, 알래스카 어느 섬에 정박한 용도가 변경된 게잡이 배에서, 버크셔산에 있던 옛 수도원에서, 커피가 은쟁반에 나오던 아말피해안 위쪽 골동품으로 가득한 햇살 좋은 방에서, 내 거실에서. 그런데도 여전히 워크숍 첫 수업을 앞두면 초조하다.

워크숍 수강생들 사이에서 나는 자기가 글을 잘 쓰지 못한다고, 가짜라고, 와서는 안 될 자리에 왔다는 목소리가 머릿속을 울려대는 심약한 자아를 지닌 이들을 알아볼 수 있다. 석사과정 프로그램에 들어왔건 사흘짜리 코스에 들어왔건 지구 절반을 돌아 컨퍼런스에 참석하러 왔건 그들은 취약하기만 하다. 부끄러움에 눈도 잘 못 마주치는 이들도 있다. 잔뜩 허세를 부리며 단편을 발표했거나 발표할 예정이라고, 혹은 콘테스트에서 입상한 경험이 있다는 말을 늘어놓는 이들도 있을 것이다. 그들은 저마다 테이블 주변이나 소파에서 자기 자리를 찾을 것이다. 펜 꽁무니를 만지작거릴 것이다. 가방을 뒤적여 껌을 찾고, 핸드폰을 마지막으로 들여다보기도 하겠지.

마침내 시작하는 순간, 나는 방 안을 둘러본다. 학생들은 내가 아침식사를(아니면 점심이나 저녁을) 할 수 없었다는 사실을 알 턱이 없다. 방금 전 화장실에 들러 내가 이 일을 잘하며 대부분 잘되었다고 스스로 상기하는 혼잣말을 중얼거렸다는 것도. 그들은 그저 같이 배우기로 선택한 작가인 한 여성이 자기들 앞에 차분하게 편히 앉은 모습을 본다. 저 사람은 이런 워크숍을 수백 번 해봤지, 그렇잖아? 책을 몇 권이나 냈지? 그 사람은 자리에 앉아 다리를 편히 하고 몸을 앞으로 숙인다. 안경을 쓴다. 목을 가다듬는다. <u>안녕하세요, 여러분.</u>

워크숍이 잘못 굴러가면 한 작가가 탈선하게 될 수 있다. 자기가 가진 권력과 책임을 직접적이든 간접적이든 남용하는 선생이라면 쉬이 사라지지 않는 부정적인 충격을 가할 수도 있다. 게으름, 심각한 자기중심주의, 기량 미달. 나는 오랫동안 다른 선생들이 망쳐버린 것들을 수도 없이 치워야 했다. 그러므로 내가 수업 초반에 세우는 목표는 학생들 전부에게 보호막을 드리우는 것이다. 열 명에서 열두 명쯤 되는 이들이 오합지졸처럼 모인 무리는 단일한 유기체로 거듭날 것이다. 집단적인 무의식. 우리는 하찮은 관심사들은 제쳐두고 대신 앞에 놓인 문장들에 집중할 것이다. 우리는 저마다 노력하는 일을 이해하려고 최상의 자아를, 공감하는 능력과 낙관적인 마음과 비평가의 시선을 훈련할 것이다. 우리는 웃을 테지만 울거나 말다툼하거나 눈알을 굴릴 수도 있다. 하지만 우리는 서로 존중하는 마음으로, 때로는 사랑으로 그렇게 할 것이다.

이 사랑은 서로를 인정하게 하는 이상한 연금술이다. 우리는, 우리 각자는 언어 그리고 어떤 유형의 인간적 열변을 헛되이 찌르려고 하는 시도와 씨름한다. 우리는 고독하게 타고났지만, 원고란 다른 이들의 눈을 거치면서 좋아지므로 다른 이들과 함께하기로 결정했다. 우리는 자기 작품을 투명하게 볼 수 없으니까. 누가 불을 켜주기 전에는 몰랐을 비유와 연결고리들을 발전시켜왔으니까. 우리—누구보다도 방어적이고 냉소적인 인물조차—는 믿음의 행위에 입각해 워크숍 테이블에 앉는다. 나를 봐요. 우리는 말한다. 나의 언어, 저 밑 강물 속을 돌진하는 보다 진실한 언어를 봐줘요. 그 강에 당신의 손을 담그고 내가 해낸 것을 내게 보여줘요.

놀라움

인생을 오로지 원고에만 바친다면, 그 원고는 결국 당신이 회의적인 마음에 굴복할 수밖에 없도록 밀어붙일 것이다. 원고는 당신을 완전히 무방비 상태로 놔둘 것이다. 위안을 약속하지 않는다. 하지만 당신이 원고에 자신을 던진다면, 가진 전부를 내준다면, 아침마다 멍투성이가 되어 피를 흘리며 아픈 몸으로 깨어나 다시 한번 자신을 던지려고 준비한다면, 나는 약속할 수 있다. 당신은 보고, 듣고, 맛보고, 만지는 모든 것에 살아 있을 것이다. 느끼는 것에도. 우리는 이런 걸 원한다. 그렇지 않은가? 원고는 당신이 놀라움을 느끼는 능력을, 그 능력이 정기적으로 써서 늘리고 확대할 수 있는 근육처럼 물리적인 것이라도 되는 양 확장하도록 강요할 것이다.

제이콥이 예술 캠프에서 한 달 동안 합숙하며 지냈던 어느 해 여름에 나는 아이와 그 애의 친구를 차에 태워 점심을 먹으러 갔다. 우리는 캠프장을 나와 먼지투성이 도로를 달렸는데, 줄지어 늘어선 통나무 오두막들 문마다 손으로 쓴 나무 표지판이 걸려 있었다. 유리 불기, 도예, 조각 스튜디오, 광대, 밀랍 염색, 제지, 태피스트리, 꽃병, 사진, 반지, 의자. 일렬로 늘어선 교외 상점들을 빠르게 지나쳐 중심 번화가에 다다르자 두 아이들은 차창 밖을 난생처음 보는 세계인 양 내다보았다. "누가 저걸 지었을까?" 아들 친구가 지역 병원을 가리키며 말했다. 그리고는 시내 녹지에 서 있는 동상을 가리키며 이런 말도 했다. "아마 많은 사람이 동의해야 했을 거야. 그러고 누가 저걸 만들었겠지." 두 아이들은 친숙한 것(아무리 시시한 것일지라도)을 새로운 빛으로 보면서 놀라워했다.

물론 우리는 방금 3D안경을 쓴 열두 살짜리 아이들처럼 하루를 산책하며 보내지 못한다. 뭐, 어쩌다 한 번은 그럴 수 있고, 그래야만 할 수도 있지만, 이 삶을 표현하려는 작업에 몰두하는 우리가 날마다 발견의 가능성을 찾아 일어난다면, 원고에서 무언가를 가치 있게 하는 장면이 더 잘 포착될 것이다. 그저 더 나아지는 거다. 놀라움을 발견하는 우리의 능력은 완벽하고 합리적인 변명들 속에 묻혀 있는 경우가 너무나 많다. 우리는 상처와 절망, 모욕, 상실, 슬픔으로부터 스스로를 반드시 지켜야 한다고 생각한다. 전투에 나가기 전 각오를 다지는 전사들처럼 말이다. 내가 반평생 이상 간직해온 안식일 기도는 이렇게 시작한다. "나날들은 지나가고, 세월은 사라지고, 우리는 기적들 사이를 맹목적으로 걸어 다닌다."

우리는 기적들 사이를 맹목적으로 걸어 다닐 형편이 아니다. 고통으로부터 자기 자신을 보호할 수도 없다. 우리는 그럴 기분이건 아니건, 어렵거나 고통스러워도, 눈을 피하고 싶어도 이 세계의 맥동하는 심장 속으로 스스로를 밀치는 작업을 한다. 내가 아는 사람들 중에서 가장 현명한 축에 속하는 이들은 한 가지 결정적인 특성을 공통으로 갖고 있다. 바로 호기심이다. 그들은 삶의 자질구레한 일들에서 고개를 돌리고 주변 세계에 집중한다. 낯선 것을 탐험할 욕망에서 동기가 생겨난다. 그들은 이해하지 못하는 것에 끌린다. 놀라움을 즐긴다. 그들 중 몇몇은 나이가 70, 80, 90대에 가깝지만, 나는 그들을 보며 내가 캠핑장에서 차에 태웠던 날의 아들과 그 애의 친구를 떠올린다. 놀라움을 찾아내자. 숨 막히는 경이로움을 찾아보자.

질투

내 첫 책이 나올 무렵에 에이전트가 소속 작가 중 『뉴욕 타임스』 베스트셀러 목록에서 3위를 차지한 작가인데 1위와 2위에 오른 작가들에게 너무 집착하는 이가 있다고 말해준 적이 있다. 당시에는 정신이 나간 모양이라고 생각했지만, 글을 쓰며 살아오는 동안 충분하다는 건 없다는 걸 알게 되었다. 충분하다는 건 있을 수 없다. 좋을지 좋지 않을지 모를 걸 만들어내면서 흘러가는 세월 동안 우리는 희생을 받아들인다. 개인적인 삶이 힘들어지는 경우도 있고, 건강에 위기를 겪기도 한다. 온갖 기념일이며 생일, 학교에서 하는 연극을 그냥 넘어갔다. 잠도 자다 말다 하는 식이었다. 우리는 스스로에 대한 의혹과 무기력한 초조함, 전부 망쳐버렸다는 느낌, 우리가 따라온 이 길이 결국 우리를 막다른 골목으로 몰아가리라는 확신으로 괴로워했다. 하지만 어떻게든 이를 극복했고 이제 한 권의 책이 있다. 우리 손에 쥐어진 책. 책을 출간하는 작가가 맞이하는 단 하나의 최고의 순간은 『타임스』에 근사한 리뷰가 실렸을 때나 NPR과 인터뷰를 할 때가 아니다. 책을 출간할 때 유일한 최고의 순간은 완충재를 넣은 봉투 하나가 커다란 갈색 트럭(내 아들의 표현이다)에 실려 도착할 때다. 택배 기사가 현관으로 성큼성큼 다가와 봉투를 건넨다. 초판본이다.

왜 이 순간이 NPR과 인터뷰를 할 때보다 좋을까? 완충재를 덧댄 봉투를 뜯어서 열고 그 안의 책을 손에 쥘 때, 그간 환상을 품어왔던 대상을 숭배하듯이 책을 펼치고 페이지의 질감을 느껴보고 우아한 책등과 반들반들한 커버를 매만질 때…… 글쎄, 아마 지금까지 인생에서 아직 아무 일도 일어나지 않아서가 아닐까. 모든 것이 가능성이기에.

하지만 책이 이 세상으로 한 걸음을 내딛고 나면 타임스퀘어를 이리저리 돌아다니는 갓난아기를 인도에서 무기력하게 지켜보고 있는 기분이 든다. 당신은 통제하고 있지 않다. 사실 누구도 통제할 수 없다. 당신의 에이전트도, 출판사도, 편집자도, 이 나라 전역에서 선전을 펼치는 중인 다정한 서점 주인들도. 나의 에이전트가 "요정의 마법 가루"라고 부르는 뭔가 표현하기도 힘들고 완전한 예측도 불가능한 것이 있는데, 이 가루가 책에 뿌려질 수도, 그렇지 않을 수도 있는 것이다. 내 책들 중 몇 권에는 세월이 지나는 동안 마법 가루가 약간 뿌려졌다. 하지만 내 마음에 쏙 들 정도로 많은 양은 아니었다. 나는 나와 비슷한 시기에 책을 냈거나 작가 이력에서 동일한 지점에 도달한 작가들 중에서 더 많은 걸 가진 이들의 목록을 당장이라도 줄 수 있다. 이걸 인정하기는 힘들다. 나는 이 챕터를 쓰고 싶지 않았고, 사실을 알리고 싶지도 않았다. 질투란 못났고, 부끄럽고, 숨기고 싶으니까. 물론 모두가 질투를 한다. 우리는 다른 사람이 거머쥔 행운을 갈구하며 속이 뒤집히듯 아프고 영혼이 병드는 경험을 해본 적이 있다.

작가들을 한 공간에 앉혀놓고 진실을 말하는 약을 마시게 하면, 그들은 남몰래 질투하거나 심지어 증오하기까지 하는 다른 작가들의 목록을 조금 읊을 것이다. 어떤 책이건 출간될 때마다 그 책의 작가에게 해당하는 그림자 책이 있다. 바로 서점에서 더 눈에 띄는 자리에 놓인 책, 더 많이 광고된 책, 혹은 널리 리뷰를 받은 책이다. 내가 석사과정 학생이었을 때 지도교수였던 제롬 베이던스가 첫 소설 『레온 솔로몬 최후의 작품』(*The Final Opus of Leon Solomon*)을 출간했다. 제리의 책 표지는 자살을 시도하려는 홀로코스트 생존자에 관한 소설에 걸맞게 단조롭고 어둡고 이끼 낀 색이었다. 나는 제리와 함께 어퍼웨스트사이드의 오래된 셰익스피어앤드컴퍼니 서점(브로드웨이와 80번로의 교차지점에서 오래 서 있다면 떠올릴 수 있겠지만 그 서점과 제리 둘 다 오래전 세상에서 사라졌다)의 서가들 사이를 돌아보던 때를, 그리고 밝은 오렌지색 표지를 가진 어떤 책에 대한 그의 집착을 기억한다. 유랑 서커스단을 다룬 그 소설 역시 데뷔작이었고, 제리의 책과 같은 출판사에서 나왔다. 그 책은 눈부신 리뷰를 받았고 심지어 잘 팔렸다. 그리고 다정하고 현명하며 인정 많은 나의 스승 제리는 그 사실이 행복하지 않았다. 조금도. 오렌지색 책은 그의 그림자 책이었다. 그 책은 전미도서상 최종후보까지 올라갔다.

그런 고통이 있을까! 다른 경우였다면 어땠을까 하는 불편한 느낌! 바로 지금 더 많이 가진 이들이 언제나 존재한다. 더 많은 찬사를, 돈을, 접근권을, 존경을…… 나는 중학생 아들과 친구들이 어울리는 모습에서도 이런 걸 감지한다. 활짝 피어난 소녀들이 있다. 같은 반 친구들이 질투하는 대상이며 바로 지금 그 어느 때보다도 가장 예쁘고 가장 인기 많은 소녀들. 그리고 한껏 성장하고 면도를 시작한 소년들도 있다. 자기들이 언제쯤 클지, 더 크기는 할지 알고 싶은 작은 소년들의 질투를 받는 소년들. 공을 갖고 시합하거나 춤을 추는 아이들을 옆에서 지켜보다 보면, 나는 달려 들어가서 이렇게 외치고 싶다. 이게 다가 아니야! 이게 다라고 생각하겠지만 그렇지 않아! 네 삶은 온갖 수만 가지 즐거움과 슬픔과 함께 눈앞에서 펼쳐질 거야! 물론 나는 입도 벙긋하지 않는다.

내 아이가 나를 죽이려 들 테니까. 나는 작가인지 아닌지와 관계없이 이 삶을 저 삶과 비교하는 너무나도 인간적인 실수를 저지르는 나 자신을 포함한 모든 어른에 대해 생각한다.

불교에서 가르치는 인간의 곡절—고통과 쾌락, 이득과 상실, 찬사와 모욕, 명예와 오명—을 처음 배웠을 때 나는 비교하는 건 졸렬하다—'바보 짓'의 상냥한 불교 버전—고 배웠다. 우리는 어떤 일이 닥쳐올지 절대로 모른다. 우리는 바로 다음 순간을 보지 못한다. 질투는 인간적이지만 우리를 너무 갉아먹는데다 너무 강력하다. 우리가 할 일은 자신만의 다르마를 추구하고 다른 이의 다르마를 갈망하지 않는 것이다. 우리의 그림자 책을 알아보고 그 책이 잘되기를 기원하기가 가장 힘든 도전일지도 모르겠다.

불확실함

소설을 어떻게 쓰는지 모르겠다. 이미 쓴 소설들을 어떻게 썼는지도 모르겠다. 한 권의 책을 끝내면, 해볼 수 있는 대로 끝까지 하고 나면 나는 아들이 태어났을 때와 동일한 경외심과 몰이해로 책을 바라본다. 나는 포대기에 감싼 아들을 앞에 눕히고 병원 담요를 걷어 발가락 열 개와 손가락 열 개를 세어보았다. 고운 금빛 눈썹과 속눈썹을 들여다보았다. 팔꿈치를, 발꿈치를, 갈빗대를. 조개껍질을 닮은 귀를. 이 아이가 어떻게 내 안에서 자라났지? 어떻게 그럴 수 있었을까?

교열담당 편집자가 내 소설들 중 가장 복잡한 구조를 지닌 『가족사』의 출간 전 교정지를 보내주면서 원고를 조심스럽게 해체한 뒤 구조적으로 일탈이 일어난 부분을 지적했다. 나는 책을 쓰는 과정에서 한 번 탈선했는데, 서사가 과거와 현재 사이에서 복잡한 패턴으로 이동

한 것이 분명했다. 그리고 편집자는 이 변칙적인 요소를 보여주면서 내가 한번 고민해보기를 바랐다. 교정지는 과거는 분홍색, 현재는 녹색, 내가 고쳐야 할 부분에는 노란색 등 다양한 색의 포스트잇들로 뒤덮여 있었다.

그런데…… 나는 이해할 수가 없었다. 지도처럼 펼쳐진 내 책의 구조를 들여다보고 있자니 혼란스럽기만 했다. 내가 이걸 어떻게 했지? 알 수 없었다. 고칠 필요가 있다고? 나는 책을 다시 읽어본다. 내가 아는 온갖 술수를 부려가면서. 나는 나 혼자만을 위한 최고의 다정한 독자인 양 읽어보기도 한다. 하지만 내 책은 미적분학으로 환원되었고, 나는 미적분학을 잘한 적이 한 번도 없다. 구조는 합산을 필요로 하는 일종의 방정식이 아니었다. 여러 부분으로 떼어놓고 보면 생기가 사라지고 납작하고 이해할 수 없는 것이 되었다. 책을 쓸 때는 내가 뭘 하고 있는지 알았지만, 작업을 마치자마자 그 책을 쓴 사람으로 스스로를 생각하기보다는 제이콥의 완벽한 두 귀 앞에서 그랬던 것처럼 신비에 사로잡혔다. 그 책이 탄생하는 데 내가 뭔가 했다는 사실이 불가능하게만 느껴졌다.

이런 이유에서 나는 이제 막 첫걸음을 내딛은 작가들이 대체 언제쯤 쉬워지느냐고 물어볼 때마다 그럴 일은 없다고 대답한다. 절대로 쉬워지지 않는다. 그들을 무섭게 하고 싶지 않아서 드물게 말을 보태기도 하지만, 사실인즉슨 더 어려워질 뿐이다. 글 쓰는 삶은 예측할 수 있는 불확실성과 더불어 우리가 늘 다시 시작하고 있다는 느낌으로도 채워져 있다. 우리가 쓰는 모든 것에는 결함이 있을 것이다. 우리는 책을 한 권 혹은 그 이상 썼을지도 모르지만 우리 모두는 무엇보다도 지금 쓰는 책을 어떻게 쓰는지만 알 뿐이다. 모든 소설은 실패한다. 완벽 그 자체도 실패일 수 있다. 더 낫게 실패할 것, 그것이 우리가 바라는 전부다. 미지의 두려움에 굴복하지 않는 것을, 지난날 통했을지도 모를 것을 반복하는 손쉬운 황홀감의 먹잇감이 되지 않을 것을. 나는 예술가의 일이란 역경이나 예상하지 못한 즐거움과 마찬가지로 불확실성을 포용하고 이를 예리하게 다듬으며 이로 인해 연마되는 것이라는 점을 기억하려고 한다. 우리는 한 작품을 마칠 때마다 미지를 향해 과감하게, 뻔뻔스럽게 도약했던 것과 마찬가지로 실패해왔다.

사업

그래, 나도 안다. 이런 생각이겠지. 전부 잘됐어, 좋아. 불확실함이나 거절, 고독, 위험, 하루 종일 파자마 차림으로 지내는 건 운명이다. 우리는 두 귀를 좋은 문장들로 채우는 법을 배웠다. 시간을 지키고, 정해놓고 작업하는 방법도 배웠다. 하지만 비즈니스의 경우는 어떻지? 북 파티나 글쓰기 컨퍼런스에 참석해 인맥을 쌓는 게 중요하다고 들었는데. 후크(hook)가 있는 책을 쓰는 법을. 그리고 알다시피 페이스북이나 트위터 팔로워 수천 명을 갖는 법을. 핀터레스트도. 굿리즈(goodreads. 독서 이력이나 책 정보를 공유하고 추천하는 미국의 웹사이트—옮긴이)도. 참석을. 플랫폼을.

잠깐 토하고 올 테니 용서하시길. 나는 이런 얘기를 쓰고 싶지 않았다. 정말로 쓰고 싶지 않았는데, 내가 좋아하지 않는 대부분의 작가들이 비즈니스를 생각하거나, 비즈니스에 관해 이야기하거나, 비즈니스만 의식하고 있기 때문이다. 작가 커리어란 모순적인 표현이다. 작가들은 돈에 관련된 한 악명이 자자할 정도로 할 줄 아는 게 없다. 저녁식사 후 계산서를 나누려고 하는 작가 무리를 본 적이 있는가? 테이블 한가운데 쌓인 신용카드들과 지폐다발을? 얼근하게 취해 (아마도 그 자신이 고군분투 중인 작가일지도 모를) 웨이터가 네 명으로 나눠야 한다고 한 술값을 일곱 명으로 나눈 다음 20퍼센트 팁을 더하라고 하는 꼴은?

또, 플랫폼이란 내가 최고로 싫어하는 단어다. 아주 근사한 신발 밑창에 달린 플랫폼이 아닌 한 말이다. 네트워킹이란 말도 싫다. 같이 어울려 놀 사람을 고르는 계산적이고 사람 데리고 노는 것 같은 말로 들리니까. 그리고 후크라니? 그건 외투를 걸 때나 쓰는 거고, 그렇더라도 겨울에나 쓰는 물건이지.

하지만 내가 지난 20년 동안 작가로서 나 자신과 가족을 이걸로 부양해왔다는 건 사실이다. 선인세나 해외 출간계약, 영화화 옵션, 저작권료, 극본 쓰기, 강연, 대필, 잡지용 에세이나 기사, 서평, 어쩌다 기업 문서 작성, 그리고 교육기관이나 수련원, 아니면 개인적인 강습 등 언제 사라질지 모르고 늘 진화하는 조합도 있다. 아, 그렇지. 경제적으로 도움은 안 되지만 웹사이트도 하나 갖고 있고, 페이스북 친구와 트위터 팔로워도 상당히 있다.

이 모든 것이 계획을 체계적으로 수행한 결과로 보일지도 모르겠다. 혹은 아무 계획이 없었거나. 하지만 이 중 무엇도 계획한 것은 없다. 글을 쓰며 살아온 인생에서 일어난 거의 모든 일은 그저 묵묵히 계속 작업해온 결과다. 내가 한 작업이 출판으로 이어졌다. 가르치는 일로, 잡지 청탁으로. 작가 컨퍼런스를 설립하는 것을 포함해 내가 해온 모든 일로. 내가 이 중 하나라도 계획하려고 했다면, 꽤나 확신컨대 아무 일도 일어나지 않았을 것이다. 그리고 내가 계획할 수 없었던 건 상상할 수 없었기 때문이다. 나는 커리어에 대해서는 생각하지 않았다. 한 번에 한 권의 책에 대해서만 생각했다.

종종 나는 학생들에게, 특히 초조해하는 이들에게 작품이 좋으면 제 길을 찾아간다고 말해준다. 작품이 준비되면 다른 모든 건 딱 맞아떨어지게 되어 있다. 당신이 거기 앉아서 고개를 젓고 있다는 걸 안다. 내 말을 믿지 않겠지. 당신이 트위터에서 팔로우하는 부칼리셔스(Bookalicious)라는 이용자는 평생 책 한 권도 내본 적이 없지만 작가를 위한 자신의 열네 가지 소셜미디어 전략을 공유하고 있다. 당신은 다시 플랫폼이나 후크에 대해 고민할지 모른다. 문을 열어주는 마법의 열쇠가 있고 잘나가는 작가들의 온갖 비밀이 서로 싸우게 될 거라고 상상할지도 모르겠다. 하지만 나는 당신이 찬사를 보내는 동시대 작가 그 누구라도 자신의 플랫폼이나 후크에 대해 생각하며 한 순간이라도 보내지 않았다는 걸 장담한다.

태피스트리의 작은 한 구석에서 집중해서, 부지런하게, 진실하게, 정직하게, 낙관적으로, 용기를 갖고 열심히 작업한다면, 아마도 뭔가 좋은 게 나왔을 것이다. 그리고 뭔가 좋은 걸 써냈다면, 다른 작가들이 당신을 도울 것이다. 그들은 자기 에이전트에게, 편집자에게 전화할 것이다. 그들은 당신 편에서 편지를 쓸 것이다. 당신 선생님은 자기 어깨 위에 당신을 올려놓을 것이다. 선생은 당신을 추켜들어 잡을 수 있도록, 자신이 가졌던 기회를 당신도 잡을 수 있도록 할 것이다. 나를 믿어라. 선생에게 이보다 더 기쁜 일은 없다.

다음

책 한 권을 다 쓸 무렵이면 좋기도 하고 씁쓸하기도 하다. 아이를 대학으로 떠나보내는 기분과 좀 비슷하다. 당신은 아이가 대학에 가길 원한다. 한 독립적인 인간을 키웠다는 데 기쁘다. 18년 전 초음파 사진에서 흐릿한 라이머콩 같았던 것이 이렇게 키가 훌쩍 크고 복잡한 존재가 되었다는 것이 놀랍기만 하다. 초음파 사진은 아직도 침대 옆 탁자 위에 있다. 18년이 어떻게 지나갔지? 당신은 상자에 짐을 넣고, 컴퓨터와 스테레오 장비를 나르고, 기숙사 방을 채우는 일을 돕고, 다시 차에 타서 운전대에 머리를 묻고 흐느낀다.

당신이 부모로서, 작가로서 할 일을 했다면 온 마음을 다 바쳤을 것이다. 그리고 이제 당신은 상실감에 빠진다. 한 권의 책을 끝낸 작가는 빈 둥지에 남겨진다. 이제 뭘 하지? 나는 이런 상황에 처할 때마다 이번에는, 이번에야말로, 앤서니 트럴럽(Anthony Trollope)이 소설 한 편을 끝낼 때마다 썼던 방법을 쓰겠다고 늘 다짐한다. 그는 마지막 문장에 밑줄을 그은 후 새 작품에 돌입했다. 생각할 시간은 없다. 그러지 않을 이유를 하나하나 곱씹어볼 시간은 없다. 그는 단순히…… 그저 계속했다.

하지만 나는 그러질 못한다. 그건 트럴럽의 리듬이지 내 리듬이 아니다. 우리 중 많은 이들이 원하건 그렇지 않건 책을 끝내고 다시 시작하기 전까지 시간이 필요하다. 나는 한 권을 쓰고 나면 고갈되고 만다. 책을 쓰는 내내 멀리했던 모든 관심이 내 의식 속으로 성큼성큼 들어온다. 우리를 기억해? 가벼운 우울감이 파고들어 나는 놀란다. 이 감정은 부드러운 안개처럼 나를 감싸고, 어느새 세계는 이해 불능이다. 바로 그 순간 나는 자유로이 문명사회로 돌아가 잠시 머무르는데, 여러 날 아무와도 말하지 않으면서 보내는 때보다도 더 고립된 듯하다. 다시 한번 나는 내 안에 갇힌 기분이다, 누군가가 음소거 버튼을 누른 것처럼. 내가 뭘 느끼지? 뭘 생각하지? 글을 쓰고 있지 않을 때면, 나는 모른다.

나는 책과 책 사이에 이런 걱정이 밀려올 때를 위해 많은 요법을 시도해왔다. 글 쓰지 않는 시간을 늘어지게 쉬고, 생각하고, 밀린 서류작업을 하고, 휴가에 쓰자고 스스로 말해왔다. 하지만 작가에게 먹히는 유일한 요법은, 유일한 치유법은 글을 쓰는 것이다. 과제(project)가 아니라 실천(practice)을 말하는 것이다. 진지한 작품을 쓰는 도중이건 그저 메모만 하고 있건, 페이지는 우리가 자신을 만나게 되는 장소다. 우리 대부분은 너무 길어진 휴식을 견디지 못한다. 원고로부터 떨어져 있을 때 우리가 얼마나 엉망이고 동떨어진 기분을 느끼는지 다시금 알게 된다. 그러니 끝이 보이면, 자신과 약속하라—내가 나 자신과 약속하듯—내일, 그다음 날, 다시 그다음 날 자리에 앉을 것이라고. 새로운 걸 시작하라는 말이 아니다. 우리가 성취하거나 성취하지 못할 기대나 환상이 없어도 좋다. 다만 글을 쓰는 행위에 연결되어 있어야 한다.

역사상 가장 위대한 첼리스트 중 한 사람인 파블로 카살스(Pablo Casals)는 80년 동안 하루를 똑같이 열었다. "피아노 앞에 앉아서 바흐 프렐류드 두 곡과 푸가를 연주합니다. 그러면 나는 삶의 경이로움에 대한 인식으로 채워지고, 인간으로 존재한다는 믿을 수 없이 경이로운 느낌으로 채워집니다."

계속 쓰기

내 친구이자, 화강암과 대리석으로 스케일 큰 작품들을 만드는 조각가이자, 이 나라에서 가장 걸출한 소장품을 갖춘 스탠퍼드 대학과 펜실베이니아 주립대학에서 작품 의뢰를 받아왔으며 뉴욕 예술아카데미에서 제법 존경받는 교수이기도 한 마크가 어느 저녁 파티에서 내 옆에 다가와 섰다.

"방금 누가 나한테 아직도 조각 작업을 하냐고 물어보더라." 그가 말했다. 나는 웃음을 터뜨렸다.

"진짜라니까." 그가 말했다. "내가 어떻게 대답해야 했겠어? '당신은 아직도 그 뇌수술 일을 하시나요?' 이렇게?"

나는 아직도 글을 쓰느냐는 질문을 받았던 모든 순간들을 떠올렸다. 지인들도, 모르는 사람들도, 심지어는 팬이나 내 독자라는 이들도 이런 질문을 했었다. 아직도 글을 쓰시나요? 나는 이런 질문을 받는 것이 항상 부끄럽게 느껴졌다. 내가 더 많은 책을 썼다면, 더 많은 상을 받았다면, 돈을 많이 벌었다면, 널리 알려진 사람이었다면 확실히 이런 질문을 상대하지 않아도 됐을 텐데. 아직도 글을 쓰시나요? 수년간 나는 이 질문을 더는 받지 않는 때가 마땅히 오리라고 생각했다. 책을 두 권 쓰고 나면? 다섯 권? 일곱 권? NPR에서 인터뷰를 하면? 「투데이 쇼」(Today Show)나, 바라건대 「오프라 쇼」(Oprah)에 나가고 나면? 친구를 지키고 싶은 마음이 들면서도 그 역시 같은 질문을 상대해야 했다는 말을 들으니 — 우습게도 — 안도가 찾아왔다. 그가 자기 일에 흥미를 잃었다는 듯. 진로를 바꿨다는 듯. 법학 — 아니면 생선가게 일에 — 에 뛰어들었다는 듯. 그 역시 그런 질문을 받았던 것이다.

나는 주변 사람들에게 물어보았고, 내가 아는 모든 예술가와 작가 들이 이 질문에 고심해본 적이 있다는 걸 알게 되었다. 누구나 다 아는 작가들도, 뉴욕 현대미술관에 작품이 걸린 사진가들도, 토니 상을 수상한 연극배우들도 같은 질문을 받은 전력이 있었다. 권위 있는 잡지에 정기적으로 작품을 발표하는 시인들도. 창작하는 삶을 사는 이라면 누구나 예외가 없다. 아직도 글을 쓰시나요? 아, 물론 나는 이런 질문을 하는 사람에게 딱히 공격하려는 의도는 없다는 것을 잘 안다. 사교적인 잡담을 나누다 어색하게 쿡 찌르는 말이 나왔을 뿐이다. 하지만 날씨나 진저리나는 대학 입학 절차, 혹은 수프가 맛있다는 이야기를 하는 편이 좋겠지.

아직도 글을 쓰시나요? 나는 보통 고개를 끄덕이며 미소를 짓고는 재빨리 주제를 바꾼다. 하지만 여기서 나는 포크를 내려놓고 이렇게 말하고 싶다: 그래요, 당연하죠. 나는 내가 죽는 날까지, 혹은 사고 능력을 빼앗기기 전까지 글을 쓸 거예요. 손가락이 굽고 약해지더라도, 귀가 들리지 않거나 앞이 보이지 않게 되더라도, 한쪽 눈을 깜박이는 것 말고는 내 몸의 근육 하나 움직일 수 없게 되더라도, 나는 계속 글을 쓸 거예요. 글쓰기는 나를 구원했습니다. 이 장엄하고 분란한 존재에게 활짝 열린 창문이 되어주었고, 내가 손에 쥔 모든 것을 해석하는 방식이 되어주었지요. 글쓰기는 나를 아늑함과 안전함 너머로, 자기 인식의 한계 너머로 몰아붙여 내 이해 능력을 확장시켜주었습니다. 내 마음을 누그러뜨렸고, 지성을 강화했어요. 글쓰기는 특권이었지요. 내 엉덩이에 채찍질을 해댔고요. 내가 귀중한 명철함을 갖게 해주었습니다. 날마다 고통, 무작위, 선한 의지, 운, 기억, 책임감, 친절을 생각하게 했습니다. 내가 그러고 싶건 아니건 말이죠. 글쓰기는 내가 성장해야 한다고 고집을 부렸습니다. 진화해야 한다고요. 더 나아지라고, 더 좋은 사람이 되라고 몰아붙였죠. 글쓰기는 나의 병이자 약입니다. 내가 겪었던 상실들을 견디게 했고 상실들의 대안이 되어주었죠. 어떤 패턴을 찾아낼 때까지 내가 느꼈던 어떤 혼란을 조금씩 사라지게 하면서요. 아주 가끔 나는 하늘을 올려다보며 이런 생각을 합니다. 아버지가 살아계셨다면 나를 자랑스럽게 여겼을지도 몰라. 어머니가 살아계셨다면 어머니를 이해시킬 수 있는 단어를 찾아냈을 수도 있어. 나는 내가 할 수 있는 것을 바꾸고 있어. 나는 죽은 자와 산 자, 아직 태어나지 않은 이에게 손을 내밀고 있어요. 그러니 당연하게도, 그래요, 나는 계속 글을 쓰고 있습니다.

옮긴이의 글

처음으로 글을 쓰고 싶다는 생각에 책상 앞에 앉았던 기억이 여전히 생생하다. 10대 시절이었고, 새벽이었고, 어떤 책을 읽어도 마음이 흔들리던 시기였다. 하지만 막상 연습장을 펼치자 첫 문장을 어떻게 적어야 좋을지 도저히 알 수가 없었다. 예컨대 주어가 일인칭이어야 할까, 아니면 삼인칭? 과거시제로 써야 하나? 현재시제가 좋을까? 그보다도 첫 문장에 어떤 사건이 담겨야 하는 건 아닐까? 가족들 중 누군가 잠에서 깰까 봐 전전긍긍하며 볼펜을 쥐고 있던 동안, 나는 앞으로도 지속적으로 이 질문들을 텅 빈 화면을 앞에 두고 하게 될 거라고는 조금도 생각하지 못했다.

그러니까 여전히 두려운 것이다. 쓰고자 하는 글을 전체적으로 나타내면서도 암시적이어야 하고, 동시에 사람들의 마음에 각인될 만한 제목을 짓는 일도, 무심하면서도 의미심장하게 앞으로 일어날 일을 말하는 첫 문장을 쓰는 것도 여전히 어렵기만 하고, 중반부까지 썼을 때는 이제 더는 쓸 것이 남아 있지 않다는 생각이 들기도 하고, 어떻게든 결말부에 다다랐을 때는 내가 써온 글을 그럴듯하게 봉합해 마무리할 방법이 없다는 생각에 한동안 괴로워하게 된다. 그럴 때는 다른 사람들의 책을 펼쳐본다. 쓰던 글을 덮어두고 잠을 청한다. 책상을 정리한다. 음악을 듣는다. 걷는다. 다시 원고로 돌아간다. 이 일이 내게 맞지 않는 건 아닌지 고민한다. 그러다 글쓰기를 계속하는 이상, 평생 같은 상황에 놓이리라는 것을 깨닫는다. 그만둘까.

나는 스스로에게, 그리고 비슷한 질문을 해오는 이들에게 그만두고 싶다면 언제든 그만둬도 좋다고 말하는 편이다. 글을 쓰는 사람은 기본적으로 읽는 사람이며, 읽는 사람이 읽기를 자의로 그만두는 일은 여간해서는 일어나지 않고, 작가와 독자 둘 중 하나만을 선택해야 한다면 당연히 독자를 택하는 편이 행복할 것이라는 생각에서다. 내가 작가여서 행복하다거나 불행하다고 말하기는 어렵지만, 순전히 독자였을 때 나는 대단히 행복했고, 독서에 관한 한 불행이 끼어들지 못했다. 하지만 쓰고 싶다면. 써야만 한다면. 어떤 종류의 불행을 감수하고 쓰고자 한다면. 이런 사람들은 쓰게 된다. 그리고 매번 같은 문제에 봉착한다. 삼인칭과 일인칭, 인생의 벼룩들, 자유간접화법, 새로운 구조, 종이인형이 되어서는 안 될 인물들, 새로운 형식, 새로운 이야기, 일상을 간수하는 법, 작가의 윤리, 문장의 리듬…… 그리고 설마…… 내가 하는 일이 영 헛된 것인지도 모른다는 자괴감. 나는 때로 나를 믿을 수 없다. 혹은 자주.

대니 샤피로는 글쓰기가 절대로 쉬워지지 않는다고 말한다. 나를 포함해 글을 써보려는 이들은 모두 비슷한 생각을 한 번쯤 해봤을 것이다. 누구나 글쓰기를 할 수 있고, 다른 이들이 쓴 글에 대해 어떤 생각이나 판단을 할 수 있지만, 자신이 쓴 글에 대해 좋거나 나쁘거나를 확정적으로 말할 수 있는 사람은 드물다. 말할 수 있더라도 언제나 반박될 여지가 있다. 이것이 가끔 우리를 안달하게 한다. 딱 부러지게 판단할 수 있다면 좋을 텐데. 한 20년쯤 글을 쓰다 보면 쉬워지는 순간이 온다고 말할 수 있다면 좋을 텐데. 하지만 그럴 일은 없다. 이에 관해 나는 대니 샤피로와 생각이 일치한다. 하지만 인정 욕구가 꼭 충족되어야 하는 것이 아니라면, 글쓰기는 쉽지 않더라도 즐거울 수 있다. 때로는 어려운 길이 뜻밖의 기쁨을 안겨주는 법이다. 내가 이 책에서 가장 좋아하는 단락들은 "실천"에 대한 것들이다. 우리는 써보지 않으면 알 수 없다. 직접 경험해보지 않으면, 시간을 들이지 않으면, 우리가 결국 어디에 (임시로) 도달하게 될지 알 수 없다. 글쓰기는 수련이자 실행이고, 연습이자 실천이다. 이렇게 쓰고 있는 나도 늘 실천하고 있지는 않지만, 그래도 누구나 마음에 새긴 금언 하나쯤은 있으니까. 확약은 없다. 아이러니하게도 우리의 시야는 백지 앞에서 어두워진다. 하지만 삼인칭을 대신할 이인칭을 발견했다면 이어 시제도 결정될 것이다. 인물이 전진할 것이다. 몇 단락을 쓰고 나면 문체가 생겨날 것이다. 그들이 가는 대로, 문장이 이끄는 대로, 우리는 가게 된다. 더듬거리면서, 동굴 속에서. 평생 쉬워지지 않겠지만, 평생 할 수 있는 일을 하고 있다고 믿으면서.

나도 살면서 많은 시간을 글을 쓰면서 보내왔지만(아닐지도 모르겠다), 저자의 말대로 글쓰기는 나를, 나의 삶을 구원하지 않았다. 애초에 구원이란 없는 것일지도 모르고, 있다 하더라도 일시적일 것 같다. 내가 하는 일이 나의 존재를 증명하는 데 아무런 쓸모가 없다는 생각이 들 때도 있다. 하지만 다시 생각해보면 내 존재를 구태여 증명할 필요가 있을까? 나는 그냥 여기 있는데. 쓰고 읽으면서. 때로는 아무것도 하지 않으면서. 때로는 투덜거리면서. 규칙적으로 혹은 불규칙적으로 작업하면서. 이 책은 우리에게 구체적인 작업방식을 알려주지 않는다. 부사를 적게 쓰라거나, 몰입이 쉬운 고아 유형의 주인공을 만들라거나, 대사는 간결하고 의미심장해야 한다거나. 대신 우리가 종이나 화면 앞에서, 그러니까 원고 앞에서 어떤 태도를 가져야 하는지 열렬히 말해준다. 용기가, 내구성이, 질투하지 않는 마음이, 끈기가 있다면 우리는 쓸 수 있다.

앞에서 글쓰기를 그만두고 싶다면 그만둬도 좋다고 말했다. 여기에 덧붙일 말이 있다. 우리는 언제든 글쓰기를 그만둘 수 있지만, 또 언제든 다시 쓸 수 있다고. 무엇보다도 우리는 늘 좋은 책을 읽을 수 있다고. 신기하게도 좋은 책들이 존재하는 모든 책들보다 많으니까. 그리고 쓰기는 읽기에서 시작된다. 한동안 글이 써지지 않더라도 우리는 언제나 읽기로 돌아갈 수 있고, 다시 시작할 수 있다. 내가 이 책에서 다시 확인하게 된 진실은 이것이다.

2022년 2월

한유주

대니 샤피로 Dani Shapiro

1962년 미국 뉴욕에서 태어나 유대교 율법을 엄격하게 따르는 코셔(kosher) 가정의 외동딸로 자랐다. 그의 집에선 안식일인 금요일 일몰부터 토요일 일몰까지 라디오와 텔레비전, 전등을 켜지 않았고, 자전거를 타거나 피아노를 칠 수 없었다. 집은 늘 말끔하고 조용했다. 통제가 중요한 집에는 먼지 대신 가족의 비밀이 공기처럼 떠다녔다. 침묵과 비밀 아래서 대니 샤피로의 '문학 수업'이 시작되었다. 문간에 숨고, 계단참에 웅크린 채 부모의 대화를 엿듣고 엿보고 염탐하면서, 밤마다 이불 밑에서 손전등을 켜고 책을 읽으면서, 책에서 발견한 단어들을 그러모으면서, 상상하는 법을 익히면서, 거짓말로 가득한 편지를 끄적거리면서.

집에서 필사적으로 나오고 싶었던 그는 고등학교 2학년에 대학에 지원해 뉴욕시 인근의 예술대학 세라 로런스에 입학한다. 작가가 되고 싶었지만 그렇게 되기까지 오랜 시간을 방황해야 했다. 대학 중퇴, 파괴적인 관계, 부모의 사고, 아버지의 죽음을 겪고 술에 의존하며 지내다가 그는 결국 자신의 자리로 돌아간다. 학교로, 글쓰기로.

1990년 뉴욕의 조그만 방에서 쓴 첫 소설로 데뷔한 후 베스트셀러 『가족사』(*Family History*, 2004), 『흑백』(*Black&White*, 2007) 등 다섯 권의 소설과 『슬로모션』(*Slow Motion*, 1998), 『헌신』(*Devotion*, 2010) 등 다섯 권의 회고록을 썼다. 컬럼비아 대학교, 뉴욕 대학교 등에서 글쓰기 프로그램을 진행했으며, 『뉴요커』, 『뉴욕타임스』, 『보그』 등 여러 매체에 글을 기고한다.

2019년에 출간한 아버지에 대한 회고록 『상속』(*Inheritance*)이 출간 즉시 베스트셀러가 되었고, 그는 오랫동안 숨겨진 가족의 비밀을 발견한 사람들의 이야기를 전하는 팟캐스트 'Family Secret'을 제작해 여섯 번째 시즌을 이어가고 있다.

9·11 테러 이후 도시 생활을 접고 가족과 코네티컷주로 이사했다. 한적한 동네의 언덕 위 이층집에 그의 작업공간이 있다. 그는 매일 맨발에 독서용 안경을 쓰고 빈티지숍에서 구입한 장의자에 앉아 글을 쓴다. 다시 소설로 돌아가 여섯 번째 책을 쓰는 중이다.

한유주

1982년 서울에서 태어나 2003년 『문학과사회』 신인문학상을 수상하며 등단했다. 소설집 『연대기』, 『나의 왼손은 왕, 오른손은 왕의 필경사』, 『얼음의 책』과 장편소설 『불가능한 동화』 등을 썼으며, 옮긴 책으로 『우리 종족의 특별한 잔인함』, 『그럼에도 작가로 살겠다면』, 『용감한 친구들』 등이 있다.

계속 쓰기: 나의 단어로

대니 샤피로 지음
한유주 옮김

초판 1쇄 발행 2022년 3월 21일
초판 3쇄 발행 2022년 12월 15일
ISBN 979-11-90853-25-5 (03800)

발행처 도서출판 마티
출판등록 2005년 4월 13일
등록번호 제2005-22호
발행인 정희경
편집 전은재, 서성진, 박정현
표지 디자인 김은혜
본문 디자인 조정은

주소 서울시 마포구 잔다리로 127-1, 8층 (03997)
전화 02-333-3110
팩스 02-333-3169
이메일 matibook@naver.com
홈페이지 matibooks.com
인스타그램 matibooks
트위터 twitter.com/matibook
페이스북 facebook.com/matibooks